乡村的故事

冯杰 著

作家出版社
全国百佳出版社

目录

[动物考]

[植物册]

[记事簿]

[鼎味录]

[器物传]

［地理志］

［跋］

Wild Lives 动物考

猞猁的耳毛

猞猁来信

万物之胎记和毛发皆是与生俱来，父母给予，传承有序，譬如猞猁耳朵尖上耸立着两丛黑色耳毛。那形状，如形容是黑旗军的标识显得夸张，更接近古代大将头盔上的两个羽翎。

一个社会人若戴一副墨镜多少是为了装酷，一只自然的猞猁拥有黑色耳毛则是为了实用，它能随时迎着声源方向运动，有收集大自然声波的作用。波长波短，波粗波细，甚至声波颜色，这些全能采集下来。之后猞猁开始分析最新鲜的情报资源，继而得出结论并采取应对的措施。

人类世界一直在模仿自然世界，韩国前年布置的那几台战略“萨德”，排在东北亚洁白雪地上，近似安排了一圈猞猁的黑色耳毛，“电子耳毛”可以梳理东北亚的消息。无论粗细，滴水不漏，让双方政治家无不提心吊胆。

猞猁一旦失去耳毛，其听辨能力会随之受到影响，就像一支大部队没有了敏锐的侦察兵，恋爱者动情时再无“磁场”，发不出来“秋波”。

世上最好的往往也是最坏的。这一出色的标志符号，并非全为给它带来世上的好消息，也有不好的消息。猞猁在西方文化观念里，往往被和魔鬼撒旦连在一起，猞猁就是撒旦的象征。造成人们如此印象的正是其两只耳朵上的两撮毛，像当下影视作品里汉奸贴的膏药——撒旦也自带有丛毛。

东西文化在想不到之处，忽然有了相通的“拧巴”。人类观念让猞猁躲闪不及，出乎猞猁意料之外。

猞猁游走

我很早拥有一只近似“气体的猞猁”。

在北中原，“走亲戚”这种形式是我童年感触外面消息的方式之一，是我世界观得以形成的一种渠道。端午、中秋、春节，都属于乡村大节，每到一个节日来临，最令我兴奋的事就是走亲戚。走亲戚的好处有十条，我只记着一条是“吃”。

除了当天能有一顿好吃的，返回的路上还能从篮子里扣一两枚柿饼。

有时候还会收获“神来之笔”，是走亲戚里的“诗眼”。一次，和姥姥从留香寨出发，到相邻三里的同罡村走亲戚，诸位姥姥谈话间，我看到亲戚家的高粱箔下有一本连环画册，掀开，让我记住了“猞猁”这个新鲜词。连环画里这样描述一只猞猁是如何出现的：在白军监督下，藏族猎人被迫挖坑埋红军战俘，猎人用脚挡着旁边一个猞猁洞，暗示其中空虚不实，可以利用。深夜来临，那位红军挣脱后借助猞猁洞的空虚，在黑暗里逃脱了。

除了一只语言描述的猞猁，连环画始终没有画到具体猞猁。我第一次猜想猞猁的样子。像驴？像马？像狼？像公鸡？桌上待客的饭菜早已被风卷残云地吃完了，在姥姥们的一地闲话里，那一只猞猁到连环画最后也没能出现。

童年的那一只猞猁无形，它只在猎人—白军—红军三者之间流传，像一只液体的猞猁，一只气体的猞猁，一只形而上的革命猞猁。是红色猞猁。

暮色上来，姥姥们要回家，细语里，趁同罡村的姥姥们没注意，我干脆捎带了“猞猁”，把连环画顺手掖在腰里带走。这一只“猞猁”开始在枕边与我陪伴。后来翻烂了，等到开学的日子到来，还不知道画册名字，只知道了一个新鲜词——猞猁。

在似与不似之间，那只猞猁以后在天空中行走。一座乡村小学里只有一人知道啥叫猞猁，其他人只知道作业。

在北中原乡村，我看到了最初的一只猞猁。

猞猁光临

我一直没有见过现实里的猞猁。

猞猁大于人。半世纪里，我见过无数戴面具的男人、女人、不男不女的人，他们都带有猞猁的黑色耳毛。我见过无数老鼠、野猫、家狗、军马、瘸驴、铜牛，一直没有缘分见到一只真实的猞猁。在印象里，在想象里，在文字里，猞猁的影子一直飘忽不定。

丁酉仲夏，有次北国之旅，在漠河北极村宛西养生堂大厅里，我和一位友人在让香烟之间，竟忽然看到一只猞猁，准确说是一只固体猞猁——猞猁标本。它的背景是八尺毛体书法屏风《沁园春·雪》，词牌前面，宣纸上裹着更白的雪。猞猁携带着山林草木，毛皮上像布满了一层星光。我失礼于友人的香烟，急忙贴到近处——猞猁耳朵上果然有一丛黑毛，正在接受消息，似乎在判断此刻我们相敬的是哪种牌子的烟。

话说那一只漠河猞猁腹内装糠，气韵饱满，我抚摸猞猁之背，摩擦起电，骤然勃动出一串火花。猞猁是动物里的一枚小神器，果不虚传。我想起特朗斯特罗姆有一首诗《船长的故事》，里面有一句："北方有真正的山猫，长着尖爪／梦幻的眼睛。"诗里的那一只"山猫"应该是当前的猞猁。只是译者眼界窄或口语的缘故，且和我一样没见过猞猁，便将其转化成了一只山猫。

诗集里的山猫就是猞猁。许多猞猁被误为山猫，就像我的散文被误为小说。

猞猁喜欢独来独往，像红拂夜奔，它能闭住气，在一个地方耐心地静静卧上几个昼夜，单等猎物走近，它才一跃而起。它主食野兔、旱獭、鹌鹑。漠河的猞猁会把剩食埋在雪地冷藏。有时也失手，当捕食的猎物逃脱掉，猞猁从不会穷追，而是反身回到原处，重新安静卧下，期待下一个目标出现。我看到了它在雪地的从容优雅。因为它拥有黑色的耳毛。

由此推断，它还喜欢捕捉二十岁左右的年轻女性，喜欢某种气息高雅者。对那些不化妆者，粗服乱发者，猞猁之眼根本看不上。

告别猞猁

现在，我只能虚讲猞猁，我尽管年过半百，依然没有见到真实的活猞猁。

一只猞猁的制高点永远在那两丛高耸的耳毛上，长达十厘米，这是高海拔的妙处。它不屑闲言，它藐视碎语，它让自己别于动物王国的其他乌合之众。

张大千曾在巴西八德园用牛耳毛做过三管毛笔，其中一管送给毕加索。画史上没有人敢用猞猁耳毛做笔，那是要把黑夜拧在一起，一如捆绑七星之后的纸上抒情。

我从漠河回到郑州，第二天一位画廊商人不买我画，只为我摊了一大桌子精品湖笔，要换我的画，他说那些都是狼毫，黄鼠狼毛做的。我一向不择其器。少年时自己就用好麻、铁丝造过毛笔。

我问："你会做猞猁笔吗？"

他茫然看我："啥叫猞猁？"

明白后，他嘲讽我说："你是穷画家，不是张大千。"

我说："把笔留下，我给你换一张小品。"我想，看来世上不会再有一管猞猁笔。

以后，揣摩神笔马良的故事。猞猁之笔当如有午夜之神相助，会运势、造势，笔下定能写出来风声，像那月夜，在漠河北极村，星光低垂，草气上升，你携带一管雪意，也像猞猁一般地走动。

大吉言

名参十二属，花入羽毛深。

——徐夤

鸡事·起兴之法

我曾说过，小时最喜欢走亲戚，看一村的繁华和外村的热闹，譬如斗鹌鹑，斗蟋蟀，斗羊，斗狗，斗牛。后来理想扩大，往往跟着好事者跑十几里乡路开阔视野，用以丰富人生阅历。北中原诸多的二大爷饿着肚子却余兴未尽。

斗鸡是常见娱乐活动。斗中方显精神，斗时人会比鸡还急躁。

我有一玩友现在开封，担任中原斗鸡协会理事，中原斗鸡协会简称“鸡协”。我心痒了，问：咋办手续？他说，鸡协比 × 协都难入，行贿都难得靠鸡。

我们村里一直有个误读，譬如村谚：“大公鸡，尾巴长，娶了媳妇忘了娘。”我认为这不是公鸡的错，是诗的一种写法，属于“起兴”之笔，有的村是采用“花喜鹊，尾巴长”起兴。总之无关乎鸡，全是孽子的缘故。

先人说鸡则满怀敬意。

我姥爷说正月初七前都是“说畜日”：初一是鸡日，初二是狗日，初三是猪日，初四是羊日，初五是牛日，初六是马日。六畜排完了，才轮到初七——人日。

过年贴门对，我姥爷连鸡窝上都要让我贴幅红字。上书“鸡有五德”。

我姥姥早晨抽掉鸡窝的砖后，首先会摸一下鸡屁股，看看今天哪一只母鸡嬎蛋，会格外关注。我姥姥说“没有鸡狗不成家”。有了这一颠扑不破的理论，每到初春，那些远村的鸡贩子来到村里，姥姥都要开始赊新年的小鸡。雏鸡如菊花开放，日子便有了寄托。

鸡史·芥末的功能

鸡在北中原分两大类：下蛋的叫“鸡”，小家碧玉；专门玩斗的叫“打鸡”，脖长腿粗。

天下不是所有鸡都善斗。

我姥爷说，中国鸡史上第一次有记载的斗鸡活动发生在中原以东的齐鲁大地，《左传》这样说：“季郈之鸡斗，季氏介其鸡，郈氏为之金距。”

一只斗鸡都像当年美帝国主义一样，被武装到牙齿了。还透露出最早“化学武器”芥子弹的尝试。

《史记》的记载为：“季氏与郈氏斗鸡，季氏芥鸡翅，郈氏金距。季平子怒而侵郈氏。”

他们斗鸡时要在鸡翅下面抹上芥末，用于提高斗志。有学者认为“介”是介胄之介，是为鸡戴盔上甲，有人则倾向是同音之“芥”，属假借字。我认为芥末一说显得热闹。情节里有刺鼻气息，还有看点。

庄子吊诡，认为“鸡畏狸”也，在鸡头上涂抹“狐狸膏”更有暗示作用。现在，我季节性支气管炎复发，每咳嗽必喝“雪梨膏”，成分里有枸橼酸，我不知“狐狸膏”所含成分是什么。前年和南方一好事者闲相语，他说荣肌霜又称“狐狸膏”，配方起源于畲族的一种古老药膏，专治牛皮癣，不含枸橼酸。

汉代皇帝倡导的全民运动主要就是斗鸡，用以开展全国体育运动。

早先，汉高祖问他爹心情不好的原因，他爹答记者问一般自省：“以平生所好，皆屠贩少年，沽酒卖饼，斗鸡蹴鞠，以此为欢。”意思是爹就喜欢斗玩，不喜欢发展建设。汉高祖的重孙刘余是汉景帝之子，不仅喜欢斗鸡，还增加了斗争范围，喜欢斗鸭，斗鹅。到汉武帝时，属鸡的汉武帝喜欢斗鸡，常邀请友好人士上观礼台一同参加观斗鸡活动，不怕劳民伤财。汉宣帝刘询是一位真正斗鸡爱好者，“亦喜游侠，斗鸡走狗”。

中国人对斗有传承，对斗有天生乐趣。继承或坚守。至今国人血液里仍残留有斗鸡基因。

鸡诗·风雨如晦，鸡鸣不已

早在《诗经》里我们就已“见闻”嘹亮的鸡鸣。

如今能听到鸡鸣的多为温馨少霾之处，非郑州 CBD，非政府广场，非经三路，非肯德基处……鸡叫之地在北中原、大中华，多为小县、小镇、小村、小胡同。

我们村里无国际时差，人们以鸡叫几遍为标准确定自己的乡村时间，然后启程踏霜，赶路，苦旅，颠簸。乡村鸡鸣可谓“一唱启道”。后来乡村电灯光出现，慌乱里，那些鸡乱了固有时间概念。

我上小学时，我姐买过一本长篇小说《高玉宝》，让我粗看，有一章节叫“半夜鸡叫”，还被收入了语文课本。老师让我写过中心思想，是说地主周扒皮为了让长工们早一点下地干活，提前钻到鸡窝里学鸡叫，鸡一叫长工们便得出工。这样能多干活。后来被众人设计，当贼痛打一顿，惊起在其家中下榻的鬼子太君，出来开枪，结果吓得周扒皮钻到鸡窝里弄得满头鸡屎。

四十多年后，有探索者对我说高玉宝的故事是政治需要，编的。大自然光合感应，感受不到东方曙光隐现的信息，公鸡半夜根本不叫。有亲戚问高玉宝:“大舅，有半夜鸡叫这事吗？”高玉宝说:“咱这儿没有，不代表全国其他地方没有。”

我想这回答好，两千多年前，孟尝君手下人就模仿鸡叫，人为让函谷关的公鸡拨快时针，提前了两个时辰。

因为《高玉宝》题材属于革命性质的“非虚构”，那个故事让周扒皮背了一辈子黑锅，人生里都带着鸡屎的味道。气味渍到骨子里，永远洗不掉。

鸡屎·鸡屎白

我得了肩周炎，有让做小针刀的，有让爬墙的，有让练八段锦的。我找到工一街私家门诊的胡明仙，号脉后他开药方，说这服药叫鸡屎白。

他说鸡屎治疗肩周炎，鸡屎白就是鸡粪上白色部分，取鸡屎、麦麸各半斤，放锅内慢火烤热，混均匀后用布包好，敷于患处，每日一次，十天一疗程。

他学问自有传承。像他爹一样，他给我讲，《神农本草经疏》载“鸡屎白，微寒”;《医林纂要》载“鸡屎用雄者，取其降浊气，燥脾湿……酒和鸡屎白饮之，瘀即散而筋骨续矣”。他说后一种疗效更好，起笔，要开药方。

我说，这不是让我吃鸡屎？你改个其他方子吧。你不说我还吃，你一说我就不吃了，加蜜也不吃。

我是一位“唯心”主义者，喜欢我姥姥说的“眼不见为净”格言。

我还喜欢暗示。

鸡食·传说的暗示

那一天，我和姥爷搓麻绳，一掌绳索在空中纠缠。姥爷问我知不知道公鸡寨。公鸡寨是我们邻村。

我说知道，先前我还偷过那村一捆豆秸，差一点被村西头老田家的狗咬住腿。按说还沾一点亲戚呢。

我姥爷说，公鸡寨的狗倒不厉害，厉害的是鸡。老田一家人没在“大伙食堂”那些年饿死，得益于一只公鸡。

下面的故事开始虚幻生成。

话说村里人都饿死得差不多了，这一天从上道口的路上走来一个孩子，额头上有一块鸡冠红。这红孩子非要认老田他爹大老田当干爹，甚至干爷。大老田暗笑，识破这精孩子的阴谋:“干儿子，这年头你不就是想吃一口饭吗？”

那“准干儿子”说，你只要留我住下就行。大老田说:“我家还吃不饱呢，你就在院里那堆柴火里睡吧，那里暖和。”

以后那孩子鸡叫头遍天不亮出来，晚上鸡回窝才返回，身上口袋里带来的都是粮食——大豆、玉蜀黍、高粱、谷子、黑豆、豇豆、绿豆，有的还粘着鸡毛。大老田奇怪：“这年头咋还有粮食？你去道口镇了？”

红孩子咯咯笑了，说：“爹，我是一个村一个村飞的，一天飞二十个村，都快使死（即“累坏了”）了还没飞到道口，飞到就成烧鸡啦。”

说得大老田也笑了。反正有粮食下锅就行。大老田一家人就靠这孩子捡来的粮食度日，没有饿死。

快到春节了，那红孩子对大老田说：“爹，我病了，全身没有力气，两只胳膊都抬不动。”大老田知道这孩子是累倒了，就说：“熬一锅葱胡子醋热水喝，发发汗睡吧。”

夜半，大老田给孩子去掖被子时，朦朦胧胧中，摸到了孩子额头上那块红，像鸡冠，又一摸，身上都是毛茸茸的，黑夜里，鸡翎闪着蓝光。

四十多年过去。亲情、友情、乡情、爱情，大体一样，走着走着就散了，只剩下喟叹和怀念。这是我听到的北中原最好的鸡的人道主义故事。准确说叫鸡道主义。

中国麻雀现代通史

麻雀虽小，五脏俱全。

——北中原谚语

甲·麻雀本纪

麻雀者，大地之子也。姓麻，名雀，乳名又称“小小虫”（像随便称呼一个可怜的流浪孩子）。在北中原乡村灰瓦上，麻雀一排排布满，它们以自己的方言去环环相扣，形成另一种移动的灰瓦，它们以体温相暖，在缓缓涌动。与博大雄健的苍鹰相比，麻雀瘦小。麻雀只是大地的一滴露水，在草隙间垂挂滴落。麻雀脸色灰褐，乡土原色，若与白鹤天鹅相比，麻雀飞行的姿势简直不合章法，还显猥琐。

麻雀胃口极好，吃喝从不讲究，不一定非得上宴席规定的“四菜一汤”。对它而言，虫子、松果、碎屑、口水之畔的饭粒与米糠，甚至流言蜚语、残山剩水，它都兴趣盎然，一一尝试。一鸟在世，有口饭吃就已知足，麻雀自己从不想当袁世凯去窃国称帝——无从下口。如果现在要评国鸟，我会投麻雀一票。

它喙小有力，善于嗑开种子，去观看果壳里面更大的一个世界。双脚强健，轻巧敏捷，它尖尖的趾爪曾抠进我的肉里，初恋一般疼痛。冬天，麻雀以草籽为主食。春天，旷课。谈情，早恋。下蛋，孵卵。喂雏期间，大量捕食虫子和虫卵。幼鸟食物中虫子占约百分之九十五。七八月间，幼鸟长成离窝，出嫁成亲，天公作美，正好是秋收时节，迎亲路上便顺坡下驴，飞入农田开始糟蹋粮食。秋收后，主要啄食农田剩谷和草籽。一位乡村农学家对我说，麻雀在夏季繁殖期，相当有益处，秋收和贮粮时，则构成危害。对麻雀一生的历史评价应该是“三七开”：成绩七，错误三。

麻雀像一颗颗毛乎乎的温暖汉字，闪着褐色光泽，在斑斓大地与纯净文字里纵横飞翔。

巢，是麻雀间接粘连大地的唯一符号，还代表着另一种读信方式。雀巢主要在建筑物上、屋檐之下、盛满月光的树洞里，以干草、毛发、羽毛、塑料、丝线等巢材筑成。马马虎虎，凌乱松散。风格近似文学体裁里的小品随笔。有的雀竟天真地将巢建筑在被遗忘不用的邮筒里。邮筒是栖息口语与耳语之地，家雀与家信，开始浑然形成一体。那时，麻雀读信，窥探人世间的秘密，爱恨情仇。那些信址和信上的文字早都生锈了，穿透星光。邮票搁浅，穿梭的邮差已不知消失在哪里。

还有一种雀巢，液体，能饮，提神，约会或签约前常为人所喝。“文字”发黑，可惜不是本通史所“煮”的范围。

乙 · 麻雀世家

“谁谓雀无角，何以穿我屋？”《诗经》里问。雀不但穿屋，还穿透厚厚时间，如一枚在风里尖叫的单词。麻雀源自欧洲，在某一个夜晚的月光里，最早启程的麻雀开始背井离乡，浪游东方，以一种“麻雀主义”的毅力蔓延，在春秋、战国、秦、汉、唐、宋、元、明的皮肤上紧紧粘贴。在我的家乡，麻雀又叫瓦雀、宾雀、嘉宾、寇雉……历史上，曾有一种雀飞入政治——突厥雀，又名寇雉，它的影子是一种谶语与征兆。据说，在唐时，有鸟群飞入塞境，边人惊叹：此鸟一名突厥雀，南飞，则必入寇。而后果然。“雀从北来，当有贼下，边人候之，故名。”麻雀展翅关乎战争与和平，可见其早已飞到国家与政治的高度。

后来麻雀飞入 1955 年，大人物开始有兴趣过问“小小虫”的事。那一年，毛主席同 14 位省委书记商写农业 40 条，即《全国农业发展纲要》，其第 27 条规定：除四害从 1956 年开始，分别在 5 年、7 年或者 12 年内，在一切可能的地方，基本上消灭老鼠、麻雀、苍蝇、蚊子。重大决策诞生之日，麻雀被判极刑。从此，红色中国开始了一场声势浩大的“革雀运动”。

乡村与城市，无数的人在屋顶与大街上奔跑，像云上的日子，像屋檐上风中飞翔的蓬草。一人手持一根大竹竿，上面绑着一条被单、头巾，一个个像疯癫了一样，敲鼓狂喊。麻雀战的目的是迫使这些小生灵得不到在树上与屋顶上休息的机会，让它不停地飞翔。一只麻雀连续飞行四个小时，就会因筋疲力尽而从天上掉下“殉国”。到了黄昏，果然一场麻雀雨自天空纷纷坠下，像一群绝望的流星，自天空坠落；如秋天的枯叶，一片一片返回苍凉的大地。

我们小城，第一次灭雀大战进行了三天，县志上说灭雀 88171 只，获雀卵 265968 枚；第二次灭雀大战为期两天半，灭雀 59800 只。大地上的麻雀几乎被捉光。第二年，果园枝头与树干，布满了害虫的幼虫和成虫。树叶没有，果子也没有。第三年，麻雀开始逃亡。

后来，“四害”的版本开始翻新。麻雀不要打了，代之以臭虫。口号是除掉老鼠、臭虫、苍蝇、蚊虫。

中国麻雀之战一共历时五载，以人定胜天而结束。

丙·麻雀列传

麻雀飞入21世纪。核试验。油价上涨。股价飙升。麻雀随选票而升格。在“饕餮时代”，麻雀由“在野党”跃为“执政党”，已成宴席上的一道名菜。打开菜单，上面飞满雀羹参汤、什锦雀卤、虾仁雀脯、酥炙蜜雀、海米雀蛋、冬笋烧雀、鲍菇乳雀、翡翠蒸雀……

一天，小外甥用惊叹的口气告诉我外面所见的秘密：“大酒店里，烤麻雀都卖到二十元一只。我妈吓一跳，说够全家买半月的青菜。”平民时代，连小孩都知道柴米油盐的细节。

我饶有兴致地问：“那天请客，上了几只？”

“五个大人，两个小孩，一共上了一只，说要烧汤喝。”

丁·通史拾遗

那年，我得少年夜盲症。村里胡中医告诉我，取雀血点之，或食雀肉可治。但不可多吃（据说壮阳。妊妇食雀肉，饮酒，令子多淫）。麻雀真是个变化无常又神秘的小东西。

在离我课本很遥远的南海，有黄雀鱼，六月化为黄雀，十月入海为鱼。这又是我没料到的，待在我家檐头的小雀会花样翻新，竟有这等翻手为云、覆手为雨的本领？一如舞台上飞翔的小政治家。

捕鸟者侯爷对我说，雄雀屎又名白丁香、青丹、雀苏。分辨雄雌的方法是，右翼掩左者是雄，左翼掩右者是雌；其屎头尖挺直的为雄，两头圆润的为雌；阴人使雄，阳人使雌。

“侯爷，那你使啥？”我就逗他。

侯爷嘴角那颗瘊子一动，脑后给我一拳。

“老子使雀掌！”

羊在北中原之琐事

羊来啦

中国传统文化里，把马、牛、羊、鸡、犬、猪这些家畜称为“六畜”，先人从古时起就重视羊的存在，这种传承细节也体现在我们村风民俗里。在村里，“六畜兴旺”“五谷丰登”是我姥爷在春节前常写的对子，风吹雨淋，多年不变样子。

前一联要贴在牲口圈里栏杆上，贴在羊圈旁柱子上，后一联要贴在粮囤上。“千万可不敢贴反了，贴反了一年日子都别扭。有一年你三姥爷就闹过一个笑话，把‘槽头兴旺’四字贴到厨屋门口了。”我姥爷这样嘱咐。

大门口要贴一个单联，是“羊”字的谐音——阳，“三阳开泰”。写春联的纸一律是枣红色的，墨色按捺不住，像把字都点着了。

一缕山羊胡子

世间有两种胡子：络腮胡粗狂零乱，山羊胡规矩整齐。

留有山羊胡子的人一般智慧，聪明，甚至狡黠，我有这一印象源自小时候看到京剧《智取威虎山》里的土匪——“座山雕”，他是一副山羊胡子。历史上的山羊胡子们现在一变，大都转业成了先锋人士、导演、画家、书法家，我有许多这样的朋友，他们都拥有一副山羊胡子。远看，胡子状如飞白；出手一比，“胡子”都长于艺术。一把好胡子马上会增加动感，在吟诗时可以一翘一翘的，形神兼备。

村里有一位我该称二姥爷的人，属羊，他就留着一副山羊胡子，像书里描绘的地主分子形象。他的成分恰好也是地主。一年四季，我只看到他在村中行走，捡粪，拾柴火，割草。他在风中穿梭走着，抄着手，谦卑的样子。

当年在土改运动时，他被划作地主。我姥爷说，他和我家还沾一点亲。

旧社会有这样的地主吗？倒觉得这位留山羊胡子的人挂着和善。

骚胡弥漫

北中原土语里，把公羊叫作“骚胡”，意象气息弥漫。如果再作语言延伸，村里形容一个人不正经、好色，也叫骚胡。如老骚胡，大骚胡，小骚胡，骚胡李，骚胡张……

有一天，村里的妇女们把队长称作“骚胡头”。

物以类聚，羊以群分。羊群里必须有一只领队的头羊，学习文件，组织干活，相当于队长。

后面跟随着一般的公羊、母羊、小羊。村里小山羊嘴巴下面都挂有两个肉瘤，一如铃铛，宛如带着声音行走。每次放羊，我和群羊穿越青草地和树林子，穿越鸟声时，都有一丝伸手触摸一下那铃声的欲望。

羊蜡，是蘸出来的一匹红羊

到了元宵节，村里会出现一种“羊蜡”，家家都要点燃。和洋油一样，我认为它是洋人的“洋蜡”，实际是一种羊油蘸制的手工蜡烛。准确叫羊蜡，哪怕掺上牛油狗油老鼠油也得叫羊蜡，不能叫“它蜡”。

造蜡者使用一枝一尺长的芦苇秆，裹上棉花做的灯捻子，一层一层地蘸熬制好的羊油，直到蜡烛饱满为止。最后染上颜色，捆成束把，开始在集市上出售。

在北中原元宵节，灯笼里面端正站着燃烧的蜡烛，都叫羊蜡，羊蜡在绵纸糊就的灯壁里，宛如站着的一只只小羊，它们在发出属于自己的光亮，像它们忧伤的眼睛。一盏灯笼就是一只小红羊，每个孩子都是一盏小红羊。

一盏红羊被我带着，在白雪中行走。

羊蜡大红颜色，是喜庆的颜色，透过夜色，像乡下人对明年向往的梦。

证明羊的存在

我六岁时父亲开始教我写毛笔字。起笔就写“羊”。

后来，年龄大了，识字多一些，我再写毛笔字时，觉得羊字包含的东西很丰富。

说到“羊”能联想到的汉字有：姜、羯、详、祥、羞、佯、义(義)、徉、翔、养、羝、洋、羔、羱、群、美、烊、鲜、羌、庠、羡、羲、羧、善、咩、羚、恙等。

令人瞩目的是“美”字，《说文解字》曰：“美，甘也。从羊，从大。”北宋徐铉注释说：“羊大则美。”可见“美”是由羊大、味甘而来。

世界上大的东西都美吗？想要好看吗？你得与一只羊有关。

如何吃羊肉

这还用说？炖吃。

错了。

东北有一道菜叫“乱炖”。可羊肉不是乱炖的。你不可乱吃，得讲究。

参照李时珍说的：热病和疟疾后食用，必定会发热致危。妊妇食用了，会使子女多热。白羊黑头、黑羊白头、独角羊都有毒，食用害人，食了会生痈。中羊毒后，喝甘草汤便可解毒。若用铜器煮羊，食后会使男子损阳，女子暴下。物性相异就会如此，不可不知。与荞面、豆酱同食，则会引发旧病。同醋一起食用则伤人心。

我看到的这些文字如此诡异，出彩。

如果使用以上文字来侦探，我推断李时珍拒绝膻气，他不吃羊肉。李时珍只吃草，他掌握着一副属于自己的“山羊胡子”，像中药青蒿。

棉花和绵羊的通感

再往上查，古代文人在羊身上覆盖了一层白色的幻想。

《新唐书》及《旧唐书》里载："北邑有羊，生土中，脐属地，割必死。俗介马而走，击鼓以惊之，羔脐绝，即逐水草，不能群。"

唐朝是一个华丽年代，人人会写诗，携带梦想，兼以飞翔。唐人相信波斯帝国的神奇，波斯能长出一种羔羊，这种羔羊依靠一根脐带和大地相连。

在北中原，这分明是说种植棉花！棉花，绵羊，两者同属于白色的词语，都包含温暖的元素，都能组成童话。在我的文学标准里，好童话好散文都要用棉布掺和星光织就。需要纯棉的语言。像蘸羊蜡。

青年时，我读到古希腊女诗人萨福的诗句，《暮色》：

晚星带回了
曙光散布出去的一切，
带回了绵羊，带回了山羊，
带回了牧童到母亲身边。

我在北中原摘过棉桃，也在北中原放过绵羊。

那时，我看到过丰厚的大地，也看到过干净的星空。还看到星空上行走的羊群。

狗情况

说点“狗话”

话说中国生肖里那十二只虚虚实实的动物，每十二年要各自轮番表演一次。转狗头之间，又一狗年来到。人也要写狗文章。如在下。

狗年里，新人无非多希望狗年大吉，老狗希望四季有骨头啃。天人合一，人畜和谐，两者都有着对美好生活的共同向往。和人不同的是：狗不分男女老幼，贫富贵贱，它最大的特点是忠诚于主人。甲午海战中，和邓世昌一同就义殉海的是跟随他的那一条忠犬。我姥爷常说，好狗还护三家呢。

狗从狼驯化而来，进化到现在形成双方势不两立：一个翘尾，一个不翘。

狗驯化后和人相处的历史据说有一万多年，比一个女人和自己老公待在一起的时间都长。人狗风雨与共，终于磨合到今天，并留下许多狗故事狗男女。古代文人风雅，在表达敬佩之时，非要象征和比喻，去当偶像的“走狗”，譬如郑板桥发誓要当徐渭的走狗，赫胥黎宣称“要当达尔文的斗犬”（斗犬也是走狗），近人齐白石表态要当八大山人的走狗。可见当走狗也要有文化胸怀，当狗也讲品位。

我印象里，“走狗”一词是贬义。我少年时代在北中原小县城亲身感受过，贫穷的空间里有红色弥漫。街上喊，墙上写，报上登，经常听到看到的是——“打倒美帝国主义及其一切走狗”，我问我爸，啥叫走狗。爸说，走狗就是后面跟随的狗腿子。尽管现在想不起来当年美帝国主义后面那些走狗是谁了，但仍感走狗风险大，名声不好，确实不好当。

狗境自有差别，不像当下的走狗及其走狗们，从个体到团伙，从不讲究。

名狗

中国狗史上，人借狗而名，狗因人而名。

上一段里说到许多名人情愿和狗联系在一起，是他们敦厚大雅，从来不会说“猪狗不如”一词。郑板桥所说的只是“青藤门下走狗”一印章，齐白石只是一首诗：“青藤雪个远凡胎，缶老衰年别有才。我欲九泉（另一说为“原”）为走狗，三家门下转轮来。”

除了有好吃狗肉的传说，郑板桥只是艺术明星，扬州八怪里，我认为艺术成就、造诣最高的要数金农，金农也好狗，他好狗不是口头虚指，他好狗务实不张扬。文载：“寿门不事生产，而癖好于古。……尝蓄一龟，大如钱，甲上绿毛，斓斑如古铜。蓄一洋狗，名阿鹊，每食必于银盘中设肉臠饲之。后阿鹊死，为诗哭之哀。……饮食服御，悉异乎人。”臠是猪肉里最好吃的一块，即猪前胛上一圈颈肉，好肉都叫狗吃了，自己不吃，足见其爱意之切。金农的人和行为让现在乡下人看是有病，且病得不轻。

今人爱狗大于爱爹。吃穿住行，样样皆全，仅我看到的，有的为狗穿衣戴帽，有狗鞋、狗帽子，下雨还为狗备有专门雨衣。有的为狗定制食物，有不同口味的狗粮、狗香肠、狗饼干。有的出行时让狗坐在主人的副驾驶位置，还系着安全带。有一次我挤公交车，看车门下，一牵狗者和驾驶员辩论，要为爱犬争得登车的权利。我租赁住处旁边有一家医院，生意兴隆，护士穿梭奔忙，输液打针，病床上躺的患者不是人是狗。今年初冬，我在郑州东区孤身一人走路取暖，看到前面两个年轻人推一小车，一路边说笑边探首说“乖乖”，我走过去时，看到车上坐的那个“乖乖”竟是一只穿着花衣的哈巴狗。那狗不满地对我龇牙一笑。

城市现代狗相缤纷斑斓，让我这来自乡下的“眼窄人”大开眼界，说句损人不损狗的话——比我们乡下的留守老人待遇都好。

我一位侄子是“中原爱狗协会”的副会长，曾接到情报，领着三十名动物关爱者，到连霍高速公路上堵截一辆拉往屠宰场的运输车，双方对峙三天……因为上面装满一车哀叫的狗。

我侄子知道和我有文化代沟，开导我：“老叔，你知道个啥？现在养狗和你们那时喂狗不同啦，外国人都有为狗死后买墓地立碑的，为狗买保险的，有的还把遗产不留给孩子留给狗的，你们那年代，狗也都跟着没享过啥福。”

大侄子后一句疑似幽默，为我们的狗年代惋惜。

我说，这年代经常踩上狗屎不太好。

全县打狗

我的年代接触的都是土狗。

我养狗，至今养过不止一条。芳名分别叫虎子、二虎、黑豆、大白。都是清一色草狗。过去乡村邻里之间没有买狗一说，狗满月就抱走，叫“寄狗”。

我家一条母狗生下五只狗仔，当最后一只狗仔被“寄”走后，那母狗一段时间里抱着一个绣球玩物发呆，狗脸哀伤。

狗脸有表情。我童年时在野外救过一条狗命，那只狗被人下套吊住，悬挂着，狗看到我，一狗脸哀求。我放下绳索，让那条狗逃走。它逃走，远远地还回头。

我养的第一只狗是条黄狗，叫虎子。我家在城郊瓦房里住，狗是我太太从娘家带来的一条家乡狗，怀有乡愁。最早见狗时，它正在一只纸盒子里卧着，狗看见我推车进门马上起来摇尾，表现出一狗脸亲热，狗凭直觉知道我是家庭重要一员。

狗多吃剩饭剩食，有一顿没一顿的，饥饱不定，有时还偷偷舔吃小孩子的屎，从没有专门狗食一说。村里人平时形容某人生活窘迫，叫“吃得猪狗不如”，是对狗真实生活的侧面写照。

到 80 年代，我所在的小县城开展了一场全县人民打狗运动，县委制定打狗文件全县下发：打狗是为了维护社会治安，造福一方。那一阵全县狗肉价格低于猪肉，满街飘香，大家都吃狗肉不吃猪肉。我家一位邻居喜欢养斗鸡喂洋狗，问我：“这次打狗和社会治安有啥关联？”我一时也总结不出关系。

我姥爷说打狗运动过去也有过，记得早在滑县农村开展革命工作时，地下党多在半夜里行动，因怕狗叫易于暴露风声，便号召村村打狗，有狗的群众刚开始想不通，后来想通了。

为了革命事业，北中原曾有过村村打狗。

后来还有一次重要的“狗行动”，我曾写过一篇《屠狗三段》，此处不表。

这一次有县委红头文件，我和狗都听到了红色的风暴。风声雨声狗叫声，邻居的处理方式是卖掉老狗。人狗有情，我不舍得卖狗，决定骑自行车走五十里乡间土路，要把狗从长垣县带到滑县留香寨乡下避难。因两地不属一个县，此处是打狗区，彼处是非打狗区。

我骑车子，狗随车后，真正狗腿子了。越过“白区”，我送狗到乡下。交接后我要回去，它竟悄悄地跟我走，我在村口蓦然回首，那狗可怜巴巴站着。我只好让老舅把它拴在树上，狗看不见我，双方才没有依依惜别之情。

这是第一只狗的故事。天上狗间，那狗如今早作古多年。

狗肉配花椒

在北中原乡村，有“狗屎不上墙，狗肉不上席”一说，但“狗肉”不好听吃起来却香，腻香。我姥爷曾说：“论吃飞禽，鹁鸽鹌鹑；论吃走兽，猪肉狗肉。”

“剩下一脚狗腿，把来揣在怀里。临出门又道：‘多的银子，明日又来吃。’”少年时看《水浒》，一直记着鲁智深怀揣狗肉上五台山的潇洒风度。古人还写过许多“狗文章”，我不必全掉书袋子。记着其中一个餐饮食方，说“狗是老虎的酒”，宋人《茅亭客话》也曾提及“凡虎食狗必醉”，像是说，狗是老虎的一盅小酒。是小菜一碟，是一盘瓜子。必要时可饮一盅。

在北中原，我当了多年乡村信贷员，有一群懂乡村小吃的穷讲究弟兄，初春邀我吃兔，冬天邀我吃羊。每到初秋佳日，古人此时登高吟诗，他们约我到十里开外的乡下吃狗。乡村公路边有家“狗肉张”，秋后正当狗肥季节，麻叶包狗肉，十里飘香，吃狗肉蘸着卤焦的花椒，鲜美无比，花椒化腻，还杀菌。

前几年我回到郑州，不再吃狗肉，一次闲谈中，听说狗友里有一位因为吃了疯狗肉，犯病发疯了，见谁咬谁。我说不会吧，吃狗肉不是还蘸着花椒吗？

一位懂行者笑了，啥鸡巴吃狗肉发疯啦？是“打老虎拍苍蝇”运动中有人举报他受贿，被纪委“双规”，吓疯了。

由狗肉到老虎，我想起宋人那一册笔记，“双规”比老虎厉害。

中原肉类里，我对吃狗肉一向不积极，一般我不主动去吃狗肉，同时我还不吃蛇肉、青蛙肉、娃娃鱼肉，自认不如吃牛羊肉合乎规矩，尽管张嘴都是吃，拉出都是屎，吃牛羊肉显得道义上心安理得。

是到了狗年，多少狗事情才涌上心头。

在乡下，我姥姥爱说“猫是奸臣，狗是忠臣”，涉及平时听到草台班子唱的皇宫戏了。我姥姥特意举过我家里的猫狗例子为证。猫狗我都养过体会过。几个狗年过去了，我还写过关于狗的打油诗，一直想写一首歌颂狗的现代诗，后来就要动笔时，看到余光中先生写有一狗诗，我就没写。余先生那一组诗是单说鸡猫猪狗的，其中一首《赞犬》：“与其依靠政客的诺言/还不如依靠一头忠犬/诺言一转身便抛在脑后/……/只有忠犬还守在脚边。”

分析猴之逸事

猴头

据说，世界上的猴子有一百八十种，这还不包括那一位叫孙悟空的猴子。

猴子精明，褪下毛登上讲台就是人，甚至是名人，这是我根据达尔文进化论来意译的。猴子属于灵长类，和人挤在一起容易交叉感染，猴子如果打喷嚏了，人就容易得感冒。

丙申猴年来临前，一汉画像收藏家持一南阳汉画像拓片让我题款，拓片图案是一奇兽：猴头，牛蹄，马身，虎尾。汉朝人想象丰赡，远远高于当下中国科幻学会的会员。我查一下《山海经》，疑似里面的猩猩，仔细对照又不是猩猩，不知何方异物，但四分之一与猴子有关，我题打油诗一首，诗云：

拓尽日落月又升，奇兽炫耀卷汉风。
神灵不问人间事，独自镌刻山海经。

把汉朝的一只准猴子挂起来，我看到那一灵物在风景上走动。它在一块汉朝的石头上走动。石上生风造色。南阳汉画像里的石兽要么辟邪，要么食人。这都是吓唬活人的。目的接近杀鸡给猴看。

猴年马月

猴子制造自己的时间。

根据干支纪年，猴年每十二年一个轮回，马月也是十二个月一个轮回，凡是猴年，必有一个月是马月，“猴年马月”的周期是十二年。十二年里能养多少匹马？能挂多少只猴？

北中原乡村把“猴年马月”作为一种虚幻的时间，里面还有未来的空间。大凡来到这个时间段，都会迷失。博尔赫斯笔下写的多是猴年马月的故事。

每遇大事，我二大爷不变应万变，爱用这一句反驳：“你说这是猴年马月的事儿？”

少年时代的某一天，万里无云，天气晴朗，我在留香寨北地行走抒情，遇到迈着醉步而归的名医胡半仙，他刚从邻村游走占卜回来，闲着无事，他要温习日课，掐指一算，对我说：“你属龙，和属猴的人相处最为般配，天作之合。”

乡村生肖里最佳般配总会让人惦记着。人生之遥，惦记一个人比见到一个人让人觉得分量更沉。

猴为吉祥物，中国文化里“猴”与“侯”谐音，我看到在许多图画中，猴表示封侯的意思。画家画一只猴子爬在枫树上挂印，就是“封侯挂印”；一只猴子骑在马背上，就是“马上封侯”；一只猴子骑在另一只猴的背上，肯定是“辈辈封侯”。

北中原有个形容关系紧密的说法，叫“猴到身上”。是说小孩子的黏人相、无赖相、泼皮相，接近天真烂漫。大人们多稳重端庄，拿架子，肯定不会“猴”。打开电视看新闻，贾宝玉可以猴在丫鬟金钏身上，你见过什么国家领导猴到谁的身上？

我姥姥说，可不能说小孩子“猴”，说猴会三天不长个子。北中原语言里，这叫忌口，其中有何乡土奥秘？

猴屁股

孔雀一开屏，就会露出屁眼儿；猴子如果站在高处，就会露出红屁股。

这隐喻人们不要嚣张，要低调，底线要低到猴屁股下面，去闪耀暗处的光芒。人生中，更多时刻是露出猴屁股的尴尬相，只是“猴子”不知道。自己站在高处还以为得意呢，其实早露出屁股了，哪怕是通红如霞。

每一只猴子都有自己的传奇，先不说《西游记》，在中国文化里，猴子和人相谋，制造了很多成语，里面有两个猴子与帽子有关——轩鹤冠猴、沐猴而冠。现实里，我见到更多的则是后一个“沐猴而冠”，当下多少男猴子女猴子在戴帽子，在表演，从而去证明这一成语的永久保质不过期。

我一直记着胡半仙的那一句话。可惜我早生了四年，我不属猴子。猴恨我生早，我恨猴生迟。

不属猴不影响我看“猴景”。历史上属猴的“名猴”很多，从各种正史、野史的文字堆里，我初选出一群“猴子”，其中有武则天，是一位皇帝级的“母猴子”。其他“公猴子”则有江淹、苏舜钦、辛弃疾、文天祥、杨慎、徐志摩、康白情，等等，都是“文猴子”，进一步细究，可说是“诗猴子”。真是“我恨君生早”啊，他们都是我喜欢的“猴子”。

“猴子榜”上也有我不喜欢的“猴子”，他们都上到一棵华丽的圣诞树上了，盛景璀璨。我在低处能看到他们高处的红屁股，像向日葵盘旋。

可猴子喜欢我吗？

中国“猴艺之乡”是河南新野县，这里有两千年玩猴历史。我小时候在乡间看玩猴，听村口锣声一响，便急急挤出门。那些玩猴者都是从南阳新野过来的艺人，为了生计，猴子和人一同携风带雨来到北中原。猴子敲锣，艺人收钱。一个节目结束，艺人开始向一圈围看的观众递上一个空盘子，便听硬币在里面叮叮当当响，每次来到我们这群小孩子面前，空盘子就自动隔过去了，玩猴人知道，这些破孩子没钱，比猴子难缠，捧个人场而已。

猴子有时也反抗艺人，不敲锣了，像是说：放下你的鞭子！引得观众哄笑。有人感叹：世上是人玩猴乎？猴也在玩人乎？

义猴传

小时候，我姥爷讲过一个关于玩猴艺人的《义猴传》。

有一乞丐养有一只猴子，一年四季在道口镇靠玩猴谋生，得到食物，和猴共餐，人猴相依为命。后来乞丐老了，病倒在庙里，再不能入市玩猴了，那只猴子开始跪在卫河旁边，乞食养人。

到冬天乞丐死了，猴子盘圈痛哭，长跪路旁，伸掌向路人乞钱，等得到一定数量钱后，它来到城东马家棺材铺，引来棺材铺的马掌柜到乞丐旁，置买了一口合适的棺材。猴子又牵路人衣襟，乞求把乞丐埋到滑县城东南的荒地。

完毕后，猴子祭拜，又捡拾了些树枝柴火，堆积在墓旁，然后点燃，长啼数声后猴子跳到火焰中自焚。

一边路人惊叹，感慨：这哪是猴子，分明是一位义士。

后来，有人还在马家营村立有一座“义猴冢”。

少年时代，我穿过马家营到上官村走亲戚，越过那座低矮的“义猴冢”。记得上面长满了比我头发凌乱的青蒿。

我二大爷笑了，且听他说：“义猴冢里埋的，实际是一条猴尾巴。”

猴尾

一只猴子用尾巴掌握自己在天空中的方向。

现实里，猴尾多被儿童们画成打秋千使用。猴尾盘在山崖上，吊在树干上，可以汲水，可以捞月亮，可以卷一个桃子，可以教导另外的小猴子们去进行四则混合运算。

由此可见，猴尾之功能关乎社会的平衡，它是猴子身上最有诗意的一段。应该像一篇文章的最后一段，像最后一段里的最后一个警句，像最后一个警句里的一个单词。

哼哼录

——猪之语

人懒猪不胖。

——北中原谚语

猪头，猪头

作家大都是挂猪头卖杂碎。挂别人的猪头卖自己的杂碎。

猪头不是随便可做的，生手莫为，调理猪头需要熟能生巧，清人《调鼎集》记载了至少十四种做法，扒猪头、煮猪头、糟猪头、猪头膏、锅烧猪头等。大有猪头飞舞幻象。

周作人的理想生活就是“早起喝茶看报了，出门赶去吃猪头”。若换作周树人，许多商家过后会说“鲁迅吃的是我店的猪头”。

猪鼻子

中国史书喜欢数字，有“六畜”“六牲”之说，顺序分别为马、牛、羊、鸡、犬、猪。编排者自己是猪脑子便以为猪笨，把一个猪头排在最后。猪认为这个顺序不公平，抗议道，20世纪战场排雷靠猪鼻子，人民海关缉毒查毒靠猪鼻子。尽管其他“五畜”“五牲”的鼻子也很好，若展开论述肯定数人鼻子最堵，要配备“滴鼻通”消炎水。

河北徐水最有名的是“驴肉火烧”，在听荷草堂胡同口拐弯处有一分店，我每次吃驴肉时都得到了“猪知识”。徐水没有发现最早的驴，发现了最早的猪——考古人员在这里发现了九千年前驯化的猪的骨骼。有人论证指出目前中国家猪和野猪有着共同祖先，皆由原生野猪驯化而来。往事不可追，无论执政党或在野党，往上再追溯都是一家人。

我家的猪非由野猪驯化而来，是我姥爷从北中原高平集会上买来的。每年牵来一头，有猪圈里一条条麻绳为证，绳索上染着颜色。

姥爷每年养一头猪，买时是架子猪，家里叫“壳郎猪”，有时是小猪娃。“壳郎猪”喜欢吃食睡觉沉思，小猪活泼，经常越圈逃逸，跑到村外，去向不明，全家要出动寻找，我多次找过，常等到暮晚精疲力竭失望后，才看到它从村口慢慢晃动，在暮色里走来。

猪在家里的主要吃食为泔水，刷锅水搭配红薯叶、红薯、豆腐渣、麸皮。我喂猪时喜欢多撒麸皮，我姥姥让节省着撒，撒多了猪会挑剔，光吃麸皮不喝汤。村里有一句话“吃得猪狗不如”是形容伙食质量低下，常被用作比喻。上学时我对炊事班司务长说过一次。结果后悔一个学期。

在乡村，再聪明的猪，哪怕是一头会背唐诗的猪，最后的下场一样是被杀掉，一年四季，人们只有到春节才能放开吃一次肉。一头猪在节前被杀，几家亲戚共分。猪肉叫“大肉”，猪肉不缺席，才让乡村节日有了分量，没有猪肉的春节只能是和尚们过的“素节”。红烧肉在村里学名叫“扣碗”，蒸肉前碗底垫上腌制的雪里蕻，吃前扣上一个盘子，然后翻过来才可上桌，故名“扣碗”，蒸成的“扣碗”主要用于待客，其他人陪客时趁机夹上一块。

肉蒸好端上来，姥爷却躲在外面，他说这猪养了一年啦，他不吃自己养的猪肉。

猪毛以外

“墨猪”一说学书法时才知，源于“浓墨宰相，淡墨探花”之说，刘墉的字雍容肥厚，被人称为“墨猪”，染墨的猪，饮墨的猪，我看到了绵里藏针，一般人驾驭不了如此厚重笔墨。后来才看王羲之的老师卫夫人《笔阵图》早有定论:“多骨微肉者，谓之筋书，多肉微骨者，谓之墨猪。”评论家是杀“文字猪”的屠夫，清楚得很。一眼能分出谁是猪，谁不是猪。

这样一推断，书法史里染墨的猪很多。譬如，再譬如。

我临过刘墉的字，也读过刘墉的帖，他源自颜真卿、苏东坡。有一年别人送我一张刘墉写药王像的拓片。我兴致一来，在上面题了款。拓片要题款才算“成人”，不然都是“白拓”。在墨猪的后面模仿成了小猪。“淡墨探花”指王文治，吃了“墨猪肉”再看王文治的字，便越发觉得轻了。从淡到扯淡。

猪肚如华章

小时候，父亲让我学习的手段就是埋头猛抄成语。

许多成语里，记着一个和猪有关的叫“辽东之豕”。

那些不抄成语者有的当官，有的发财。譬如朱浮就制造成语不抄成语。

汉朝武将朱浮，文采斐然，时常引经据典。“亲者痛，仇者快”就出自其口。后来彭宠发兵攻打朱浮，朱浮写信反唇相讥，翻译成白话是：“你居功自傲，自以为了不起。过去辽东有个小猪生下来头是白的，当地人以为稀奇，将此进献皇帝。走到黄河以东地区，见所有的猪都是白头，十分羞愧地返回辽东。如把您的所谓功劳，放在朝廷上比量一下，不过是辽东的白头猪而已，有何可骄傲？”后用“辽东之豕”表示孤陋寡闻，少见多怪，自命不凡。

白猪一直在繁衍走动，现在各种领域“白猪满圈”。

豹头凤尾猪肚。写文章无“猪肚”不丰厚。这便是一头墨猪的韵味。肉类里，只有猪肉才能让人达到那一种“肉醉”。

猪耳朵

另一个猪成语“牧豕听经”，是说自学成才。

古时名人多放过猪，近似当下有作为者都曾“上山下乡”，当过“知青”。那些先贤即使不放猪也放过羊。《后汉书·吴佑传》说他“年及二十，丧父独居，家无儋石，而不受赡遗，常牧豕于长垣泽中，行吟经书”。吴佑和我有乡土传承联系，我对吴佑亲切是因他和猪穿越长垣的草泽，我二十岁左右也在长垣草泽间谋生，骑一辆旧自行车穿梭乡间，胡同里会有一头猪受惊闯出，拱翻自行车。

许多人名字里嵌有猪的“影子”，以求吉祥。作为属相，猪与地支中的“亥”对应，于是有战国大力士朱亥，秦二世胡亥，魏晋黄巾军大将管亥。古称大猪为“彘”，汉武帝幼时即名刘彘。

小猪大猪都是猪，唐代安禄山干脆叫其家宦为李猪儿，猪儿后来一怒之下把安禄山杀了。名字和猪有关者都不可轻视，在现实里要当大象对待。有的人外貌像猪却有老鼠的心计。

猪在哪一个朝代最幸福？我对比一下幸福指数，当数魏晋，猪和人平等。《世说新语》里载“诸阮皆能饮酒，仲容至宗人间共集，不复用常杯斟酌，以大瓮盛酒，围坐相向大酌。时有群猪来饮，直接去上，便共饮之。”竹林七贤里，阮籍、阮咸爷俩皆善饮，这一次除了阮氏同宗共饮外，另外挤进来一群猪，像上好的眉批。人畜兴旺，好不快活。

到宋代猪开始犯贱，一头猪一千文，宋朝一匹马价在二十五贯到五十贯之间，一匹马可买二十五至五十头猪。猪肉贱。

猪到明代进入低谷，“朱”“猪”同音，明武宗禁止民间养猪，违者充军，对猪而言不知是喜是忧，整体猪量下降，安全感上升。历代官方都有所忌讳，都想用塑料叶子把脓疮遮掩，让人誉以桃花。

除了意识形态之外，战争也伤害猪。

《中国养猪史》资料显示，战争对“猪事业”发展影响最大。太平天国，义和团，鸦片战争，诸如此类，对清朝打击大，对养猪业打击也很大，猪头在中国大地晕头转向。近代史上日本侵华战争重创中国养猪业，抗日战争爆发，以我处的河南省为例，河南省在 1937 年家畜数 318.7 万头，1945 年家畜数 210 万头，战争结束后，减少了 108.7 万头，减少比率 34.1%。动荡不安的时代里一方猪圈亦不能平静。

1942 年北中原人民成群结队逃荒西行，要到西安，有的人家除了行囊，还抱着鸡牵着一头猪上路，那是一种慌张时刻的寄托。可以肯定结果，那一头猪最后不会到达西安。

猪杂碎

猪年来临前，参加一个迎猪年的活动，我给一位京城女收藏家写了一幅“真水无香”，她长得像猪宝宝，我没要钱她过意不去，从古玩城赠我一本上世纪50年代版本的《养猪印谱》，郭沫若题名，三位上海篆刻名家治印。看不出章料材质，看印文却颇有意思，诸如“以养猪为荣，以养猪为乐”“一吨猪肉可换五吨钢”“人懒猪不胖”，都是猪格言。

相比之下，我给她写的可是“真水无香”啊。

又想想，从猪到珠，珠圆玉润，两者都是一样的锦绣文字。

猪 蹄

我十岁时，孟岗镇上猪蹄价格一直为：前蹄小，五分一个；后蹄大，一毛一个。

20世纪以后到现在，道口城东有一家“十三香猪蹄”，一天仅煮一锅，卖完收摊。去郑州的长途车捎的多是猪蹄。道口一部分人民怀乡靠猪蹄不靠烧鸡。一车猪香。

依照十二生肖顺序，羊猴鸡狗猪，报社记者马波罗年年约我稿子，他打趣我说，若不配合就停报。他狗年让画狗咬人，他猪年让画猪任宰。画好猪我落款，诗人天性或叫毛病是喜欢捅马蜂窝。

这次写一个关于猪的寓言。

一厨师问一头猪：“你死后想做成什么菜？糖醋排骨、红烧肉、东坡肘子、水煮肉片，还是四喜丸子什么的？”猪在犹豫。厨师说：“讲民主嘛，畅所欲言，随便说没有关系的。”猪说："其实我不想死。"厨师说："你看你，一开始就跑题了吧？"

马波罗把握不好，揣摩一下，警惕地问我："冯老师，你老人家不是要砸我的吃饭场子吧？"

猪的哈欠

马波罗说："你写个轻松的，譬如猪打哈欠之类的，像央视里那些心灵鸡汤。"

我说都是干货不热鸡汤。譬如去年我在北中原乡村"扎根人民"期间，在高平镇上遇到一个智慧的小姑娘，她妈说孩子缺心眼。我问咋缺心眼，她妈讲述后，我马上说："你家这孩子将来是一名诗人，你干脆让她以后跟我学诗吧。"

她妈说："那不是不开窍，死心眼吗？"

那一天，老师让家长辅导作业，课本上看图答题，画面有唐僧、沙僧、孙悟空、猪八戒，四位站着。下面文字问：查一查上面一共有几个人？

孩子查来查去答成两个人。她妈大怒，说："你睁大眼睛再看看，上面明明是站四个人嘛！"

小姑娘指着孙悟空和猪八戒，说："这两个不是人。"

猪尾巴

猪尾巴主治流口水。它是接收世界信息的天线，证明属猪的人都聪慧丰富。现实里，猪无意识形态之别，乃中性，永远属于人民大众。

近墨者黑，近朱者赤，近猪者哼哼。生活里面，能否吃上肉最关键。

某年的商会活动在火锅店举办，我参加迎新座谈会，举箸间，一位小姐先出场，露出一对小虎牙向我展示最新服装，袖口上秀有两个红色的“肥”字，“小虎牙”再优雅地转身，猫步之后，我看到背后两个大字“哼哼”。

她说这俩字今年最流行。猪年生孩儿都是猪宝宝。滚瓜溜圆。

望着她那一对小虎牙，我忽然一阵怅惘。

五匹马

———从 1000 年前进入东京的那些马说起

第一匹马 · 受惊

严格说，只是半匹马，因为就剩下了马屁股。

这仅存的半个屁股后来也被北京故宫的专家修画时删掉了，可有可无。他们不承认是毁画，他们说，那只是一块多余的破绢。有专家辩论道，半匹马其实在明代就毁掉了。我看到据说临摹最好的吴子玉本《清明上河图》，他在里面根本就没有临摹上这一匹马。

和牛肉相比，马肉粗糙，价格不贵，可你千万不要小觑这一匹马。

没有这匹马，1000 多年前开封市郊的一个惊险镜头就不成立，要大打折扣。读画时注意，前面一位老爷子在急急招呼玩耍的孙子赶紧躲避惊马，不远拐弯处，还有一匹漂亮的小母驴，搔首弄姿，焦躁不安，它跺着蹄子，尘烟四起。在北中原，马和驴可以有爱情故事，它俩交配的结晶叫骡子。故可以异性相吸。惊马是奔驴而来的。

删掉的这一匹不会是牛。因为柳树下卧有两头牛无动于衷，毫无表情。牛在反刍，我们乡下称作“倒沫”。

这是一匹开始进入东京城的马。它因爱受惊。

我一直把《清明上河图》当作一部长篇小说细细来读，睡觉前读几个人物消遣，醒来后揣摩一下他们的关系，夜半撒尿再读，常读常新，细微之处妙不可言。一生如此打发尽去也不失诗意。

没有了这一匹马，这部小说的开始在情节上不成立，就不能算是一种进入东京的最好方式。

第二匹马 · 窄门

虹桥是全画中的高潮。

大家都在桥上斗热闹。虹桥上一共有两匹马。看外貌骑马的都是官二代，哥俩。我只说前面大官人的那一匹马。牵马的两个打手赤膊露肩，呈嚣张貌。“闪开！闪开！你们没看赵大老爷要过桥办公务吗？”情景近似现在为某些公检法官员警车开道，牛哄哄地忽闪着警灯。

恰好迎面碰到一位坐轿子过桥的知识分子，双方的奴才互不相让。路人吓得纷纷躲闪。我姥爷过去对我说过：“人多的地方你就不要去。”我也躲在桥栏杆一边看画。果然是那文人争不过军官。这叫“秀才遇到兵，有理说不清”。

宋代缺马，主要是皇帝重文抑武风气使然，加上好马出产地多为西夏、辽这些敌对国。辽国的马和羊还不许出境。宋代国家设养马场，民间不许养马。马就极少。为了找到科学说服力，我还点数统计过：走动在《清明上河图》里的驴子46匹，马有14匹，其他疑似骡子6匹，牛11头，猪7头，骆驼4匹（因城墙遮蔽，不止此数）。

我把畜生们对比一下得出结论：宋代驴子最多，文人出门办事参加笔会一般多骑驴子。还有诗为证，“细雨骑驴入剑门”。诗人没有说骑马骑骆驼入剑门。

上帝在西方说：你们要走窄门。

东方宋朝的马在走窄门。宋朝的马金贵。

第三匹马·悠闲

下了桥直走就是一座“脚店”，店前面一匹马低头，正在无聊地甩着尾巴。马蝇太小，张择端没有画上，也许画上了我们没有看见。

店的门面头上书有“天之美禄”字样，这是在称誉好酒，相当于现在央视的酒广告。《后汉书·食货志》语：“酒者，天之美禄。”脚店就是供人临时歇脚的小客店。孟元老《东京梦华录》：“其正酒店户，见脚店三两次打酒，便敢借与三五百两银器。”

马主人正在脚店楼上约会一位朋友，会谈内容不详，你可以尽情去猜。马缰绳拴在一根明柱上，马夫坐在栅栏里打瞌睡。店小二一路高叫着，端着托盘往二楼上菜。满盘皆是豫菜。菜香飘来，瞌睡的马夫吸溜一下鼻子。接着再睡不着了。

马旁边另外一位店小二回头说：“官人，我给你端一碗豆腐脑吧？账记到大官人单子上，可一发来算。”

张择端的画里有话。

“脚店”近似东京的一种快捷宾馆，出了城门右拐，那一家“正店”才算正规高档，近似现在五星级宾馆，上面插花，挂满灯笼，红漆明柱。京城官员可以长期租赁办公，外地可设驻京办事处，官员富商可包二奶。

宋朝最大的好处：且无录像。大家关门用铜锁。

第四匹马·背影

喝一杯“香饮子”吧（这是一种近似“王老吉”的凉茶），润喉之后，让我们在东京路上继续往前走。

越过五匹不太好描述的马，再过一个十字路口，你只要不修面（那样耽误时间），肯定就能见到这一匹马。

这是一匹只给观众留下背影的马。

主人拿着扇子，团扇。一边有一个仆人牵着马。

《清明上河图》里面有几个拿扇子的细节，有赤膊的细节，有穿短裤的细节，大约1000年前的开封天气比现在寒冷，这证明画里的季节不是清明节前后，《清明上河图》实际有“政治清明”之寓意。

那一骑马人是新党还是旧党？

那一骑马人是王安石还是苏东坡？

哪一匹马“念去去，千里烟波”？

我未知。

张择端知。他在人流里转身。

第五匹马·咳嗽

《清明上河图》眼看就要到达尾声收卷了，这时，出现最后一匹马，它迎头而来。

一大官人骑在上面，前面两个卫士挽着马嚼子。后面一位扛着一物，像是一把牛肉摊上撑的大油伞，我推断他扛的应该是一把大刀。马后面紧跟一位挑着重担的挑夫。前后一行，他们是一个团队。

这一位宋代的军人身着素装，却显得堕落，在东京街头近似招摇，他要赴宴？要写书法？要出游？要为老丈人过生日送生辰纲？这里面有多种可能，但可以肯定，他不是外出进行一次军事训练的。

我就开始胡想，军人若在那些部队贪老虎的指挥下打仗，也强不了宋人多少。据说，茅台酒价格一度高涨，全是军队喝的。军队腐败，买出来的官肯定不想去西夏。近年我们北中原坊间有一传闻，说在一犯事的将军家中缴获数万件茅台酒，近似唐代宰相元载家里起获的 60 吨胡椒。

宋代的马都不吃胡椒。

它们吃胡椒之后，会一起大声咳嗽。

小蝇子的事并不小

纳博科夫看到《包法利夫人》的漏洞。福楼拜写到苍蝇在杯壁上爬。纳博科夫说，其实苍蝇不是爬，是在走，一边走一边搓手。

——题记

2007 年晚秋，我在北京参加一场命名为“双星璀璨”的活动，是林风眠、齐白石两位大师的联合画展，北京画院把两个艺术落差极大的画家摆在一起，我觉得别出心裁。

登到二楼，我看到齐白石画框旁边放着两把放大镜，好别开生面，原来是让人看他画的苍蝇。在放大镜下面看，小蝇子腿上的绒毛清晰可数，我佩服极了，这齐老头子，笔花心花咋眼睛就不花？

再后来，拍卖行把齐白石一只苍蝇拍了 16 万。便分神：我家灶台上可是有无数苍蝇啊。

我年轻时模仿着写了好些俳句，尝试新奇，还寄给过汉俳方家林林先生一沓，只是没有回音。我喜欢松尾芭蕉、小林一茶大师的俳句。读到小林一茶写的一首《苍蝇》：

不要打啊，
苍蝇搓他的手，
搓他的脚呢！

他还有一首《归庵》：

笠上的苍蝇，
比我更早地飞进去了。

他写的肯定不止两只。我不懂日文，面对以上两首俳句，想日文原意或许更见幽玄。诗者有慈悲的心胸、超然的逸气。

大师要面对小蝇子。鲁迅晚年躺在病床上，最后忧伤地写道："我有时也看看四近的东西，如墙壁、苍蝇之类，此后才能觉得疲劳，才需要休息。"猛士看苍蝇，真是喟叹。

一个人在成功辉煌时刻，是不关注小小蝇子的。

我在北中原乡村一直与蝇为伍，馍篮、桌子、瓷盘、神像，它都亲近。携带的细菌我也看不见。我家的厨房每到晚秋初冬时节，也是苍蝇相聚时节，因为灶台上暖和，会集中许多只食蝇来集体取暖，像撒一层黑豆，掀锅盖时，便听嗡的一声。姥姥不让打，多是挥走了事。苍蝇也要过冬。

有时落到锅里。我眼尖，姥姥说，是一颗黑豆。捞出立马扔掉。

我上学时学习成绩不好，上帝另开一扇智慧之门，便有一门独技，会只手抓蝇子，手段百无一失。秘诀在选择时，看准方向，迎着蝇头出掌，从前往后挥手，蝇子是往前上方飞的，像黑鹰战斗机起飞，掌握这个蝇道规律才不会失手。一技在身天下行，只憾未能行多远。

上大学那一年，为了炫耀，我还为女朋友表演过一次捕蝇，好让她开心。见桌面有一小蝇子在卧，我开始卖弄，但见只手一挥，一蝇在握，我对她说："里面有了蝇子。"

她自然不信我神奇手段，双方打赌，我说："有了咋办，你吃？"她痛快地说："好，我吃。"

便展开拳让她仔细来看，一只小蝇子从我掌中快乐地飞走了。她埋怨我："我要吃嘛。"这般美妙收场让一屋子的时间都那么开心。

想想，再想想，不愿意想，现在想起来那一只小蝇子，它遇见了蝇拍子吗？

北中原鼠轶志

当属首者

齐白石属鼠，故画了许多老鼠，数量上力求对抗虾米。

我不属鼠，也喜欢画鼠，缘于它是我童年“乡村动物志”里的主要成员之一，让我与鼠为伍。在北中原民俗里，老鼠是另一种意义，排行十二生肖之首，属于吉物，是财神，仓鼠有余粮，代表富裕，象征多子，生命繁衍。

齐白石画老鼠时喜欢多加一架灯台，照耀童年。在明亮的草灯光里，在民谣气氛里。我姥姥也对我说：“小老鼠，上灯台，偷油吃，下不来。小妮子，抱猫来。”

但是鼠会飞。窗外，乡村也有会飞行术的老鼠，姥爷说过，如果老鼠偷吃了盐，会变成蝙蝠。我家乡夜空中飞的蝙蝠都是吃盐的老鼠，一道道纵横的弧线充满咸味。

有鼠为引，让我留意炕头那一方饱含泪水的盐罐。

老鼠在唱词里摇晃

我喜欢乡村赶集，听到市井声立即兴奋，像厨师听到菜刀之声，狗听到骨头之声，像胡人进入波斯市场。集会上不乏娱乐场次，首推卖老鼠药者，属于热闹里的热闹。卖老鼠药者，老王，赶集次数多了大家称其为“老鼠王”。

老鼠王前面摊开一块粗油布，上面摆满大大小小的老鼠标本，成绩用于烘托气氛，老鼠皮里面装满麦麸或谷糠，显得肥嘟嘟的，有时他忽然拿着一个糠老鼠，逗前排的孩子。老鼠王开唱，道白：

叫诸位，听我说，
你家屋里老鼠多，
白天偷你粮食吃，
夜里闹你睡不着。
上你的炕，爬你的床，
咬坏了你的“的确良”。
多养鸡，多养羊，
都比喂养老鼠强。
老鼠药，不值钱，
一包只卖一毛钱。
老鼠吃了我的药，
十个老鼠死九个，
剩下一个打哆嗦。
老鼠吃了我的药，
先麻嘴，再麻腿，

小老鼠吃了不会动，

大老鼠吃了蹦三蹦。

大小老鼠都没命。

老鼠王打着快板，累得擦一下嘴角唾沫。宣传效果良好，有深受老鼠之害者，开始解囊买鼠药。

我赶集为听治鼠唱词，多年后揣摩，文学之路要越过许多只老鼠而来，达到鼠尾高度，北中原民间唱词助我诗风，影响我写诗押韵，咚咚锵锵，诗句需要音乐之美。老鼠喜欢押韵，寺院老鼠都喜欢听经。

乡村之鼠继续上升，抵达传奇。村里“五大门”又叫“五大仙”，说的是“狐黄白柳灰”，分别指的是狐狸、黄鼠狼、刺猬、蛇、老鼠。

秋后，那一位叫“瞎八碗”的艺人来村里说评书《七侠五义》，一个厉害的角色就是老鼠变的，叫锦毛鼠白玉堂。五鼠开始闹东京，除了白老鼠，还有他鼠——钻天鼠卢方，彻地鼠韩彰，穿山鼠徐庆，翻江鼠蒋平。加上锦毛鼠组成五义，在江湖上和七侠较真。

我从柳园口下船到开封时，见过一只船鼠。

时代大数据

鼠档案说，天下鼠类约 1700 种，中国有鼠类 170 种，我接触的主要是田鼠、小家鼠两类，属于野栖和家栖，在野或执政。

小家鼠，又名小耗子，毛色灰，个体较小，除墙根做窝外，经常与人做伴，在《红楼梦》里替贾宝玉出来说过单口相声。

老耗子说："明日熬腊八粥。洞中果品短少，须趁此打劫些来方妙。"一小耗前去打听回报："山下庙里果米最多。"老耗问："米有几样？果有几品？"小耗道："米豆成仓，不可胜记。果品有五种：一红枣，二栗子，三落花生，四菱角，五香芋。"老耗拔令箭问："谁去偷米？"一耗便接令去偷米。又拔令箭问："谁去偷豆？"又一耗接令去偷豆。只剩了香芋一种，又拔令箭问："谁去偷香芋？"只见一个极小极弱的小耗应道："我愿去偷香芋。"老耗并众耗见他这样，恐不谙练，且怯懦无力，都不准他去。小耗道："我虽年小身弱，却是法术无边，口齿伶俐，此去管比他们偷得还巧。"众耗忙问："如何比他们巧？"小耗道："我不学他们直偷，只摇身一变，也变成个香芋，滚在香芋堆里，使人看不出，却暗暗用分身法搬运。岂不比直偷硬取的巧些？"众耗道："妙却妙，只是不知怎么个变法，先变个瞧瞧。"小耗摇身说"变"，竟变了一个标致美貌的小姐。众耗忙笑道："变错了，变错了。原说变果子的，如何变出小姐来？"小耗笑道："我说你们没见世面，只认得这果子是香芋，却不知小姐才是真正的香玉。"

文学的隐喻一直藏在那些往日少男少女的欢笑里。

乡村老鼠是一种啮齿动物，有很强的革命性，生命力旺盛，吃苦耐劳，什么都能吃，什么地方都能住。能打洞，可上树，会爬山，兼涉水。除了用动物天敌灭鼠外，人类还用器械、水火、药物、机关枪等方法与其开展数千年斗争。

最损的一招是"黄豆缝肛法"。村里胡元庆家闹鼠患，家里东西都被老鼠咬过，皮鞋、芦席、皮管、桌子、课本、收音机零件，想抓又抓不到，夜深人静睡眠时，窸窸窣窣之声让老胡愤怒。让他恼的主要不是乱咬，而是连墙上挂的油光纸主席像也不放过。

洋大麻籽、鼠夹子、粘鼠板、堵洞、陷阱都尝试过，皆无用。胡半仙教他一个神招，捉住一只活鼠，往它屁股眼里塞两颗黄豆，用针线缝上，然后放掉。两天后奇迹出现，屁股里塞黄豆的那只老鼠发狂，夜里但听群鼠打架，再过两天，终于清静。他后来说加上胶水更好。祸起萧墙，内乱的好处。

对鼠而言，这属于损招。

那一年，小镇学校要除“四害”，四害成员为苍蝇、老鼠、蚊子、蟑螂。秦代打仗邀功凭证是人耳朵数量之多少，学校老师计算任务是凭老鼠尾巴数，这一标准和历史异曲同工。我用一条麻绳系着四条老鼠尾巴，到学校报账。童年之路如此漫长，贯穿一生，一路上没有见到偷香芋的小耗子和小姐。

元宵节来临，全村要放烟花，姥爷赶集买来一种烟花叫“滴滴金”，每捆一拃长，也叫“老鼠尾巴”。在雪夜里用手捏着，一路开出来星星点点的梨花。

乡村老鼠中还有屋顶鼠、大仓鼠。屋顶鼠属于《七侠五义》里“白玉堂”之类，上房揭瓦。河南人李斯说过大仓鼠，有一篇“李斯仓鼠论”学术论文，结论是京城老鼠和北中原老鼠不同，老鼠大小由环境决定。

在我家的棚箔上面，最喜欢开展运动的是屋顶鼠。每到晚上，我姥姥的故事都讲完了，星星退场，老鼠还不瞌睡，要在顶棚上扑通扑通热闹一阵，如走过的宣传队。

鼠娱乐

鼠拥有自己的欢乐，像我村人民冬天袖手下蹲，环聚在墙角阳光下“闲喷”（姥爷说古称“负暄”）。鼠的欢乐人不知，鼠不负暄，夜出昼伏，它掐指一算，凭嗅觉就知周围有何种食物，吃饱后开始捋须、打闹、追逐，等饿了或发现新美食，再结伴聚餐。

乡村老鼠灵活狡猾，胆小怕人，出洞时两只前爪在洞边一扒，左瞧右看，确感安全方才出洞，它喜欢从鼠窝到食物到水源建立一条固定路线，以避免或减少危险。根据这一鼠性，我爸在家多是把鼠夹子放在鼠道上。

老鼠视力独特，大多数在夜间活动觅食，它在很暗的光线下能察觉出移动的物体，黑白通用，老鼠白天活动视力更好，能看到五十米开外粮仓上贴的斗方是“五谷丰登”。

老鼠钻洞本领高超，鼠洞明显，常把出口设在墙角、牲口圈、厨房。有时它会跳在马槽上听马口铁冰凉的声音，因为忌讳马的气息。

在我的生活体会里，觉得最折腾人的事有二：半夜屋漏床湿，全家要起来找盆接水，陪伴滴答雨声无奈到天亮。再一件是半夜闹鼠，孩子们一兴奋，就要开展运动，一鼠出面，全家动员，折腾半夜终究不见老鼠，它已变成蝙蝠飞走了。

记忆的长度

狗改不了吃屎。鼠和狗这点不同。它有记性和拒食性，熟悉的环境中若有一丝改变，会立即引起它的警觉，思考再思考，经反复熟悉后方敢伸爪向前。

在某处受过袭击或伤过心，它会长期回避此受伤之地。农村形成“空心村”之后，大量老鼠浩浩荡荡地迁徙城里，积寸成尺，变相抬高地价。

鼠食谱

鼠的食性很杂，热爱吃的东西很多，从不挑食，几乎人们吃的东西它都吃，人不吃的鼠也尝试，不仅只是豫菜，四大名菜，八大名菜，酸、甜、苦、辣全不怕。它最爱吃的是粮食、瓜子、花生和油炸食品。

村里民办教师孙老师课堂上正讲柳宗元的老鼠，忽然岔开话题，说，宋朝的老鼠吃不上花生，一只老鼠一年大约可吃掉九公斤粮食。

账怕细算，一算数字庞大如牛。齐白石画里，老鼠吃樱桃吃螃蟹腿，吃灯草灰，还吃流泪的红蜡烛，诗人矫情，说，那是点点离人泪。

老鼠的几何原理

老鼠是哺乳类动物中繁殖最迅速且最成功的例子。以乡村家鼠为例，每年可怀胎多达八次，每胎幼鼠五只左右。姥爷说《三国演义》里有一句骂人话“关东鼠子欲何为耶？”

从理论上说，种群数量呈几何级数倍增长，实际是受各种因素影响，在密度达到该环境的容纳限量时，增长速度便为零。治理鼠害最重要一条，就是降低容纳限量。家鼠无国策“计划生育”一说，孙老师对我说，老鼠生长仨月成熟，第一胎五六个，以后每胎加一个，直到一胎达到十五六个，以后每胎减少一个，直到一胎产五六个时，停止繁殖。一只老鼠一年要怀八次胎，村里说生孩子多，有一句俗话：“一公一母，一年三百五。”

多年后我想，孙老师不当村里的计生干部真是埋没人才。他后来死于肝病，看不起病曾想硬挺下去。

老鼠极易适应人类生活环境，一年四季出没于下水道、厕所、厨房，轮船、飞机，竞选台、学术报告厅、道德大讲堂，现在又加了新媒体平台。带菌于干净处所来回行动，传播病原菌。参加过一个学术会，有专家递交论文《通过靶向肠道菌群调控人体的物质需求欲望有望提高廉政文化建设效率》，我说若再加一只“老鼠”可获诺贝尔生物奖，遗憾会期只有三天。

除了正常消耗或污染食物外，老鼠性最喜磨牙，这习惯是它喜欢理论学说而留下的痕迹。村里有一歇后语：老鼠啃尿盆——闲磨工夫。因老鼠咬而遭破坏的包装材料或建筑设备颇为可观，全市有许多找不到放火者和原因的不明火灾，最后判断，都是由老鼠咬损电线引起的。老鼠牙齿的缝隙能漏掉火星，还能漏掉责任和推脱。

暗档案

人无完人，鼠无完鼠，北中原老鼠负面现状如下：

1. 善于偷盗，毁坏树苗，危害林业。

2. 挖掘田地，偷吃粮食，危害农业。

3. 定期磨牙，啃咬各种物体，如食品、衣物，破坏家庭小康建设。

4. 在黄河堤坝打洞造成水灾（我二大爷说应是一种水老鼠，

此处不展开）。

5. 污染环境，传播疾病，散播细菌，变相配合敌人。李自成百万大军其实瓦解于北京的一场鼠疫。当年日本人在中原散播鼠疫，战争结束后，没人追究老鼠和跳蚤。

6. 打破平静，扰人安宁。

7. 待补。

李时珍和伊索都会捉老鼠

从药材角度论，老鼠一身是宝，还是一味中药。

北中原冬天里，吾手因冻而肥胖。邻座一位女生拿出一个装满小老鼠的瓶子让我抹手，说偏方沉淀一年，瓶里有石灰，老鼠崽早已融化成鼠膏，速治冻疮。

我后来是把《本草纲目》当魔幻小说来看的，李时珍对待鼠类温和有耐心，说，老鼠又名耗子、首鼠、家鹿。雄鼠入药（不用雌鼠），微温无毒。鼠胆点目，治青盲雀目不见物；滴耳，治聋。鼠屎煮服，治伤寒劳复发热、男子阴易腹痛，可通女子月经等。罗列一下，老鼠的医用价值颇高、范围颇广。如可治小儿症瘕：老鼠肉煮汁，作粥食之。可治水鼓腹胀身肿：以肥鼠一枚，取肉煮粥，空心食之，两三顿即愈。可治乳汁清少：死鼠一头烧作末，酒服方寸匕。可治大小便秘涩：雄鼠屎末，敷脐中，立效。可治猫咬成疮：雄鼠屎烧灰，油和敷之。

我担心的是，这些近似跳大神的秘籍，患者知道后肯定拒服。善意的鼠隐有时也是一种医德。

让我抹手治疮那女孩子长一对虎牙，以后再见长虎牙女子便充满怅惘。

有一年到安庆去找小青，她的孩子让我画鼠，说属鼠，孩子说自己不喜欢属老鼠，自己属的鼠是松鼠。二十多年过去，小松鼠也长成大袋鼠，人却天各一方。

春天晒书时，伊索从希腊走来，对我说：

从前有两个老鼠，城里老鼠和乡村老鼠。有一天，乡下老鼠邀请城里老鼠作乡村游，好吃好喝招待一番，城里老鼠对乡下老鼠发出邀请，让它也到城里做客。在城里，酒上来了，肉上来了，一场盛宴马上来了，刚要开吃，但听外面一阵慌张，兵荒马乱，谁在发喊，猫来啦！大家溃逃。

我是那一只乡间老鼠。

它的别名

子鼠。

诗一样的起句啊，一如曙色开始。

鲤鱼须四记

一道

假设有人问鲤鱼有几根胡须，我想，多数人回答不准确。问题无聊，严格说属没事吃饱撑的，只是这样子有趣。

你必须以无聊的乡村阅读态度出现，如鲤鱼饮水，冷暖自知。世上好的感觉是说不出来的。那些涌动的好文字，麒麟一般的意象，最早都是擦过鲤鱼胡须而来的，须先有知，那过滤的过程，便伴随阅读我文字的感觉。

如瓶里读云。

二道

吾有鲤鱼梦境。

在童年时代，北中原河流与天空中，到处游弋、飞翔着金色的鲤鱼。男鱼与女鱼交替穿越，它们宛如河流与天空的灵魂，它们有一个美称，叫“黄河鲤鱼”。

一条五千多公里的大河，我们中下游河道宽阔，出产的鲤鱼肥美，黄河有“铜头，铁尾，豆腐腰”之称。再确切地说，就我们家乡门前这一段所产的黄河鲤鱼好，它们优秀，出类拔萃，像吃鱼的我的文字一样。

三道

《河图》:“黄帝游于洛，见鲤鱼长三丈，青身无鳞，赤字成文。”

《清异录》:“额头有真书王字者，名王字鲤，此尤通神。”

鲤为“稚龙”。

鲤有五色，古人以马比喻:“赤鲤为赤骥，青鲤为青马，黑鲤为黑驹，白鲤为白骐，黄鲤为黄骓。”我就想问:那为啥骑马不骑鱼?

如果说哪个朝代的鲤鱼最幸福，那么首推唐代。唐代全国禁止捕捞鲤鱼，因为“鲤”“李”同音，李是皇家姓。吃鲤/李就是敢吃皇帝。皇帝的味道略酸。李氏王朝垮台后，鲤鱼又开始不幸了。成俎上鲜。

四道

在我县，如果要厨师做一道红烧鱼，不用催，食后自然要端走烩一道鲤鱼汤。

“出门”便没有这个食俗规矩。得加钱。

我二大爷曾讲过一件豪举:北中原有一土豪级别的企业家，靠内外勾结贷国家巨款发家，八十年代在一饭店要吃一万一盘的菜，全是为了炫富。这天他要难为厨师。那厨师收到款后竟然做了。

上来后一看，是满满一盘疑似油炸的线头。

问为何物。

答是一盘炒鲤鱼须。

Plants 植物册

树志拾遗

树即使往前急走，

前面站立的还是人。

——题记

树，是一座乡村起航的桅杆。

我在北中原乡间与树为伍而长，但如今那些乡村树种在逐渐消失，正被另一些时尚快速的经济树种代替，对我来说，消失掉的乡土之树，它们不单单是一个个物种，更多还是一种草木以外的延伸。在时光里，树身上的每一片叶、每一点蕾、每一朵花，都是乡村生活的注脚，是一种记忆的词典和阐释器。“人非草木，孰能无情”，这句话不对。人是人，树是树，人怎么能知道树的感情？树会反驳：“树非人类，孰能无情？”

榆·全身是粮

姥姥说，榆树是世上的救命之树。全村人都该谢榆树。

从上到下，榆树全身都可吃。榆叶可吃，姥姥经常把榆叶下到面条汤里。榆钱可吃，春天就挓篮子捋榆钱，淘净后由姥姥拌面上锅，蒸榆钱馍，晾凉后蘸蒜食。榆皮用剪刀铰成段，晒干磨成榆皮面，掺到杂面里也可食用。这些对民以食为天的乡下人来说，都是再平常不过的生活常识。

当年刮“共产风”时，受伤害更多的是榆树，全村的榆树皮都被揭光，一棵棵榆树光着身子，在北中原的寒风中站着。喊冷。它梦里听到昨夜刺啦刺啦的揭皮声。

今年，我一个同事的母亲在城市里久居，老太太有点“张翰思鲈”的古风，为了吃榆钱，专门从百里之外坐儿子的车赶回家乡，当时，她老家正在搞“新农村”形象工程建设，老太太思榆心切，踮着小脚从村南到村北，但一个村只剩下一棵榆树，孤零零站在水泥地上，像一个光秃秃的电线杆，正在“新农村”建筑里叹气。

榆竟是催眠的树，能让集体失忆。我看《博物志》里还说“啖榆则眠，不欲觉”。就是说，吃了榆荚就会贪睡，从此不想起来。可见榆是误事之树，乡愁催人眠。

桑·离乡愁最近的树

在乡村草木图谱里，我知道世上有两棵树离故乡最近：桑，梓。桑树一转身，就会背对故乡。桑树是情树，有时是愁树。

小时候，我跟着父亲种桑树，浇水，修理，剪枝，父亲为了制“桑杈”，那是一种乡村离不开的农具，有三齿、四齿之分。父亲说，一把好桑杈能卖二十多元。那可是乡村的大钱。

关于桑树，姥爷在乡间讲过一个传奇。

有一个小女孩，父亲到远方出征，她在家中只有与一匹马相伴度日，小女孩思念父亲心切，就对马说："要是你能把我父亲接来，我就嫁给你。"马就忽然挣断缰绳跑走了，径直来到她父亲的驻扎处，悲鸣不停。父亲见到马又惊又喜，预感家里发生了什么事，就骑着马回家。父亲心存感激，以后精心喂养，但那马却不肯吃草料，每当看到小女孩进进出出，就或喜或怒，狂跳不止。父亲奇怪，就悄悄问女儿，小女孩才说出开玩笑的事。父亲让女儿不要说，恐张扬出去，玷污了名声。一天，父亲暗自用弓箭射死了马，将马皮晾晒在院中。

父亲外出，小女孩和邻居家的姑娘在晒马皮的地方玩耍，她用脚踢着马皮，笑嘻嘻道："你这个畜生，还想娶人做媳妇，遭到剥皮，活该。"

话还没说完，那张马皮一下子飞起来，卷起女儿就走了。

邻居姑娘害怕，急急告诉小女孩父亲，父亲回来，再也找不见女儿。多少天后，在一棵树上找到女儿和那张马皮，他们早已变成蚕，正在一棵树上吐丝做茧。

人们就把那树叫"桑"，"丧"的谐音，丧失的意思。养蚕只能是桑树。姥爷说，马与蚕同一气质，只有蚕可损伤马。在乡村，我还常听姥姥称蚕叫"蚕姑娘"呢。

听得人惊心动魄。这是一个关于爱情，失信，守诺，阴谋，跨领域，而整体属哀伤风格的乡村故事，或童话。它与桑树有关。我在桑树上还经常可以看到一种叫桑螵蛸的小东西，它们紧紧抓着桑枝，我掰开，想在里面找一匹瞌睡的马。

多少年后，一个北方女孩子忽然问我："你知道'不三宿桑下'的佛经典故吗？"

我说不知道。

她说我是装的。

桑树有枝种、籽种两种繁殖方法。麦子泛黄时桑葚开始变紫，乡下卖葚人用小黑陶碗，一毛钱一碗，满盈盈的，黑紫相融，像盛了一碗琥珀。将桑葚捣烂在水里漂洗，上面的是果肉，沉下去的就是能种的桑籽。《诗经·卫风·氓》里就写北中原那一片桑葚，“于嗟鸠兮，无食桑葚”，其实，桑葚说不定还是斑鸠的一方紫色陷阱。

晚夏，我见姥爷托一个腹大口小的青坛子，底部放上生石灰，上面放几层粗草纸作隔层，然后把装有桑籽的小布袋放在纸上，最后用塑料布一裹，再用黏土封好，坛子就宿在墙角。

我好奇询问。

姥爷说，明年要种桑树。

杏·波斯来的客人

我们村是杏乡，在北纬 35 度。早些时候全球气候还没变暖，四季瓜果分明，不像现在，刚看到春天的面庞，紧接着就是夏天的尾巴。杏是青黄不接时节的果实，这个时节恰恰能卖上好价钱。有时四斤麦子才换一斤杏。

遵循季节次序，是自然的一种美德。

村里杏的小名很多，大都根据形状特征和它们的脾气，我记得有桃杏、水杏、面杏、羊屎蛋、麦黄杏、看到红……还有一种叫八大杏，杏核不苦。我以为八大山人先生来我村吃过，后来看过劳费尔的名著《中国伊朗编》，知道那叫“巴旦杏”，是波斯古语的译音。

一年春节来临，前街有一个哑巴女，是寄养的孩子，家里盆中杏核还没泡好，她因饥饿，就在掌灯时分一颗一颗地开始吃，灯熄，肚疼，到半夜就死了。

故乡的杏分两种：苦杏，甜杏。苦杏核有毒。

楝·苦恋之树

饥荒的年代，只有楝树叶皮果是不能吃的，苦，有毒。果实叫“楝楝豆”，有一种怪臭，连乌鸦都不屑于尝试，被我们打弹弓用，或用来去堵塞老鼠洞。

楝树做门、窗、床、凳，都是上等的好木材。但这些正事与我无关。

我知道楝叶有保鲜的功能，小时候跟随大人在乡间卖杏，自行车后面驮杏的柳筐里。都是一层杏果垫一层楝叶。目的就是保鲜。

我小五舅当年卖杏时看上瓦岗寨村里的一个姑娘，心从此像被一条小绳紧紧系住。全县七百个村庄，他却单单只去那一个瓦岗寨村卖杏，连着卖了五年杏。这种计划经济生意模式，就是运石头蛋也收不回来成本。

这有点像我姥爷说的《三言二拍》里的一个章节。村里人都知道这在我们北中原乡村根本实现不了。

不料就是“三刻拍案惊奇”，后来竟“换回”一个媳妇。合多少斤杏果换一个媳妇？我还没来得及换算出来。

新媳妇过门那一天，我阴阳怪气地说：楝叶保鲜啊。

槐·一面流动的墙

槐树在村里分国槐、洋槐两种。村口最醒目的一棵树就是国槐。

近年来农村开发，公路横冲直撞，几乎撞着槐树的腰。它站在公路边，这棵槐树起的是一面墙的作用，相当于当年北京西单的那面民主墙。

自我记事起，那槐树上就是百家讲坛，时常贴标语和大字报。如“队长和破鞋赵菊花睡觉”“李胜泉是我孙子”，一个时期是“打倒孔老二、林秃子”，一个时期是“打倒刘、邓”，还有“打倒美帝、苏修反动派”，蒋委员长要“光复大陆”那一年，上面是“我们一定要解放台湾”，再后来是“打倒四人帮”“揪出黑爪牙王斑鸠”……王斑鸠是我们的村长。一只不会飞的斑鸠。

就这么打来打去，无数人都被打倒了，花开花落，只有村口这棵槐树，还在静静站着，看着天上南来北往的流云。槐树在心中发笑。

今年我回去在路边等车，看到槐树改版，上面又贴有新内容——“代办各类文凭证件驾驶照结婚证发票，款到付货”。

合欢 · 白天亮堂，夜晚暧昧

乡村竟还有这样一种树：白天各晾各的叶子，好像互不认识；晚上叶子相拥而眠，不敢让热气散了。像乡下小两口过日子。这就是合欢树，我们又叫绒花树。

我不信我们村竟有这种邪树，我竟端着碗去呆呆看过，果然，是欢乐树。

芦岗村东大堤坡上全是这样的树，开花季节，半天红晕。

单个的花朵还像马额头前的红穗。

小芸和河生家都在堤下住，两家对门。有一棵绒花树罩着。两人从小一块儿玩，上高三那年发誓，要一同考上大学，在城市里工作，永不分离。

河生家困难，小芸就偷偷给他送钱送物。河生第一年就考上了河南大学。小芸复习，考得一年比一年心慌。考了三年也没有考上。

后来小芸一看到书就发笑，不管在哪儿。

小芸后来被她爸送到新乡精神病医院。

她妈见人却说，小芸是在绒花树下吃饭的缘故，绒花落到她碗里了。

椿·飞翔

椿树为王。

"椿树王，椿树王，我当檩，你当梁。"

童年唱过的民谣，按照风格，可列于"国风"。如果你非要让总结出主题思想，那就是"赞美王的威严，自己的谦卑"。

在北中原乡村有个草木规律，有椿树的地方其他树种一定不长。退避三舍。大队党支部院里有一棵椿树。方圆三丈的树都害怕。夜间簌簌发抖。

椿树下常落有一种昆虫，我们叫"蹦蹦猴"，按不住时，就砰的一声，蹦起来逃走。党员们在屋里开会，贯彻中央精神，我在外面椿树下捉蹦蹦猴。

每天放学，要做的第一件事就是急急拿着瓶子去捉蹦蹦猴。上课时，总觉得那蹦蹦猴就在字里行间跳荡，从名词跳到动词上。因此，我学习成绩不好，与我无关，与老师无关，与当时的形势也无关，只与蹦蹦猴有关。

椿树的腰围一个人也搂不过来。村里年纪最大的老才，有一天溜达过来，围绕着椿树转了一圈后，意味深长地说，这是最好的棺材料。征兆好，能保佑儿孙当官。

那一年，一个副县长的爹死了，各乡级政府正在换届，全县送礼送钱的人多得开车排了半里长的队伍。村长想想，召开党支部会，就将椿树伐掉，急急送去当棺材用了。

椿树没有了，与之相关的蹦蹦猴自然也要随着消失。于是，童年收尾。但党支部会议没停，继续在没有椿树的院子里召开。

柳·近义词

说到美女我常会和水柳腰连在一起。“柳”与“美女”是并列词语。似乎林黛玉是柳，李清照是柳，西施是柳，貂蝉是柳，天下美女都是柳。只有张飞、李逵、程咬金们，是一棵棵长胡子未修理的松树。

我对柳的记忆主要是捋柳絮，初春时节，在柳絮未开时捋下，水煮后，捞出晾干，用醋蒜凉拌食用。村中有两种柳，母亲交代：棉柳能吃，花柳不能吃。

如今村里还加工了柳絮罐头，起了个名字，叫“月上柳梢”，卖到郑州大酒店，让城里人下酒。

还有一种柳叫簸箕柳，长在黄河沙地。北中原不产茶叶，盛夏时节就泡簸箕柳叶当茶饮，清热去火，色泽金黄，像童子尿。

簸箕柳条经济功能大，主要编柳筐、簸箕、笆斗、笸箩、柳篓等乡土器具。还编一种簸箕柳篮，这种篮子形状像船，大得能装下一个小孩子，只有北中原一带是这个编法。那些年黄河两岸发大水，庄稼被淹，逃荒要饭的人一个个都挓着这样的大篮子，带一副竹板，唱着民间小调“莲花落”，从我家门前走过。

村长说，他们是给社会主义抹黑。

还有一种红皮柳，单单长在盐碱地上，就是蒲柳，我们叫红柳，像一个乡村女孩子的名字。小花细碎，如一团恍惚的红梦，飘在大河那岸。

在我们村里，为亲人送终时，打幡就是用柳，最后将柳插在坟头。“柳”“留”同音啊。可是，有些人能留住吗？

父亲生前告诉我，种柳时，在树下埋一颗蒜，可避虫。

桐·凤凰不落

村中的放羊娃叫狗剩，是老鲍家收养的一个孤儿。

狗剩放羊有个不可告人的秘密，每天早上晚上，都在村口桐树下站着，一副忠于职守的模样。后来有心人发现，狗剩在这里可以清楚地看到乡村女教师骑车上学下学。

女教师是城里下来的知青，成分不好，在下放劳动。女教师叫“苑”，教音乐，那年十八。

苑每次穿过，狗剩就真像一条狗，双眼发呆，直直看着，里面像抽出线，直到苑消失在桐花里。

狗剩三十了，还没娶上媳妇。

桐树开淡紫花，像一个喑哑的铜铃。泡桐木材轻，纤维好，是做乐器的上好材料。

一天放学路上，狗剩喊我们看稀罕，他身后的桐树枝上，挂着一个个“小布袋”，在空中忽悠忽悠摇晃，是“大袋蛾子”，一只只在空中吊着，往外吐着丝。这些幺蛾子！

狗剩说，那叫“吊死鬼”。能抽丝，这种丝还能织黑绸。

第二年晚秋，苑出事了。一辆警车开到乡村学校。我们放学时，看到桐树上吊着一个人，是狗剩。

狗剩竟上吊了。像一个垂落着的大布袋蛾子。

皂角·老才是一棵树

村里年纪最大的人是老才，村中年纪最大的树是老才家的一棵皂角树。老才说，树还是他爷爷栽的。

老才刚过完 90 岁生日，他儿子为了盖新楼，悄悄地把皂角树卖给城里一家开发商了，夜间移走，得了一大笔钱。开发商做的广告上是：要在自己开发的住宅区，栽一棵全县最古老的树，守住地气。房子果然好卖。

皂角树就这样无缘无故地一夜间飞了。老才骂娘。

老才以后的愿望就是找到树。

有一天，老才一个人，鬼使神差，竟摸到城里的新城开发区，开发区叫“新欧洲巷”。老才在“欧洲”看到了那棵皂角树，锯断枝丫，上面还像人一样打着吊针，挂着几个输水瓶。

老才回来后就病倒了，五天后，老才闭上了眼。村里人说，老才是一棵树。

皂角荚像挂满枝头的一把把小黑刀子，风一吹，哗哗响。

在村中的荷塘里，少女时代的母亲就用皂角洗发、洗衣服、洗姥姥织的一块又一块蓝印花布，像蓝夜的颜色。

有一年，母亲从山东曲阜旅游回来，带来一枚皂角荚，漆黑，像锭墨，说起皂角旧事，让我种下，却没有长出来。

木瓜·用正气熏衣

我家北面是一片大队林场，墙都是用带刺的花椒树围起来的。滴水不漏。林场的“镇场之宝”却是一棵木瓜树。

守木瓜树的是一位去过朝鲜战场的退伍兵，腿瘸，守阵地挺好，守木瓜却经常失职。

木瓜熟时，是擦亮的黄铜般的颜色，林场里的退伍兵会送我家一两颗。

从“投我以木瓜，报之以琼瑶”可以推断，当时这片土地广种木瓜。

木瓜可吃，在我家却不是吃的，主要让它香气弥漫。

在乡村的诸多香气里，闭上眼睛，我能闻香识瓜，每一种香气都无法模仿。木瓜的香气是一种正气。

母亲把一颗木瓜藏在立柜里，熏衣服。穿上行走，一衣的木瓜味。一颗木瓜常常放到干瘪了，像一团紧握的拳头，还舍不得扔。父亲说，干木瓜切片，泡水，治跌打损伤。

母亲那时在一家服装店做衣服，没日没夜地干活，蹬缝纫机，脚常常扭筋，晚上回家，就用木瓜水泡脚。

多年后我总结，一颗木瓜的意义或箴言是：家里再简朴，也需要有一种干净的氛围去装饰。哪怕它仅仅是一种虚构的小说的味道。

棠梨·一棵树的偶然

在我的草木视野里，棠梨实在是没什么精华值得书写，就像五代十国时期某个意义不大的小国，缺点大于优点。它有刺，果小，且苦涩。倒是棠梨树上多余的部分需要记上一笔，那就是鸟巢。

鸟巢与树本身无关，但又脱不了干系，像人生里的偶然。一棵树，是从不知道未来哪个鸟巢要在自己肩头栖息的。

在我童年掌握的鸟巢档案里，喜鹊的巢最为烦琐。斑鸠的巢最为简单，不讲究，马马虎虎，潦潦草草，像我们在小学算术课堂上算错的一道方程式。但能努力搭在棠梨树上，也挺为难它，算珠联璧合。

有一天，我拿走巢里面一只幼斑鸠，那斑鸠光秃秃的，在手里肉乎乎的，可以烤吃。手都让棠梨刺剐破了。姥姥把针在灯上燎一下，算是消毒，给我往外剥扎进手里的刺。

姥姥收回针，插在头发做的针囊里，让我把斑鸠送回巢里，说："那也是一个小性命。"

姥姥说，像人得修理一样，棠梨需要嫁接才能成好果。能结红梨，红梨炖川贝母，治咳嗽。

二十多年后，我还听到隔壁青瓦房里，穿过那些密密麻麻的青瓦缝，透过来姥姥冬夜的咳嗽声。

树上垂挂的声音

雷电说的话

树林全懂得

——帕斯

我理解“悬铃木”的定义为：一种可以悬挂声音的树木。

离乡村小学不远的高高的黄河大堤上，中间碾出来一条红胶泥大道，两边，长满了高大的悬铃木。我们经常从悬铃木下穿过。那时，村民们不这样叫，只称作“梧桐”。学校里懂得的老师就叫“法国梧桐”。或许，正是对这树名莫名的感觉，成了以后我对法国文学有情感倾向的理由之一。后来，总隐隐感觉：“雨果”是一棵雨中的果树。“莫泊桑”是法国的一棵桑树。“乔治·桑”也是一棵桑树。而“孟德斯鸠”，则是一只卧在这些“桑树”上的斑鸠。

后来用文学的方法证明，我这想法是对的。

从种类上分，悬铃木有一球悬铃木、二球悬铃木、三球悬铃木。果实褐色，乒乓球般大小。我们那里生长的大概是“一球”吧。

盛夏，一球悬铃木叶子是鹅掌般的形状，绝对能称得上一树划动的“绿鹅掌”。叶落后，就只剩下一颗颗毛茸茸的果实，悬挂在冬天的风里，就是高悬的铜铃吧。醉铃。雪落在上面，悬铃便作了雪的空中驿站。戴着小小的雪帽子。

于是，悬铃木冬天的果实，在北中原乡村引发了我与“足球”有关的另一个话题。我接着往下说。

悬铃木的小小果实是可以当足球的。那是乡村孩子们夜晚的游戏之一。首先，将冬天悬挂在树上的果实摘下来，在煤油里浸泡数天，时间越长越好。捞出来晾干，然后，再泡，再然后，便可当足球去使用啦。

在月夜，点燃悬铃木果，踢起来脚下生风，呼呼作响。走街串巷。一颗就可以踢上一个夜晚而不熄灭。在童年，有风的月夜是最好的夜啊，月黑杀人夜，风高放火天，强盗们都这么说。十几双沾满泥巴的脚在月光下同抢一个呼呼叫的火焰球。

那里，燃烧着乡村少年的足球之梦。那时，我还不知道遥远的“世界杯”，不知道有贝利，不知道有罗马里奥，不知道马拉多纳，不知道贝克汉姆以及小辣妹。只知道如果不小心的话，母亲做的蓝色布鞋就会烧个窟窿，回家定会挨骂。

盛夏的傍晚，在黄河大堤的悬铃木下面散步，还是避暑的方式之一。

晚饭后，为了躲过家中一阵闹哄哄的蚊子，父亲常常带着我在大堤上散步，他执着一方葵扇，一边走，一边为我拍打着蚊子。风在悬铃木的最高处走过，风翅划过树梢，如河堤下大河里穿过沙沙的鱼群。

现在想起来，悬铃木那一面面绿色的鹅掌上，再细小的一颗水珠落下，也能发出巨大的回声。

这种树庞大无比，似乎有多大的天空它就有多大的延伸力量，遮盖蓝天，能将一条银河里的星星都盖住。还能称得上玉树临风。最适合为城市吐绿遮阳。

后来，我自北中原乡下第一次来到被誉为“绿城”的郑州，在我眼里，一个人能喜欢上一座城市的理由有三条：谋生、爱情、亲情。而因为有着这种绿树而对一个城市顿生好感也能算理由之一吧。

这座城市长满高大的悬铃木，叶落叶发，无数枚叶子讲述无数个人的故事，我们共同记忆着一座城市。从一个街道上走过，就像穿越一个漫长的绿色甬道。上面，还不时落下被白鹭惊吓掉的树枝和失足的鸟蛋。当然，有时还会有骤然而降的爱情。

曾告诉一位来自长满白桦树的北国友人，我少年时悬铃木的故事。

乡下的悬铃木和城里的悬铃木是否都讲同一种方言？我只固执地相信，大堤下所有的树根都是相通的。

在城市里，我还听到这样一个关于人与树的传说：

一个男人的忧伤，对谁也不要诉说，最有效的方式，就是一个人在月夜，悄悄找一个树洞，俯在上面尽情诉说。当你认为讲完了，就用泥巴将装满语言的树洞糊起来，让它神鬼不知。

我觉得能让男人面对的树、能盛下深深忧伤的树，不是梨树，不是桃树，更不应该是柳树，应该就是高大的悬铃木。

又有一天，我从这座城市穿过，两边的悬铃木却忽然一夜之间被平了头。似乎整个街道都在后退。阳光一时发窘而无处躲藏。原本被绿叶遮盖的楼房露出贫血的面孔。

原因是每年晚秋来临，那些高高的悬铃木果实，会被更高的黄河风吹散，毛茸茸的细丝会飘散，弥漫一座城市的空间。去眯人们的眼睛，或引起皮肤过敏，让人不快。所以，必须要砍伐掉或改造。

我那时就想到，如果一个男人在焦躁的城市里再想倾诉，早已无树可依。

豆类魔幻

古代妖道之术，都撒豆成兵。

——姥爷

菽·会议里的黄豆

乡村概念里的豆类，一般指黄豆。黄豆是最普遍的豆类，相当于“人民”一词。

“诗经年代”都称菽，汉代以后才改称豆。《诗经》里有“中原有菽，庶民采之”的句子，我看着就亲切，因为是说我们家门前那一片叶子如墨的大豆，它们有力气，一个劲地自“春秋”蔓延到现在。

古人会把细节放大玩味，豆角叫荚，豆叶叫藿，豆茎叫萁，可以燃着，用作曹植诗里的意象。大豆还在壳中未熟时，我们只管叫它毛豆，偷偷煮吃。

大豆喜水，喜雨。大豆长势好的年景，一般雨水盛，多有水灾。我记得十八岁那年就是这一规律，黄河发水。

在我们村，除了人吃豆，为牲口拌料也必须加黄豆，且在马厩里每匹牲口的黄豆都是定量，不可克扣。生活困难时，饲养员偷走队里喂马的黄豆来养家糊口已是惯例，叫“吃料豆”。在乡村说“吃料豆”，自有一种得意感。

刮“共产风”时，面对饥饿，我们村的民谣是“小孩小孩快快长，长大要当司务长”“一天吃一两，饿不死司务长。一天吃一钱，饿不死炊事员”。关于饲养员的则是“只要还有料，就敢和你摽”。“摽”是北中原方言，就是敢和你比试到底的意思。而所谓的料，就是喂牲口的大豆。人与牲口同食。

据说“副统帅”林彪就有爱嚼炒黄豆的习惯。咯嘣咯嘣。我知道我们村队长开会前也嚼炒黄豆，可以肯定他不是跟林彪学的，但也咯嘣咯嘣。乡村会议的长度不取决于内容，不取决于灯油的深浅，不取决于《河南日报》的长度，而是取决于村长的炒豆布袋。

“炒黄豆”是个乡村版的暗喻。村长通知开会，大家都不说开会，而是悄悄说——“炒黄豆了！”

半仙儿的蚕豆

蚕豆，豆荚像养的老蚕，才叫这名。蚕豆开花，其状如蛾，紫白色。

有一年，村东一个女孩过乞巧节时，不小心把一枚针吞到肚子里。她母亲恐慌，来不及到六十里以外的县城医院，就找村东的中医孙半仙儿。那半仙儿论辈数我该叫他舅，特征是留一撮山羊胡子。半仙儿看着乱作一团的母女，捋一下胡子，不紧不慢地说：

“回去煮一碗蚕豆和韭菜同吃。”

第二天，针就同大便一同排出来了。锋芒依旧。

绿豆的功能

花糕的种类形状很多，包括面刺猬、面乌龟。春节前，姥姥给我们蒸面刺猬、面乌龟时，就用绿豆作眼睛。叫绿豆眼。

这是我最早认可的绿豆功能。明亮。

绿豆在村里孙半仙堂舅的药橱里有另一种妙处：

若想治疗沙眼，可用绿豆七颗，让小孩投到井中，患者去巡视七遍，回来就没事了。我算算，用除法，合着一粒绿豆看一遍。

我只相信喝高酒不省人事时，熬一碗绿豆汤喝，可解酒。

绿豆最大的功能是解毒。解鸩酒毒，解背疮毒，解砒霜毒，解霍乱毒，解诸药毒。古代有百毒不侵之士，想象一下，他们腰揣绿豆，边走边大口喝绿豆汤，从北中原走过，出使北国。

40 年之后，我在乡村看报，关乎国际事件和绿豆，但与故里绿豆无关。话说强大的英军在阿富汗缴毒品，大胜，缴获一吨重的罂粟籽，后经联合国机构检验，事实上竟是绿豆。联合国官员说：“毫无疑问，是的。”

这时，我媳妇喊我喝绿豆汤。

豌豆与斑鸠的关系

小斑鸠，
卧山头，
吃棉籽，
屙豌豆。

这是姥姥教我的童谣，大家坐在凳子上唱。内容倒也合口，却一直让我觉得，豌豆不是地里长出来的，是斑鸠屙出来的。秋后，姥爷扛一布袋豌豆回家，我想，打一升豌豆也是需要一大群斑鸠的。

豌豆花淡紫色，豌豆与斑鸠风格接近。

豌豆有“铜豌豆”之称，治消渴、吐逆、泻痢，亦能下乳。李时珍说，豌豆属土，故其所主病多系脾胃。《辽史》里说豌豆是回鹘国豆。汉代才子司马相如得的是消渴病，就是现在的糖尿病，可惜豌豆迟到了。

元代的蒙古人有另一食法，捣去豌豆皮，同羊肉治食，补中益气。这让我终于发现了成吉思汗“上帝之鞭”纵横天下的秘籍：每人除了配备四匹军马，腰挎宝刀，还必须携带斑鸠。

黑豆的力气

豆类都是补肾的，因为其形类肾，可以望文生义，豆为肾谷。黑豆更是，黑颜色通肾，黑豆补力气。

它还有小名，春天。常听着邻居喊要“种五豆”，这“五豆”恰恰是我一个同学的名字，家里排行老五。后来才知道，黑豆又叫“乌豆”。一场误会。

在豆类里，最有传奇色彩的要数黑豆。我断定，姥爷所说妖道们撒的兵，多属黑豆。

黑豆叶可治蛇咬。当年我们村北地旧窑里有一窝黄鼠狼，四个小崽子都被一条大蛇吞食，黄鼠狼思子心切，就去找蛇洞，扒开，等蛇一出头，就当腰咬断，撕开蛇腹，看到蛇肚里的四个小黄鼠狼还有气息，就放在洞穴外面，找黑豆叶子嚼烂敷上，最后都活下来了。

吃黑豆还可以成仙。方法步骤如下：

如果小孩子将黑豆和猪肉同食，能堵气致死，但十岁以后就可以了。再以后，可练静气功，练到辟谷时，五天不吃饭，就可以每次吞三十粒黑豆，初服食时仿佛身子很重，一年以后，便觉身轻。离仙不远了。

以上两则与黑豆有关的话题，都是村里另一个远门三姥爷说的。若是在古代，他也是可以带豆出征的。

我相信成仙比考数学都难，但这种成仙的方法听起来未免太简单。简单得让我都不屑去试。面对现实社会，我总是持怀疑态度。

我只知道吃黑豆有力气，每次远行前，看到姥爷都要为那头毛驴的草料里，拌上一把黑豆。那是拌上力量，像星星染墨。

宛若红泪

赤豆，我们叫红小豆，做小米饭时下锅，原本是金黄的米汤就几乎熬成了红汤。“赤化分子”。

在乡村，赤豆是避瘟疫之豆。它举止神奇，百病不侵。元宵节时，要么用赤豆二七十四枚，麻子七枚，投到乡村井里，能避全村瘟疫；要么就将赤豆用新布袋装上，在井里放三天取出，男吞七枚，女吞十四枚，一年无病。

红小豆利水排毒，有一个方子说它与鲤鱼同炖，可治肝炎、水肿。母亲生肝病那些年，我什么方子都信啊，慌张，在小城粮店里穿梭，寻找那些红小豆。

可是，并不是世上所有的赤豆都充满神奇和魔幻。

想想，那些红小豆一颗颗落下，就像凝固的红泪。

有花可吃

吃花的目的有两种：充饥与风雅。后者的嫌疑更多。

早先，我写过一首有病呻吟的诗，就是说的诗人吃花，那诗写得妙不可言（这是本分），好在不长，也不晦涩，我先用河南话来朗诵一遍：

吃一朵花需要多长时间

屈原在楚辞里吃一朵花
需要一个黄昏
他有两种吃法

苏轼在宋代吃一朵葵花
需要一天　主要吃形而上
掺上意象　就酒
或凉拌

梅尧臣吃一朵牡丹
需要一年　牡丹大如皇冠
在热锅油炸

周敦颐吃一朵莲花
需要漫长一生
甚至还要更远
（那是吃一朵莲花啊）

等到我吃花的时候
世界已入塑料年代

只好喊上一碟陈醋
让我故作风雅

写了这么多“中国花”，全是“形而上”的吃花。我现在要说的则是具体的，当真吃花。算对诗的另一种注释吧。煎、炒、烹、炸，几近鼎食。与焚琴煮鹤无关，但亦算“准风雅”。

我最敬仰的诗人该数陶渊明，他有风骨，不为权势而折腰，当是我学习的典范。民间奉他为“九月花神”，自然该是吃菊。有一年，陶老设酒过重阳节，正在采一束菊花自赏。这时，见一白衣人翩然而至，原是江州刺史，陶即欣然酌酒，以菊花烹饪作菜肴，食菊而饮。

菊花经霜，不怕霜，是最后撤退的花。陶渊明就是一朵不怕霜的菊花。在马鬃般的秋风里。文章幽香。

河南乡下有吃槐花的习惯，每年槐花开放，故乡田野、村口就会如雪似玉，散一地月光下的碎银。我们便挎篮，上树捋槐花。

泡。拌面。蒸。我是吃着姥姥的这些蒸槐花菜长大的。

杜甫是我的河南老乡，中原诗歌学会的会长，是位让我感叹感动的诗人，我在跟他学。自然，他也得食槐花。我看《杜甫传》，随他上路，心中便一丝凄凉，觉得杜老一辈子都在路上颠沛奔波，只忙于“诗”与“写”，一生就两个意象:粮食与诗歌。

杜甫不但吃槐花，还吃槐叶，写诗“青青高槐叶，采掇付中厨”，这是唐代的“口语诗”。据我在北中原的乡村饮食经验，槐树中最好吃的当数槐花，槐叶涩，槐皮苦。后者多用于度荒年。杜诗是“诗史”，话都是真的。若李白对你说吃花如吃酒、吃月亮如啃烧饼，那绝对是浪漫主义，大不可信，但杜老的话你得当真去听。

有吃梅花的诗人，是杨万里。

杨万里精致，嚼梅时蘸蜜食用。还写过纪实诗:“南烹北果聚君家，象箸冰盘物物佳。只有蔗霜分不得，老夫自要嚼梅花。”我在没读杨诗时，画过一本册页，写梅的一页就题款为“嚼梅如铁”，取自书法上的“线条如嚼生铁”，是说书家徐生翁的（沙孟海也有此风，但他嚼的是“熟铁”）。

苏轼是我热爱的诗人，他在定州时得松花酿酒，还作《中山松醪赋》。将松花、槐花、杏花在一起蒸，密封后成酒，并写诗记道:“一斤松花不可少，八两蒲黄切莫炒，槐花杏花各五钱，两斤白蜜一起捣。吃也好，浴也好，红白容颜直到老。”

苏老的诗能糊弄到这份儿上，已有点替保健美容店做广告的嫌疑了。保健商们若想与文化联姻，此时是机会，完全可以利用这一架语言的梯子爬上去。

袁枚是一位懂花的“食花客”，整天忙于“食诗”与“食花”，他春天制藤花饼、玉米饼。夏天炙莲瓢食荷花。秋天蒸花栗子糕。到冬天，围着炉子，红袖添香，开始做蜡梅芥菜羹。雅到极致。一个文人能弄到这地步，正在证明着一种优雅中的“堕落”。

一个文人能生活在古代，那是一种福分。尤其是汉、唐、北宋年代。

风花雪月，餐花饮酒，又是紧密相关的。如生炒葛花，吃了就不易醉酒。诗人们早已在历史里作弊过，另一个河南老乡韩翃写诗“葛花满地可消酒”。唐代诗人能喝，多是吃了一把葛花才敢返桌再饮。李白之所以能博个“斗酒诗百篇”的美名，完全与偷吃葛花有关。

我说以上这些吃花，可列为“行为艺术”，全是诗人吃饱了撑的之后的一种“综合反应征”。若是饿个半死再醒来时，第一件要做的事必是先来“二斤大饼，三五斤牛肉”去大嚼，断不会先来四钱梅花细品。

想一想，其实我们北中原乡下人早已食花，只是我们不会说，不会写出来而已。历史可记巨人剔牙，从来不记小人物的账单。

我家就种有可食之花。

木槿花在我们北中原有红、白两种，我家种的是粉红色，从北中原乡村移来。木槿花是“诗经之花”。“颜如舜华”或“颜如舜英”。这世上美好的事物都是“槿花不见夕，一日一回新”。唐人有诗“世事方看木槿荣”。吃木槿花还会让人感慨一番。

我母亲告诉我，木槿花可吃，能炒吃，蒸吃。我知道木槿花叫“舜”。“舜”就是“瞬”啊！朝开夕落，像一场梦。

母亲逝去了。木槿花仍在开放。

草木异志

至今看到最早的“历史草”是一束“唐代的干草”，在西部一处烽火台遗址里发现，这束草该是“中国草志”里的正史之草。当与《高祖本纪》并列。我姥爷却讲过另一种乡间草木，这些草木或行走，或飞翔，或咳嗽，它们是北中原一些关于草的异志传说，属另类草志。那草叶子上的露水硕大，一声不吭，只滴落在野史和传说里，风一过，露珠就干了。草叶上空空荡荡。

我记录如下。

北中原一百年以上年龄的树上才会长有一种草，叫护门草。如果能找到一束，安插在自己的家园门楣上，权当交了治安费。那草的妙处是当漆黑的夜间有人从门前走过，这束草就会立起，忽然大声呵斥，相当于“口令？”“回去！”之类。让来人惊愕退却。草讲的也一定是北中原方言。

那不省了喂一条好狗吗？我想，省工又省食。叫草，还不如叫狗草或草狗呢。

“夜不闭户”是乡村读书人理想的太平生存环境，这时乡村情结显得有点突兀。怎么能忽然出现这一种草呢？

在我们村说一个人不聪明就叫“麻糊灯”，我一直不知道这种灯是如何点灯耗油的。有一种叫萤火芝的草，开淡淡的紫花，结的果实大如豆子，每到夜间，就能发出光芒，是古书里经常写到的四字“灯光如豆”。

这豆子吃上一枚，心中就豁然明亮。这种草果最好要连着吃上七颗，七窍都会透亮。这是一个疗程。那时代，聪明的书生都用它来读书赶考，博得功名。这豆子时尚、畅销，应试前在坊间秘而不宣，补脑液一般。知识分子之间悄悄流行的这种豆，相当于现在酒吧里的摇头丸。

听到故事后我就认为这种草不错，我必首选，因为可以用来应付期末数学考试。那时，在乡村，我正擎着一盏光线混浊的“麻糊灯”。

姥爷每到春节写春联，常写的一个对子是“虎行雪地梅花五，鹤立霜田竹叶三”，红色吉祥的对子让我看到一个奇异意象：鹤与梅花，以及纸上白霜。

鹤迹草，必须长在白鹤走过的印痕里，借浅浅鹤足的少许温暖才生长。这有点像我二大爷在炕上孵小鸡，得靠一点温度。这草长到第二年，就可以在秋夜的月光里飞翔，可见它是一种禽草相生的植物。

有一天，如果把眼前的一枝鹤迹草的草茎掐断，远方那一只鹤就会悄然死去。冥冥之中如有互相照应。这传说之草讲的是时常始料不及的哀伤。

最后记一种草吧。

九节还魂草。据说，把用它编成的绳子，一头埋到地里，另一头放在耳上倾听，可以听到逝去亲人的诉说。

玉米纲目

它就在屋檐下
挂着
好像整个北方
整个北方的忧郁
都挂在那儿

——痖弦

玉米有魂

在我心目中，玉米已超出了它本身，不仅是一个符号，更是一个有魂的精灵。我还知道它一刻也没有停止过与乡间相关的出走或回归，它的灵魂在执着地飘摇流动，每到夜间，在中原空旷的土地上，常常走动着一棵棵玉米，它们踩着不硌脚的月光或夜色，向梦中的天堂出发，只是到了天亮时，它们的身体又回归原处，灵魂却永在天堂。北中原的玉米都是有灵气的，它们平朴，骨子里却高贵，一个个都是乡间的行动者；这不是魔幻，是现实，你不相信只是你夜间没有真实地碰到过它们罢了。像我们这些无福的人，也许，一生也无缘与它们撞个满怀。

我家乡北中原的农人热爱玉米。它算是一方之主，让我们视若神明。每年祭灶之日，需要一种仪式，记得姥爷捧着一方用柳篾编成的“升”——一种我们乡间交易时的计量工具。装满粮食，虔诚地安放在灶王爷的供桌上。升里主要的供品有玉米、大豆或高粱。

在乡间的节日里，一方小小的计量工具里盛的是一团躁动的灵魂，金黄色的玉米魂，比梵·高的《向日葵》都要灼手。

家族·由玉而生的延伸

玉，给人一种温润吉祥之感；米则给人一种“一切生灵必需”的印象，当玉与米结合时，方可以叫“玉米”，才是一个完美形象的组合。

玉米还有那么多小名、乳名、别名、异名，甚至有“水泊梁山”的绰号。每一个名字都是那样中肯，有个性。那些名字只有用乡音叫出来才能显得有余韵，一个讲方言的玉米世界当是美妙的。

玉高粱、番麦、御麦、西番麦、玉麦、戎菽、红须麦、薏米包、珍珠、芦粟、苞芦、鹿角黍、御米、苞谷、陆谷、玉黍、西天麦、玉露秫秫、纡粟、珍珠米、粟米、包粟、包麦米、苞米。

北方人对它还有个颇有“霸权主义”意味的叫法——棒子。

在我们北中原，则是一个永远的名字，那就是姥姥教我的——玉蜀黍。有一种它的衍生物，名字更让人感觉亲切——糊涂。我们至今还称喝玉米粥为“喝糊涂”。小时老师常说我迟钝，笨得“一盆糊涂”，就是以这种名字作参照物的。想想，那是我的荣幸。

这美丽的金色“孩子”，祖先据说还是来自外国，不过我童年在喝“糊涂”时没有想那么多，没有想到有一个黑乎乎的国家叫墨西哥，是玉米的故乡。

玉米产自墨西哥（我少年时曾对过一个下联“白东弟”以示聪明）。多少年后，当玉米坐着那些有冒险精神的商人的大船，将触角小心翼翼地伸向东方大陆时，它带来的是友好吉祥。登陆后，玉米似乎有点胆怯地四处张望，终于看到那么多方斗笠在晃动，玉米忽然以为是到姥姥家走一趟亲戚，于是，一颗心才放进肚子里。然后，它就向更纵深更广博的内陆行走。

中国人很融洽地接纳了它。

又是多少年后，西方的鸦片开始不怀善意地探出头，也登上中国大陆，老祖宗们把绊腿的长辫撩起，擦擦眼屎，想关门，不过已经来不及了。便听到“咣当”一声，中国的门框倒下了，那一声，在有龙的天空中久久地回荡……

中国人怀念的不是罂粟，乃是那一年初春，走进来的那一群搀老携幼带着一团祥和光芒的玉米。

飘浮在天空的玉米畦

在玉米的童年，它讲着一口奶声奶腔的中原方言。当玉米像雏鸡鹅黄的小嘴般一一在大地上伸出时，我想到了星群闪烁、靛蓝无垠的夜空，那么多星星一个个都有自己的乳名，等待着有人来轻轻地呼唤。

小时候，我捧着一个不太实在的簸箩，流着一路真实的鼻涕，跟在大人们的背后。簸箩里盛着姥姥挑选好的玉米种子，种子工工整整的，一如棋子。那是我们乡下人未来的希望。

姥姥老眼昏花，却对玉米极为挑剔："这一颗有虫蛀啦，怕不会发芽。"

戴一方斗笠，穿一副羽蓑，北中原播种的日子像一块用刀切开的温润青玉。多少年后，我骤然忆起，那是只有在梭罗《瓦尔登湖》一书里才能找到的纯净的感觉。不过更纯粹，这是最乡土的北中原原版。

玉米在向上生长，在向星群闪烁、靛蓝无垠的空间生长。一时间，成了飘浮在天空中的玉米畦。还有北斗七星。故乡许多哀怨的民间故事由它在空中讲述。那么多星星在侧耳倾听。

中原人有个习惯，孩子长大后，都要外出"闯荡闯荡"，外出的浪子水土不服时，良方只有一个，就是从家乡带一团泥或一块土坯，每在异乡吃饭时，稍稍放一点泥土。这是最好的药引，姥姥常如是说："人是吃土长大的。"

三十岁那年，我在玉米畦里与玉米同时长大时，姥姥这一棵玉米，老得倒下了。玉米的绝版。

中部的玉米须

小时候，我曾想建议：赤壁之战中曹军水土不服，吃一块玉米泥就可以打胜仗，可曹操的胡须早已被烧光了，正躲在《三国演义》里满脸通红。

如果有玉米，历史早就改写了，可惜玉米迟到。让我只能在民间戏中，挂一副玉米须了。

在我的印象中，那一穗穗玉米该是流动在中部的一条条鱼。

当玉米在中部吐穗时，玉米“人到中年”。如果是男人，那是如日中天，那成熟的魅力让人有作家著作等身的感觉。如果是女人则有容颜未老、心已沧桑之感。

这些只是对玉米无端的联想。

玉米须展现了玉米最乡土的一面，扮演曹操时可作胡须道具。在我看来，后来的李时珍应该是个十足的诗人，当玉米已到中年时，他竟那样别出心裁，不无诗意地在《本草纲目》上写了一行“苗心别出一苞，如棕鱼形”，令我感到这位医学大师的情趣，他竟有着诗人超常的意象，钟情的是玉米吐穗时期。

那是何等的玉米意象：新生的玉米如蓝夜里弯月当空，蓝夜中游动着那么多银鱼，是青春时代的鱼群，游动着，一不留神，一下子就游到眼睛里了，只剩下眼角的鱼尾纹在摆动。

玉米须还有如下一则轶事：在北中原乡间，它是一剂能治脑痛的民间良方。把中部的玉米须晒干，然后装在旱烟筒里猛吸几口，能立即止痛。

那种刻骨铭心的痛能医治吗？譬如失家之痛，譬如去国之痛，能医治吗？玉米须。

牙齿之外

有一种牙齿只能永远讲方言。

便是玉米的牙齿。

有一年旅次南方，一群孩子像青蛙一样呱呱叫着，听得我一团糊涂。一打听，原来他们正用方言背诵出生于这里的大诗人贺知章的《回乡偶书》，那一刻，我领悟了什么是原汁原味。贺知章一定是用这种乡音来押韵的。

人掉落牙齿，意味着苍老不期叩门，而玉米的牙齿脱落是一种新生，来年将有小乳牙在土地上重新萌出。季节的过程让我想到北中原故乡农民一代一代对土地的执着，就像玉米掉落牙齿一样，花落了花还会再开。这是我家乡人对时间的概念。

玉米知道牙齿掉落后，有两种选择：一种是圆时成种子，另一种是碎时成粥。

粥是玉米另一种最高形式的新生。

喝粥的方法

对中原这片土地的爱情中，只有两种呈液体的物质令我感动，一种是泪，另一种就是粥。

我眼里，玉米粥是一种乡土的温馨，是一种善良的柔弱，是一种谦卑的忍让，它包含的更多是一种与世无争的情怀。我无法考证出人类第一个造粥者是谁，但他与创造文字的仓颉一样伟大，造字是为了思想，造粥是为了生存。

中原历代饥荒，总是靠这半碗玉米稀粥才渡过难关的。

“放粥”这个词汇只有在中国最穷的土地上才得以孕育，主持这项活动的多是当地民间组织、寺院、个别大腹便便的假慈善家或骨瘦不如柴的真慈善家。

放粥是一种悲悯仪式的完成。

先造粥棚，然后支起几口大铁锅，十多个小伙计在熊熊大火中让火光映着肩上隆起的青筋。饥饿的年代无需用电视广告，丝丝可辨的粥香就是最好的通知。

排队的无论大小，一人一碗，童叟无欺。据说，衡量粥能否过关的标准，是让一公认的德高人士在所熬粥中立一筷子，筷子要不浮于粥面才行。

那一年，姥爷领着一家人自大河之北逃难到开封，姥爷外出打工，姥姥靠浆补拾柴养活一家五口。每天早上，他们第一个愿望就是听到汴梁街头那底气不足的放粥声。

“放——粥——啦——”

那种声音对我姥爷一家而言是天堂之声，是天堂花朵上露珠的颤落，是上帝在布礼。姥姥便带着大大小小五口，端着缺角的碗。放粥者都很怜悯这一群黄河以北来的逃难者，每一次施粥都盛得满满四溢，最小的舅边走边舔碗沿。是东京的玉米粥支撑着这一家生存了下来，即使有这些不定期的放粥机会，饥饿与死亡的阴影还是笼罩着逃亡的一家。在这颠沛流离的岁月中，有两个年少的舅舅病死于贫穷与饥饿。

几十年后姥爷讲起还哽咽。

中原人历史上有喝粥的习惯，我认为纯粹与贫穷有关，因为玉米粉可以用水来加稀，延伸，可以成倍地扩大，在粮食匮乏人口众多的贫穷年代，粥的角色就可以虚张声势，以一当十，这就是粥能得到中原人青睐的主要魅力。

玉米轴

玉米把一身都献出后，就剩下最后一轴了。再没有比“轴”更具中原人乡土情怀的名字了。当玉米那一排排金黄的牙齿一一脱落后，就剩下这最后的骨骼。它使我想起放满瓷器的古香古色的老房里，山水条幅最后的画轴，就是一根筋骨，所不同的是，画上流泻山水清音，这里弥漫乡土情感。

在1958年刮“共产风”时，北中原的人把玉米轴都磨成面，称得上是食中的上品呢。

我敬仰那些有民族气节的人，宁死不食周粟的古人，宁死不吃美国面粉的现代诗人。可是当某种东西蒙上一层激情外表后，就有矫情的成分了。当年遭受灾荒，若及时向外公布实情，以获得必要的外援，我们家乡完全可以少饿死一些人，那些远失的面孔可以在眼前重新浮现。人道主义是无国界的，与媚骨无关。尽管有些措施可以换回空虚的外表，但以生命作代价总与人道主义相悖。

我常常假设，假如当初如何如何，现在又如何如何。可惜历史就是历史，它是排泄的大便，它不是二元一次方程式，不是公案小说，来不得“假如”或“要么”。

在“共产风”最后的日子，因为饥饿，我们小村里有人去世，临死还紧紧抱一个船形蓝印花布枕头，把手指掰开，打开枕头倒出，满屋升腾起飞尘，全是磨碎的玉米轴，是准备等饥饿最凶猛时与全家共享的。要不是那一枕头玉米轴作信念，恐怕连支撑下来的最弱一丝力气也没有。

玉米过完一生，剩下一轴，从容而去。

你从没有听说过有把玉米立作铜像的吧？

纲目遗篇

家乡的玉米应该颠倒过来，叫“米玉”，它就是一种最有感情的玉。

它应是那种佩戴在身的吉祥物饰，当大地死时，由它来陪葬。

附录：法国诗人雅姆诗句

一直延伸到蓝色地平线的
是麦子、玉米和弯弯的葡萄树
这一切在那里就像一个善的大海洋

棉，穿在身上的花

白狗上炕，越打越胖。

——姥姥关于棉花的谜语

世上有一种可以让我穿在身上"能行走的花"，就是棉花。

棉花的功能是御寒蔽体，服饰又是人类文明进步的标志。我想棉花功劳之大，最能称得上"衣被天下"。这类赞誉若是用在总统、领袖、皇帝身上都靠不住。模特即使再前卫开放，大街上她们也不敢百分之百决绝于棉花，尽管棉花还是软脾气。

如何造棉？

许慎未找到，他也发愁，中国第一部字典《说文解字》里没有"棉"字，里面只有"绵"字。"绵"代表的是丝织品，与我们现在说的棉花根本无关。我也一直发愁：在没棉时代中国人穿什么？汉以前的先生是否要光着屁股扪虱而谈？尽管我知道这种担心肯定多余。

我老家滑县属于安阳，那里的殷墟考古成果资料告诉我：

商代人穿衣质料有三类：丝织品、麻葛布、皮革。当时人们主要穿丝和麻，丝的织品为帛，麻的织品为布。一般皇家贵族穿衣为帛，为锦帛；平民穿衣为布，为布衣（后人多假惺惺地也称自己为布衣）。与后来的棉花相比，丝的成本显得太高，麻的功能又不如棉花。但这个年代还不至于光屁股。不知何故，在我记事的六十年代，倒常见到我们乡村里许多光屁股孩子，鼻涕上挂着一个冬天。

棉花原产非洲，后在中亚种植，通过丝绸之路传入中国。我想象那时的情景：一声声清脆硬瘦的驼铃声，敲在软软的棉花上，近乎柔术太极。丝绸之路上既有带着丝绸的驼队缓缓西行，又有背着棉籽棉花的驼队逶迤东去。既有丝绸的凉意，又充满棉花的温暖。以后是否应纠正为：历史上西去的上行线叫“丝绸之路”，返回东归的下行线叫“棉花之路”？

棉花听后肯定高兴。

姥爷告诉我，棉花传入中国之前，属异域珍品。

最初中原人对棉花的称呼借用外来语，叫“吉贝”“白叠（㲲）”“白答”。人们看到棉絮纤细洁白，酷似丝绵，也称为绵，后为防止与丝绵混淆，加木字旁，表明是植物生长的，称棉花为“木绵”或“木緜”。到宋代开始有“棉”字，“棉”与“绵”两字共存使用，明代“棉”字仍不及“绵”字流行，到清代，“棉”字较“木绵”书写简便，“棉”和“棉花”才开始被广泛认同和使用，直到现在，此刻，我还穿着母亲做的棉布衣裳写这样的棉花文字。

唐代棉花开始渡海了，海蓝与洁白，由中国传到日本，“木棉”一词也影子一般相随东去。棉籽发芽，看扶桑日出。据说至今日本还将棉花叫“木绵”，将棉布叫“绵布”，定位极古。

到了元代，棉花拐一下弯儿又传入朝鲜半岛，在高丽的木槿花树下开放，棉花逐渐听懂了浑厚的《桔梗谣》。棉花看到了皑皑长白山。

一个人能保持“内心纯棉”难得。

中国诗人的心是软的，接近棉花，杜甫有“细软轻丝履，光明白氎巾”；白居易有“布重绵且厚，为裘有余温”；苏轼有“江东贾客木绵裘，会散金山月满楼”。诗人都有棉花布衣情怀。

徐光启在《农政全书》里就大力主张推广种植棉花。我过去只知道小说家蒲松龄写有《聊斋志异》，后来知道他还写有另一部《农蚕经》，涉及棉花种植。我欣赏一位作家编故事之余还能做一种学问垫底。蒲松龄如果没有聊斋坐镇，棉花肯定大于妖怪。可惜妖怪冲出来了，棉花便后退。林则徐被发配新疆后，干自己能干的实事，就大力推广棉花。有一年我在伊犁塔城，当地人告诉我，这里至今还把纺棉车称为“林公车”。想想，其中当有不少不知历史细底的人，这里面更多的是对人格的一种纪念。张謇大半生是为自己提出的“棉铁主义”奋斗了。这些人都是棉花史里沧桑的一部分。棉花自己未必知道。

前年，我在河北保定直隶总督署旧址参观。历史上，这里“大人如林”，拐弯，是总督；再拐弯，还是总督。忽然，我在拐弯处看到16幅石刻《棉花图》，停住抄下。图上还有乾隆的一一题诗，它们分别是“布种”“灌溉”“耕畦”“摘尖”“采棉”“捡晒”“收贩”“轧核”“弹花”“拘节”“纺线”“挽经”“布浆”“上机”“织布”“练染”。原作肯定是画在一本册页上的，让有心者移栽到石头上，这像一出由花到布的“连环画”，种植在石头上的棉花史。“十全老人”不紧不慢，注释了棉花从种植到使用的全过程。皇帝的诗肯定好不到哪里，但无论皇帝是真意还是作秀，我这时见到一个国家大人物弯下腰，对一棵小小棉花的深情注视。

新棉有一种气息，旧棉沉重像铁，这是我在乡村对棉花的感觉。童年时代，姥姥在乡村用纺车纺棉，我偎依在她身边，她腿的另一侧还卧着瞌睡的雏鸡，在青灯和月光里，纺车声嗡嗡，像乡村催眠曲，像燃一炷细香。

在姥姥教我的童谣里，北中原的棉花在灯光和月光里进行了一次成功的通感与转化，然后在记忆里消失。细香不灭。

棉花在我们民间竟还有自己的生日，《清嘉录》载：“七月二十，俗称棉花生日。忌雨，喜晴。”中国人能奢侈地拿出一整天时间赠予以一种植物，表达了本土对棉花的敬重。我家小到手帕，大到棉被，棉花已与我休戚相关。小时候经常随着大人们在乡村棉花铺弹棉花，人的眉毛上都是棉花。记得还有个以棉花命名的地名，叫棉花屯，村里人却穷得穿不上棉花。四十年后再问，人就笑：“哪有这个村？你梦里想当然的吧？”自己便惊叹不已。去年有个身挂腰牌的城里“小资”告诉我，现在“纯棉日”已成时尚界最为津津乐道的节日之一，都属于“小资”元素。我听后却欣慰。我心境上离一个“纯棉时代”极远。童年棉桃已落。

在北中原坊间，经常看到墙壁上有民间书者写的“此处弹棉花”“此处轧花”大字，或横或竖，天然率真，写手无顾忌而敢写，拿到现代书法大赛上也敢上墙的，倒增添了可爱的世俗味——文可有“世俗味”，不可有“文艺腔”。

棉花是世界上唯一由种子生产纤维的农作物，书上说一根成熟棉纤维在显微镜下像一条扁平的带子，能看到它的长度为宽度的2000—3000倍。可惜我没有看到，我只看到乡村弹棉花匠三尺长的弓。那我就想象吧，“白发三千丈，缘愁似个长”。

当年，父亲在世时告诉过我，他发工资用于养家的那几张新纸币，就是国家用棉花制造出来的（崭新的纸币我们叫“割耳朵票”，用于春节压岁）。天下竟有这等好事？面对墙角一堆旧棉花，我忽然开始想入非非。

被子、棉套就不用说了。竟还有火药，也是棉花制造。我家当年吃的棉籽油，满罐都是棉籽轧的。村东头榨油铺的机器“嘎吱嘎吱”日夜在响，机器破旧，那种勉强的声音像敲打一个人的瘦骨。最后的棉籽饼让姥爷当肥，喂了土地。大地的一边棉桃在开，吸引着一群一群蜜蜂光临，再造棉花蜜。

棉籽壳上还能结出木耳、鲜菇。有一年我在乡下，就看到许多亲戚在用棉籽壳培养蘑菇。他们天不亮摘蘑，骑车带到三十里外的集市上卖，暮晚归来。当年那些故乡的菜农时不时就会找我父亲帮忙，因为集市上工商人员吆五喝六，动不动就撅他们的秤。“咔嚓”一声，一天的生计就算没了。

世上只有棉花是可以“穿在身上的花”，最为实用；其他花只能用于饱饭后抒情，相当于“文艺工作者”。棉花与我同行，因为有棉花，我的世界五彩缤纷。棉花更像是乡梓里一个温暖的符号和象征，代表一个平和温馨的“纯棉时代”，它不但温暖着我的身体，还有一种棉花语言，用来温暖眼睛，温暖心灵。

若要选“国花”，未必非要牡丹、梅花，我会首推一朵最朴实的棉花。但是虚长四十多年，我很少看到中国画家去画棉花。想一想，这世上画牡丹的人多啊。

砸核桃

上篇

核桃的“砸法”大致为以下四种：

最利索的一种是用脚跺。想要有情结的是放在门缝里，紧着关门，只听“咔嚓”一声。一般一扇门的使用寿命长达五年，相当于为木门上了一次润滑油。此两种核桃砸法多属童年行为，竖牧之作。

到了少年时，火气足，逞能，竟敢用牙咬，熟能生巧，有时也会听到“咔嚓”一声，便有新牙硌断。后来经由劳动进化成了人类，吃核桃开始用锤子，如一种“核佐”，“咔嚓”声是核桃在喊疼。砸核桃之路从此速度加快，没有享受过程了，吃时口味意义不大。这是三四种吃法。

世间有速度的吃都不是闲吃，接近狼吞。为生计。

中篇

现在，玩文核桃者多于吃武核桃者。玛利亚超市干果铺里有促销活动，说买核桃称够十斤，卖核桃者要配送一副核桃钳子，我拿起来一看，纯铁质，像发一把盒子枪。惊喜之中悬念不大，也索然无味。

譬如，我写的书每一本都不配核桃钳子，也不装文雅配书签。

下篇

我保留着第二种吃法。

在村里，和我青梅竹马的表妹小杭也是如此，有虎牙却不硬用，偏用门“嗑”。她离别我那一天，核桃就碎了，门缝挤碎的那一颗核桃，不能再复原。

瓜谱及一地瓜子般的碎语

我看到那么多瓜子

正在西瓜里舞蹈

——题诗

引子·以秧作引

在少年时代的月光或阳光里，北中原生长着形形色色的瓜，面目不同，一如豫剧脸谱。它们也是那块厚土上历代生生不息的子民，如那里的人一样，出类拔萃。

如果瓜有档案，里面必将填上不同的身高、体重、原名、别名、曾用名以及自己栉风沐雨的“瓜历”。如果再要求“西瓜当随时代”，那么甚至就得来一点阶级成分的定性。（不知西瓜是否还有点艳史？）

若哪个瓜有一点文采的话，不妨在乡下写写文章，先起个笔名（我首先建议叫“傻瓜”）。

我这篇瓜文的主人公自然是瓜，主要是以西瓜为中心，然后延伸。三米之内，必有瓜瓤。我有本事，还能让这些瓜子般的碎语在西瓜里舞蹈。

古代中国是无西瓜的。因此，它不“诗经”，也不“楚辞”，更不“世说新语”。秦始皇、汉武帝这类人再牛，也无此等吃瓜的口福。因为翻遍唐代以前任何作品，里面绝对不会见到一颗小小的西瓜。

它在中国最早的记载是14世纪的《日用本草》，是那时一个无聊且有闲心的“赤脚医生”写的。“契丹破回纥，始得此种，以牛粪复而种之，结实如斗大，而圆如匏，色如青玉”。这是说，西瓜是战争、暴力、征服、融合、和谐的产物。西瓜字面上也是“西域之瓜”的缩写，就如情人只喊一个字，是爱称。

第一瓜·打瓜

这是西瓜家族系列里的一员，可列为西瓜的近亲，表兄妹之列，这些瓜若放到大观园里，必定会相处成姻缘故事，是一出新《石头记》，瓜版的。

打瓜的特点是子大粒多，密密如蜂，可谓满瓤都是子。乡村有一句贺语叫“多子多福”，我认为专门是用来恭维打瓜的。

种这瓜的目的只有一个：留子。

在我们北中原有个“瓜田规矩”：看瓜人在天棚架下的田头，放上一方陶罐或瓷盆，南来北往的过客可以随便吃瓜，但必须把打瓜子吐到盆里。细听，也有“叮叮当当”之声，延伸为君子配玉。这是犹存的古风。

子是不能带走的，要由瓜农储存。晒干，收进布袋。湿瓜子声音也是湿的，而干瓜子则是“哗哗啦啦”的声音。打瓜子多卖给茶店、酒楼、戏院，供富人或妇人在牙齿里来回穿梭，瓜子会“咔咔叭叭”地消解着戏曲的韵脚，也在和人一同叹喟：戏台大世界，世界大戏台。

那一时刻，这些远离故土的打瓜子一个个背井离乡，在豫剧《打金枝》或《铡美案》这些悲喜交集的折子戏中，一颗颗喊痛。弦音落地，瓜子有声。

有一些不安生的瓜子，接触到小家碧玉的樱桃红口时，是否身未破心早酥？甚至等不到那个自然的生命轮回，就提前自愿跳进口中？

总之，打瓜在北中原没有被当作正统标准的瓜去对待，人们仅仅是为了食子才去种瓜。如孟尝君门下养的三千食客，不到关键时刻，都是废物。

第二瓜·刘关张

就以这三个字组成的空间，由你来想象这种瓜的气质吧。

在我们北中原乡村豫剧里，刘备脸谱是白的，关公是红脸，张飞则是皂脸，这种艺术形式与标准是固定的。

黄河滩上恰恰有一种西瓜：白皮、红瓤、黑子。重可达三四十市斤，乡下人用“刘关张”为其命名，最妙不过，这是乡村极为准确的象征主义。

乡村人为平常的果蔬也赋予了信仰与意义，乡村的道义在潜移默化地影响着植物。

这种瓜果然有舍己救人的美德。我们北中原有这样一个传说：

有一年我们那里黄河泛滥，发了大水。一个少女在上游漂了两天两夜，来到中下游时才被人救上来。

她所依赖的救命物竟是几颗漂浮的西瓜。她把瓜秧连系在一起，然后伏在上面，任其随意漂浮，漂到北中原那一河段时，早已奄奄一息。捞上来时，姑娘尚存鼻息。

这故事有点魔幻现实主义意味，如戏台上的一出豫剧传奇。我不大相信，因为我少年凫水时（我们北中原把游泳称作凫水），多用葫芦，浮力大，没听说西瓜也可用于凫水。

北中原的人却正气地纠正道："那可是刘关张。"

我想也对，西瓜正是因为承担了这种名声上的美誉，所以才会救人。我一直没问：这种瓜是先有其名去救人，还是救了人以后才更应该叫"刘关张"？

第三瓜·雪里送炭

世上之事，锦上添花者多，雪中送炭者少，这是另一种惯性。我们北中原瓜田里就生长"雪中送炭"，一种西瓜的乡名。

可以想象得到，那是如一袭白袍般的白：白皮、白瓤，而煤核般的黑子则如画龙点睛。雪、炭这两种黑白对比水火不容的东西从而交相辉映。这瓜的特点是沙瓤，入口即化，还可作食粮填肚饱腹，用于暂时"度荒"。

姥姥告诉过我一则乡村食谚：

> 馍十里，饼十三
> 西瓜能撑五里半

这是说西瓜吃后发挥的能量，与其他食物相比，功能最低。但一肚西瓜瓤能走"五里半"已属不易。

北中原人把这种瓜叫"雪中送炭"再形象不过了，它充满乡村的处世标准以及感恩情怀。

这种瓜口感好、味纯，主要是过去瓜农多施人畜粪为底肥、追肥；如今市场上西瓜千篇一律，淡而无味，那是因为施的是化学肥料。

我们乡间还有一种“雪中送炭”：黑蹄、白毛，这种“雪中送炭”会跑，能日行千里，夜行八百。这是一种马。

扯远了，打住。我接着再说另一种瓜。

第四瓜·仿白袍

在乡村戏剧舞台上，能穿着一身白袍出场的人物不多，恐怕只有吕布、赵云、罗成、周瑜少数几个。他们一个个都是潇洒英俊、风华绝代的人物。“雄姿英发，羽扇纶巾”。如今这种人物逐渐没有了，只剩下眼前这一种小瓜啦。我们称作“仿白袍”。

因为无缘赶上真的白袍将军时代，那就只有“仿”啦。科学上有仿生学，文学的做法有仿制与抄袭，把瓜称“仿”，这却是我们北中原人的一种谦虚。

那是何等通体的白呵，如一场北中原的“处女雪”，如溪畔所浣之纱，从皮到瓤到子，通身都是白。连乡村西瓜的天敌“人脚獾”在月光下偷瓜时，也多去挑选这种“仿白袍”。那是用月光的元素或白玉的液汁制成的。

北中原大地上的西瓜花多为黄花或橘红花，只有“仿白袍”，绽放的是小小白花。一捧雪。绝版的花。

白西瓜娇贵。有一年我听乡村郎中说：西瓜最畏麝香，遇之甚至会一蒂不收。我便笑了，这有点像英俊少年最惧美人计。但让乡村的西瓜花去触到麝香，北中原故乡的西瓜怕是无此等福气。它们除了在北中原大地听风观雨外，极少能见到只有大观园里才出现的名贵麝香。我种瓜的姥爷所拥有的只是叶子烟香，他认为瓜的日子里最需要融入这种烟草之香。用以熏烤西瓜花之美目。

在故乡，那种小小的瓜花，更像个怯怯的孩子，在北中原雨中静静地开放。与少年的我一样，它们与世无争，唯恐惊醒了身边翻身又瞌睡的一泊月光。

……沙地都种着一望无际的碧绿的西瓜，其间有一个十一二岁的少年，项带银圈，手捏一柄钢叉，向一匹猹尽力地刺去……

这是瓜与文学与猹以及鲁迅。

我断定，衬托那一个少年背景的瓜，只有我们北中原的“仿白袍”最贴切，唯有它才配得上这位少年英雄。

第五瓜·黑老包

这瓜应该是黑的，皮肤黑，面庞黑，像包公的脸那么黑。

宋代的包拯是我们中原人的骄傲，是一种清廉的标准，说谁长得黑，我们就说某某像“黑老包”。

这是一种甜瓜，我们称为“面瓜”，属老太太口中美馔，老人因为口中没牙才去热爱。这种瓜吃起来如现代派对上的生日蛋糕。

秦香莲因陈世美升为驸马负心，便去告状，戏台上秦香莲在哭诉，戏台下北中原的瓜在悄悄生长。

这是一件由包公去审的麻烦案。“咔嚓”一声，是陈世美的人头落地。这时叫“黑老包”的瓜也在悄悄熟透，瓜熟蒂落。

乡村戏台下，一把散泪，一片唏嘘。

叫“黑老包”的瓜还带着乡村语言的智慧。在北中原，我们村卖瓜的小贩很幽默，为了赢得宣传效应，或哗众取宠，卖瓜时常常吆喝：

“黑老包面甜瓜，谁要？噎死爹的面甜瓜。”

于是，乡村的人自然不会放过辈分上高人一等的沾光机会，纷纷嚷道：

“我要！我要一个。”

卖瓜人此时才如说相声般抖出“包袱”，便幽了众人一默：

“就剩下一个，早让我吃掉啦。”

这是我姥姥讲的一个关于乡村语言艺术的故事。她讲的那一年，还能吃动这种叫“黑老包”的面瓜。那时，我母亲每年都给她买。

第六瓜·屙瓜

是一种不雅之瓜，如乡村生活里的落魄之徒。

在我眼里，这成了一种中原瓜谱上最糟糕的乡村之瓜。瓜如此之大，是绝对屙不出来的。所谓的屙瓜，就是哪个淘气的孩子，囫囵吞枣，吃法太仓促了，连瓤带子一齐吃下，最后肚急，收留不住，得屙，便连子一气呵成。第二年，在拉屎的地方，萌生出一个新的生命，我们命名为——屙瓜。

屙瓜没有具体指某一种瓜。西瓜、甜瓜等，在自己捉摸不定的命运里，一不小心都可以变成“屙瓜”。

因为名声不佳，所以我们对这种瓜的态度有点暧昧，如果夸张一点说，一如乡村人对待政客或女人失节。

其实屙瓜也是一样能吃的，它和人们按正常方式种下生长的瓜味道一样，可引用名句“出淤泥而不染”誉其美德。不过因名分与声誉的缘故，大家都不会吃的。让人们如钟嵘在《诗品》里评诗一样，将其列为“下品”。

在乡村，有一个分辨是否为屙瓜的秘诀：若在高粱田或玉米地，孤零零地长一颗瓜，四周没有它的亲戚邻居相伴，这个独行侠必是屙瓜无疑。在中国大讲“血统论”的年代，这瓜必定会被列入“地富反坏右”之列。

其实西瓜的心灵多么美好呵。

西瓜性寒解热，消暑化燥，有“天生白虎汤”之称。看外表虎视眈眈，而内心却是甜的，如早年一首流行歌所道：“我很丑，可是我很温柔。”可以说，天下好男人都有“瓜性”，都是西瓜一般天生白虎汤做的，而不是如贾宝玉所说的是泥做的。

“西瓜是瞌睡的水，是水的灵魂在结晶。”我伪称贾宝玉如是说。

附：拾遗篇·马炮

称“炮”是虚张声势，顶多是个“马后炮”。

这是一种乡村最袖珍的小瓜，大拇指甲盖大小，绕在乡村红玉米棵之上，结的小瓜一串串的，四、五、六……如天上北斗七星……八、九、十……多达数十。此瓜不可食，纯粹是哄小孩子的，所以我们称“马炮蛋”。

“蛋”在我们北中原有两层意思：一是裤裆里的那个小玩意儿；二是对人的爱称，有点如外国人多称“汤姆”，所以说北中原乡村的孩子遍地都叫“狗蛋”“二蛋”“三蛋”，以至达到“八蛋”。从我们这里走出的成功人士，往上追溯三代，恐怕都与“蛋”有关。

马炮蛋被我们用手掌来揉，揉软，叫“掌中宝”（比现在称呼手机要早），那时流传有“可靠”消息：这种小瓜被揉软后，用棉花裹着，放在耳朵眼儿里，可以孵出来小鸡。

这妙计我至今还相信。

但三十多年里，我终于没有试过，不是我不想要一只漂亮的芦花小鸡，是我认为不如留一个童真之梦更好，让它高悬着吧，天下诗人都是靠梦造房的。

瓜之外

如今，那些花样翻新的西瓜在乡村一一消失了，像我的少年之梦一样。因为那里的人付出与得到的不成比例，人们都不种这些瓜了。

“清明前后，种瓜点豆。”如今乡村，清明时都种一样品种的西瓜，立夏都发一样的芽，小满都抽一样的叶，大暑都长出一样的个子，而到立秋，西瓜则像克隆出来的，又一模一样。

我们再也看不到那百瓜齐放、各见风采的瓜类排行榜了。那时的中原之瓜曾如走马灯一样让人眼花缭乱呵！

世界上所有的名瓜也是“江山代有新瓜出，各领风骚数百年”的，有的甚至不满百年，如我上面所述之瓜，二十年时光还不到，就都一一黯然消失了，像一根香烟那么短，像一段伤感的爱情。

昔人把西瓜的名字叫得多么丰富呵，如一册由“祭酒”在国子监殿堂前高声唱和点的状元榜。以状得名，有龙肝、虎掌、兔头、狸首、羊髓、蜜筒；以色得名，则有乌瓜、白团、黄瓤、白瓤、大青、小青、大斑、小玉……

还有清末留下的“喇嘛瓜”，民国初期的“黑蹦筋”，解放前的“小花狸虎”，市面上早已绝迹，说起它们，连此刻的纸上文字也一时成为梦语。

今人科技发达，今人想象迟钝。

终于又等到一年，我在旅次北中国的细雨里，见到一种小小白瓜，如孩子紧握的拳头，名字呢，叫“白糖罐”，这种瓜能盛放一个温暖的童年，满满的，一部手工版本的童年。

以后再没有见到名字出奇之瓜，有如今生今世不再会有一见钟情之人。如今所有的瓜被人们一律称“瓜”，如大街上行走之人一概被称为“经理”一样。再没有那么多妙趣横生的小名能让我仍如孩子般去“童言无忌”。

今年夏天，在黄河边，一位在北中原承包多年瓜田的瓜农告诉我，如果一块地作瓜田，那只能种一茬瓜，以后十年都不再成瓜。

土地与瓜都有选择，竟如此挑剔，让我有点吃惊，如一个执着的人。有过一次刻骨铭心的心历，以后面对情感，便波澜不惊，瓜叶不起，再也不易打开大地情怀。

扯远了，这好像不是说瓜。

还是缩到瓜瓤深处吧，由我来数数那里有多少颗如碎语如耳语如情语的瓜子，正一一落地有声，有如我故乡瓜叶上滴落的月光，落在此时的纸上。

Events 记事簿

顶棚匠

——兼顾大仲马的《三个火枪手》

扎顶棚，是北中原一种修饰房子的民间手艺活，全靠手下功夫吃饭。随着三合板、五合板、宝丽板、不锈钢、玻璃、水泥、木地板、马赛克、壁纸、塑料这些装修元素大量介入乡村，扎顶棚手工艺已经边缘化，逐渐失传。即便在偏僻乡村，新房子盖好也没人去扎顶棚了。乡村扎顶棚，大都是1980年以前的旧事，多消失在新农村建设运动里了。

老田是田庄村里扎顶棚的能手，大家称老田为“顶棚田”。

有一年冬天，父亲把他从乡下请到我家，窗外飘细雪，大家先在屋里喝了一桌。让他给我家在县城郊区盖的三间新瓦屋扎顶棚。因为是冬天，老田提的唯一条件是：只要有酒喝就行。后来又说自己一个人不好照应，看我闲着也没事，要让我“打下手活”。所谓的打下手活，无非就是在下面搬搬梯子，移移凳子，糊糊糨子，割割报纸，递给上面的老田糊檐，节省他在架子上面上来下去的时间。

哪知到了具体工作时，老田却在梯子上面不说业务，只不时叫“上酒，上酒”，让我不停地往上递酒葫芦。

那一年多雪，我父亲拿出多年的积蓄，又在亲戚帮助下才在城郊盖一座青砖瓦房。

我负责给老田送饭，吃喝都在这一座青砖瓦房里。

老田干起活来专业精到，竹刀穿梭，只听到一屋子沙沙的割纸绳子声音。顶棚扎得规矩工整，仰望上面，像一张写大字的九宫格纸。他先固定几根竹竿作龙骨，再使用芦苇秆子横竖交叉，苇秆用纸绳子系扎，一格一格，方方正正。均匀搭好后，开始在上面按顺序摊开一张一张芦席，他再下来端详一下，看到有一张不平，从下面用棍子顶一顶往前擀，老田有职业标准，必须要让眼睛达到舒服为止。待顶棚四周边沿用报纸糊严实，阳光一照，干干净净，一室亮堂。

最后还谦虚地问我：“再看看，哪张席子不平？”

我看不出来。

我说：“田师傅，我考不上学跟你学扎顶棚吧。”

他在上面喝一口酒，说：“你不嫌丢人你爸还嫌呢。”

有一天，我借了邻班一位叫马新明的同学的一本大仲马的《三个火枪手》，这书看者太多，翻得破破烂烂，到我手里时已经像一只翻毛刺猬，就差在地下滚动了。我敢说，即使掉到地上也不一定有人去捡。第二天返回学校，我才想到《三个火枪手》忘在瓦屋里了。

小城下了三天雪。三天后回来，老田已把一间瓦屋的顶棚扎好收拾干净，《三个火枪手》咋找也找不见。问田师傅是否看到《三个火枪手》，他一脸疑惑不解。我抬头一看，扎好的顶棚上纸的颜色很熟悉。原来，一页一页都爬上了顶棚。

这老田大爷！竟然把我的《三个火枪手》都糊到顶棚上去

了。我有点冒汗。

老田道歉说："你拿来的报纸用完了，外面又下雪，怕耽搁干活。俺识字不多，只觉得那本书太破了，以为是你拾来的破书，留着也没啥用，为了紧手赶活，俺就一口气都糊上去了。"

他看到我焦急的模样，又逗我说，"要不，我再上去给你都揭下来。"

要不是他和我爸平辈，我肯定开骂啦。我该如何给同学交代？

老田回乡下老家要洗换衣服了。晚上我一人住在空屋里看门，没事可做，心里惦记着小说的情节和结果。对书虫而言，书瘾发作也不是一件啥好事，如同老田的酒瘾，我只好搬动那一架梯子，从东墙搬到西墙。举着手电筒，一页页地去找那三个神出鬼没的火枪手。

法兰西的天空页码交错，时空转换，云彩和海浪重叠，情节自然也随着交错。出现不同的结果。因为老田的匠手安排，有的枪手竟然提前中弹了，有的则死而复生。一道手电筒光柱在三个火枪手之间照耀。我仰酸了脖子。法兰西，可怜的大仲马！

老田和我父亲是多年熟人，这活干得近似义工赞助。速度慢慢腾腾，顶棚却很扎实，有时老田家里有事，还要不时回去干农活，加上其他应酬，三间瓦屋的顶棚竟然断断续续扎了两个多月。死了三个火枪手。

冬天雪下得出奇地紧，把我手都冻肿了。老田最后没算工钱，酒倒是喝了一件十二瓶，完工后我父亲又送酒一件。是县里南关酒厂产的老白干，小名叫"一毛辣"。红薯干酿造，货真价实，醇香四溢。顶棚上一直留着酒香，绕梁三日。

过去多年，我在小城集会上，见到借我书的那位小学同学马新明，他留着“大背头”。马同学早成了一个包工头，开有四五家装修公司，还是历届县政协委员。在县城里买了几套房子，郑州、新乡都有房子。钱多，开始烧手了，对我也不见外，炫耀说，还有一位小媳妇，没领证，在一块儿过日子。

说起他家里豪华装修的事，他想让我称赞一下，我忽然想起旧事，问他村里“顶棚田”这个人。老田和他在一个村。

“马大背头”一怔，想了想，说：“老田啊！田万五早就不在了。老田喜欢喝酒，好些年前在村里扎顶棚，喝多了，从木架子上一头扎下，摔残坏了，卧床后再也没有起来，几年前死了。再说，现在谁还扎顶棚？你家还扎吗？有空看看我家装修的……就差你的字，给我写个‘厚德载物’吧”。

对比·小学校与配种站

用这样的并列词组做题目显得落差太大，有碍观瞻，一般人不会用眼睛上当，知道这肯定是语言陷阱，都是些纸上把玩的小聪明，像所谓的“标题党”。但1974年北中原春天多风，实际地理情况就是这样，就是“小学校”与“配种站”。就是落差太大。

两个并列词组。纸上建筑，披着乡土外衣。

我上小学之时，乡村学校恰恰与乡村配种站相对，路南路北，隔路相望。说不上是好事成双，但也找不到更恰当的词。南风吹来，越过乡村学校那堵齐腰高的土墙，会有一股隐隐的骚味飘进教室，往往让正在兴奋地讲解“中心思想”的语文老师大皱眉头。

概念上乱倒是乱，不过两者总算还有一处“近似值”，那就是：学校和配种站，两者都带有“圈养性质”，一个是培养祖国新人，一个是培养农村新猪。

三十年后我有一天返乡，在集市一方红墙上看到一条标语，北中原地方官员历史习惯上有动不动就刷标语的政治敏感，只见此墙上书——“养儿不读书，不如养头猪”。让我豁然开朗。感觉从不恰当之中也看出来一点恰当。

那时刻，我又想到“小学校”与“配种站”。必须用“天作之合”这一成语。

猪是一户人家全年生计的来源，先养一头小猪，养到年底卖掉。那是一年里的花销与希望。可以想到乡村配种站位置之重要，和公社党支部一样重要。

配种站的上空，弥漫着猪们高昂的激情与青春的躁动。这边我们晨读，那边猪们嚎叫。

在北中原乡村，公猪叫牙猪，母猪叫豚猪，而种猪虽是公猪，在这里却不能叫牙猪，它有个专用名字，叫狼猪。就像世界模特大赛里除“最佳模特奖”外，还设有一种“终身成就奖”，每位明星艺人在原名的基础上还都有一个“爱称”。称错叫法起码说明你不谙行情，不是个庄稼好手。

凑这个机会，我不妨把当年一些乡村另类们的“爱称”延伸一下，你也长一下见识。我们北中原乡村把公马叫儿马，母马叫水马，母牛叫市牛，公牛叫牤牛，公驴叫叫驴，母驴叫草驴，等等。头晕。宛如乡村学校一本花名册。这是题外话。

配种站归人民公社的供销社管理。站内机构如下：

共有种猪五头，名字都叫乌克兰猪。分一至五号。一个个长嘴小眼，毛皮白色，后背线条流畅，显得健壮有力。配种站有职工十名，同样显得健壮有力，但多见他们日常中默默抽烟，咳嗽。在这样年复一年的单调日子里，五头种猪掏力挣钱，养活十名职工，十名职工上糠，报答五头种猪。这种方程式最好解了。

一段时间里，大家上学去得早，有的在家里推开饭碗就往学校跑，一副急急自学的样子。家长心里自然高兴。其实众人有个不可告人的秘密，上学前，大家不会先到学校，而是背着书包去看一道风景，就是猪配种。我们叫“蹦猪”。

谁让乡村配种站就坐落在小学校对过？天时不如地利。

我至今还认为“蹦猪”这一乡村土词好，有一种语言上的动感。这一词汇还被延伸到骂人，就是“你急得想蹦人”。

“群观种猪工作”这种行为我不好去划分性质，与思想“是否健康”肯定无关，但后来被老师知道，斥为“不健康”，所以若让老师发现了，对我们而言，就是比“蹦人”还厉害的“训人”，有时还要写检查。

当时，在学生的功课标准里，有正科、副科的主次功课之分，像语文、数学这些是正科，必须认真去学；而地理、生物之类是副科，升级又不占分，能顺坡下驴就行。一天，上生物课了，大家认为是副科，不甚重要，一些男生就偷偷逃课去了对过。

面对教室众多空位子，生物老师胡子高翘，大怒：“课不上啦，你们干脆看蹦猪算了，权当自学生物。”

南风吹来，风吹着讲台上洁白的书页，像风吹着白色猪鬃。

在配种站里，乡村的母猪都是由农村主人从四面八方用一条猪缰绳牵来的。一路上，它们的主人兴冲冲赶路，挥一枝柳枝，显得比猪还急。

配种站里公猪可以围着母猪公开转。口喘粗气，嘴吐白沫，近似抒情。配种完毕，由母猪的主人交钱，免不了一番讨价还价。外人看来，好像倒不是猪干的事情，而是人。对于猪的主人来说，配种是一年养猪史里重要之事，重要如春耕种麦。母猪能否怀孕下崽，下崽多少，都关系着猪圈的“猪口密度”及一家人的收入生计。

有一天，母猪一方主人急匆匆找上门来，说配种站的种猪是假的，未配上，误了时辰，让退钱。双方在猪圈边吵将起来。一个说“蹦过”，一个说“未蹦”。配种站主任叼着烟出来，说：“你俩斗啥？让猪再蹦一下不就妥了。”

而两只猪早在一边撮合了，倒在嫌人碍事多嘴。

配种也讲学问，生物老师说过，那是一门学科，叫优生学，不然是瞎配。我们经常听到配种站的技术员说“老配早，小配晚，不老不小配中间”“母猪两次配，生崽可加倍”的谚谣。近似课本上乘法口诀。可见都是积累的经验之谈。

五头狼猪一辈子配了多少母猪？恐怕连它们自己也数不清。它们不会像当今北中原某些官员有才华雅兴，能写做爱日记，做记录。

狼猪是功臣，在造福乡梓。

某年春节前，当中国南方雪灾来临时，正是香港演艺界“艳照门”事件轰动阶段，闲谈时我竟不知道世上还有这时尚事件，别人就奇怪：“连这等大事都不知道？还配当作家？”

按说这道理我明白，但我无操心癖好，一向不关心那些明星著书、育儿、离婚、偷情的鸟事，我知道的所谓明星，他们大多除了裤裆巷风流记之外，在九百平方毫米处不会整出点什么真正艺术。就乡下人的视角而言，他们还不如我们北中原配种站的狼猪们有境界。它们敢作敢为，从一号到五号。

远了，还接着说眼前这头雄心勃勃的狼猪。

那头狼猪围着母猪转圈，就是不上，倒急得母猪主人揪心，因为，配种站规定是按数不按质，成功不成功都是交一样的钱。工作员急急催打那头狼猪。

我们众人也替它着急，一齐发喊，不料惹恼工作员，骂道：“这群鸡巴孩子，不上学瞎操心！”只见他抄起一支柳棍，要把我们赶走。还说要报告校长，管管这群闲蛋孩子。

配种站一共有五道猪圈墙，北京四合院的形状，都用一色的青砖垒砌而成，为了结实，墙缝中间还勾以白灰，防止猪鼻子将圈墙拱塌。泥水匠倒忘了一个养猪常识：猪有吃生石灰的习惯。

那一年春天，棠梨盛开，一树白花擎在配种站的蓝色天空。

乡村配种站的青墙上面，站满小学里不同年级的同学，高高低低，有种错落之美。现场之中，那些乡村少年不时传出明白或不明就里的哄笑，态度显得躁动、暧昧、早熟、智慧。从一个个专注投入的劲头可知，看母猪配种比课堂上听老师讲课做作业认真。

前排一位叫李铁生的同学一时失足，不小心跌入猪圈。猪们急忙停止运动。

众人哄笑，起哄道："李铁生等不及啦！"

忽然，这时上课铃声在对过校园响起。铃声像旱地一场未通知预告就急急来到的骤雨，激溅起尘土。

天哪，这可怎么办？那边作业没有做完，老师肯定还要提问，这边种猪没有配完种，两者都是人间天大的事啊。

乡村传奇

童年在乡村度过，我的体会是，城市给了我一张面庞，乡村给了我一个灵魂。乡村让我能倾听到草木的声音，月光的声音，宛若耳语。而在城市里，我听到的是另一种声音。

姥姥给我讲述过一个乡村传奇。

从前（开头总是统一格式，像我作文一样没有变化），有一个书生，前去京城赶考，路过一条大河，河水暴涨，他小心翼翼蹚水过去。忽然，看到一羽黑色草棵正在河中央摇晃，颤抖，上面爬满一群蚂蚁，草叶低垂，蚂蚁在无望地徘徊。眼看就要沉下去。

这个书生急忙把这一棵草茎掐下来带走，带到大河对岸，放到安稳处之后，继续行路。

在京城考试时，书生恍惚，写文章时，卷面的字不是缺撇就是少捺，用姥姥乡下话说，“不是缺胳膊就是少腿”。考得自然不太理想，他就怏怏回家，看来，这次又要落榜。

这时，姥姥手中的蒲扇在那一边“呼哒，呼哒”响着，扇过来这凉飕飕的传奇；我在这一边听得提心吊胆，这几天我也正面临升级考试。

故事出奇的地方在后面。考官改卷时，发现答卷中凡有错字缺字不完整之处，都紧紧附贴着几个黑蚁，挥赶不去，黑色正好把缺陷之处弥补，组成了文章的完整内容。

主考官感到蹊跷，心想必有缘故，找来书生过问，方知此考生有悲悯情怀，是蚂蚁在报恩。

传奇完了，是个有点老掉牙的报恩故事。我满不在乎地对姥姥说："只怨这学生平时旷课，不注意学习，才满纸生字。"

姥姥的蒲扇马上停住。

有一年，我和班上其他孩子一样，得了夜盲症，每天上晚自习时，感觉像是在一方墨锭中间穿行，又像擦着瑟瑟作响的黑夜。在物质贫乏年代，这算是常见小病，却也很让父母担心。母亲悄悄地点过三炷香呢。

母亲千方百计打听，终于找胡大夫要了一个单方，用麻雀可治夜盲症：麻雀五只，肉苁蓉，青盐一两，白水煮吃，一次服完。

这事母亲交给了乡下的老舅去办，舅舅便在田野支起了一方空荡荡的箩筐。三天过后，送来十只麻雀，是两个疗程的。舅舅说，麻雀都当"四害"消灭了，不容易见到。

我放学回来，看到石板上有一方青色竹笼装着麻雀。蹲下细看，发现还有两只小的，乡下叫"黄腊嘴"。另外几只老麻雀正倔强地往笼壁上烈士般撞着。我忽然想起三年前姥姥讲的那个乡村传奇，尽管蚂蚁与麻雀一个姓，都姓 ma，但两者的联系不大。

第二天，锅里烧滚的水在那边等着，干柴在"噼噼啪啪"发着脾气。这边，鸟笼空荡荡的，里面的麻雀被我放走了。

到这一年初春时节，荠菜花发黄，晃眼睛。我的夜盲症竟离奇地好了。连母亲也觉得奇怪，忙又点上三炷细香。我说，那是迷信，要批判。

在那乡村小学，整整一个学期里，晚自习都是由一个同桌的女孩子带着我，她流着鼻涕，在乡村的小路上，高举着一盏马灯。远远地看就像黑夜里盛开的一朵白莲花，那光是乡村冬天梅花的香。

跟着姥爷去买马

初春，油菜花开，一地晃眼的黄。

姥爷叫着我，先不说话，他吸了一袋烟草后，才说要到三里外的葛村集上去买马。还是买一匹好马。许多天我都盼着和姥爷去买马。今天终于要去了。

大钱都在姥爷一方小土布袋子里装着。看上去沉甸甸的。

买牲口需要看相。像村里相亲。

姥爷说，乡下人忌买青牛，青牛是凶牛，易克主家；黑牛前额有片白色，买回来也于主家不利，那是“戴孝牛”。买马也得看马相，买身子均匀、四蹄整齐的马。眼要大，鼻要宽，腰要短，且平直坚实。

我一路听着买马经，恍惚觉得像是每年人民公社冬天征兵的要求。空军飞行员两耳垂要对称。

葛村集上东头专门有马市，人欢马叫，一片热闹。拴马桩像海滩上搁浅的桅杆。还看到一个铲马蹄者和一个烙马者，我姥爷认识，一个叫徐罗锅，一个叫王秃子。前一位的头像被铲掉一块似的，提着一把铲蹄刀走来走去。马在觳觫。

铲掉的一片片马蹄，散落一地，垫到花盆里可当底肥。底肥像暗藏潜伏的卧底，肥力可达数年。肥魂不散。会有好牡丹。

那么多的马都是好马。红，白，棕，花。一问，价钱都贵。我姥爷掂掂钱袋子，终于挑选了一匹瘦马。像语文课本里一个孤零零的单词。

乡村经纪人是高平集上的，他与卖马者在袖筒里捏着神秘的哑语。袖管里有风。最后双方拍一下手，算是成交。姥爷把小布袋移交到经纪人手里，将马拴到马桩上。

中午喝了两碗张大顺的绿豆丸子汤，看一眼那一柱马桩。我有点失望。

回来的路上，姥爷对我说："当年啊，冯潭村你爷爷家骡马成群，个个都是高头大马，后来你爷抽老海，就把马一匹一匹地抽完了。没有这些好马的时光里，刚好赶上国家'土改运动'，滑县村村斗地主，你家后来划成分，是贫农，没成为地主。没有一匹马也算是因祸得福。"

姥爷说的"抽老海"就是抽大烟。

我牵着这一匹瘦马，穿过散会的人群，穿过一路相马经，又穿越家族里的那一群好马，也觉得没有面子。

来的路上，想起姥爷给我讲了那么多买马秘籍，每一条似乎都有道理，实际上那些好马标准这次一条也没用上。姥爷买的是偌大葛村集上一匹价钱最贱的马。

歇脚时，那匹贱马在路边耐心地嚼草，棕色和草色一样浑浊。我听到马的牙缝中发出"咯嘣咯嘣"的声音。显得有力。莫非是姥爷相马经里说的宽槽口？

姥爷说，用不了两年，就会是一匹好马。

西瓜上的王羲之们

——乡村书法家片段

丙申头伏下来，一大堆西瓜蹲在他家里一声不吭，小山堆一样大。西瓜们不急，孙百文倒是比西瓜都急。不烂叫西瓜，烂了就是一摊水。不烂是瓜，烂了是瓜皮。为了把西瓜早早卖出去，孙百文花样翻新，近似取巧，扬长避短，他把字写到西瓜上面。那个夏天，西瓜连上了王羲之的衣襟。

孙百文是村里书家，写的都是草书，平时他就擅长写草字，他当年跟我姥爷学过行书。他说，写草字能消气。我问他：消啥气？他也不说。有一天他还问我要书协张主席的字，我笑着说弄不来，我如果说张主席的字一平方尺要六万元，一张字把一车西瓜都砸进去，他会有啥反应？我不愿打击一位平民书家的温情。

那天在十字路口摆摊，时至中午，还没卖出一个西瓜。孙百文闲着，心里开始有点焦躁，开始用手指甲在一个西瓜皮上游走，练起了字。发现用指甲能划掉西瓜青皮，露出来下面的白皮，清晰分明。花眼之中，竟带有书法里的飞白效果。

觉得这样写起来有点意思，他连续在两个西瓜上分别刻出草书“福”“寿”二字，绿皮白字。觉得这是无聊出来的成绩，将这两个刻字的西瓜摆放在瓜摊儿显眼的高处。

不到一个小时，一辆小车路过停下，车上下来一个姑娘，摘下墨镜，径自上来问：“那两个有字的西瓜卖不卖？”孙百文有点迟疑。

她说今天路过，要把这两个西瓜分别给她的奶奶和妈妈，图个吉利。

孙百文看到这位姑娘这么喜欢，考虑到耗费的工时，解释道：“平时西瓜一斤五毛，这个西瓜咋说你也得给六毛一斤吧。”他心里想：要是姑娘坚持五毛就还是五毛，三里五村的。

姑娘二话没说，付款将瓜提到车上。

孙百文觉得这事大有门路，几天里开始用大拇指在西瓜皮上继续写字。都是“福”“寿”“招财”“进宝”“幸福”“吉祥如意”“日进斗金”等字样，晚上看千篇一律的新闻，开始联想，他又加上“中国梦”三字瓜。一般写一个字的西瓜多，一瓜一字，操作简单。

用指甲写瓜的坏处是时间过长，会使指甲“离身”。夜里发疼，起来涂了牙膏止疼。

后来，附近村里有人走亲戚，不问西瓜熟否，看到有字的西瓜才买。最高时一天他的摊子上卖出五百斤西瓜。

上官村一位路过的拉货司机将车停了下来，司机光头，正午的阳光一照，比西瓜都亮。光头司机刹车后直奔有字的西瓜，孙百文觉得这顾客熟悉但叫不应名字。光头挑选了两个刻有不同字形的“福”瓜。孙百文让他换个字的，显得好看丰富，不料司机对他说：“福要双至嘛，这你都不懂？”

孙百文笑了，以为遇上书法知音。光头司机说：“我上学时不好好写字，我爸常打我。现在看着这些写字的西瓜，觉得花钱既能解渴又能观赏，还吉利，一瓜三得。”

孙百文说：“你眼还怪尖呢。”

光头说：“要是当初我会写字，早和你一块儿卖西瓜了，操，说不定都轮不上你啦。”

孙百文有点不高兴，看着那个光头，紧紧盯着，让外人觉得他也想在上面抠个“福”字。孙百文老觉得他像某一个人。

一天初晴，刚刚摆摊，一个小伙子冒冒失失路过，问孙百文可会写“虎”字。会写“虎”字可另加五块。

孙百文看着后生面熟，也是想不起来叫啥。问：“为啥单写虎字？”

小伙子挠挠头，不好意思地说：“我大姨在马家庄给俺说了个对象，在道口超市上班，属虎。”

“你属啥？”

“属龙。”

“那我给你刻个‘龙腾虎啸’吧，刻得细发一点，不过你得再加五块。”

“只要能成，图个吉利，加十块都行。”

孙百文当了一辈子民办教师，几十年里一直没有钱买宣纸，多年来，我在县宣传部上班时，将公肥私，曾送过他足有几十斤的旧报纸。他多在看过的旧报纸上写字，写了半辈子大字也没收益，从这一年夏天开始，才用两个指甲在西瓜上写字，就有了资金回流。

他对我说，他写字时，绿皮恍惚，脑子里跳出来一个想法，觉得像潘天寿画指画一样。潘天寿是十指齐出，自己则是两个大拇指甲并用。问我："能申请专利吗？"

孙百文一直想把瓜事闹大，后来也试用刀子刻字，尝试过后，觉得还是自己的指甲灵活好用，又不伤瓜，易于掌握。他也没想到，写字还能卖成现钱，对我说，自己有时想想，竟有了成就感，天下还没有西瓜书法家呢。

我心里一沉，有一点悲哀。这一车瓜不抵名家一平尺。

邓艾的毡子

——一则来自北中原的传说

这竟是一张“密毡”，连邓艾当年都不知道。

我姥爷在月下说“三国”时，还说到邓艾。邓艾是河南新野人，有口吃的毛病，语称“艾艾”。据说在一次宴会上，邓艾与晋文王司马昭交谈，一开口就：“艾……艾……”司马昭便戏曰：“聊云‘艾艾’，定是几艾？”邓艾对曰：“凤兮凤兮，故是一凤。”品位一下子提高了。我姥爷说，口吃的人大都内慧，说不好话，但会干事。古代邓艾就是一个典型，当代我们邻村邓寨的邓大山是另一个口吃典型。

村中还流传着邓大山口吃的逸事。有一年走亲戚，吃饭时亲戚热情地为他面条碗里倒醋，他说：“少，少，少……”亲戚以为嫌少，倒完一瓶才听到完整的一句“少倒点”。和邓艾相比他没有高度。邓大山却说他的先人是邓艾，至于属于哪一支邓姓，他自己也说不清楚。

《三国志·邓艾传》有文字证明：“冬十月，艾自阴平道行无人之地七百余里，凿山通道，造作桥阁。山高谷深，至为艰险，又粮运将匮，濒于危殆。艾以毡自裹，推转而下。将士皆攀木缘崖，鱼贯而进。”这说的是毡子的来历。邓大山说邓艾的毡子不是一般毡子，是用一种飞猫鼠的尾毛掺和鱼胶制成的。披在身上，毛里生风，哗哗响。

摔死的人、毡子零乱地挂在树枝，一片狼藉。邓家先人把将士收尸掩埋后，将破碎毡子留下来，收集一起，放在家里，一共收了四十张。邓家先人把毡子缝制到一块儿，制成了一张大毡子，搭在屋顶上，冬暖夏凉。有一次将毡子搭上房子避雨，夜里竟听到毡子连着房子飞了起来，飞到天空又落下，先人由此知道这是一张宝毡。作为一件传家宝世代相传，传到邓大山这辈，他爷当年交代：不到万不得已时不要铺开毡子。

那些天里，饥饿的气息在乡土上空弥漫。在掩盖着饿死人的消息。上面有规定，公社邮局里一封信也不让外寄，要堵住源头。还不让村里人出来要饭，村村路口都有民兵持枪把守，别说是人，就是一只苍蝇也飞不出。

明处路口能管住邓大山，天空却管不住。他不走村里固定的那四个路口，而是坐在毡子上走空中，趁夜色飞到外地，黎明前降落，要几天饭再回村。邓大山三十岁了还没有媳妇，一人吃饱全家不饥。毡子上坐他一人，独来独往。

有一天黎明，邻居因前一晚吃野菜中毒起来拉肚子，看到邓家屋顶上有一张大毡子落下，邓大山在卸剩馍剩饭……邻居知道了秘密，提上裤骂道：“操，难怪你邓大山的脸蛋整天红扑扑的，原来有吃的……”便要求也坐毡子外出，不让坐就告发他。

结果还是口口相传，本来承重一个人的毡子，后来常常坐十来个人。

村里饿死人的事在流传，毡子的秘密在流传。

一天夜里，村里人影晃动，人们搀扶着都向邓家的那方毡子拥去。

吵闹声里，一张毡上挤了一百零八人，连毡子边上站的都是人。邓大山说：“上……不去啦，再上，让书记知道了谁也飞……飞不出村。”只好每家选出来一位上毡。毡子上的人对没上去的人说：“回来给你们捎来口食儿。”

鸡叫头遍，毡子缓缓起飞，根据以往经验，邓大山让大家闭上眼睛，说肚里没食物时速度快了要头晕，会像进城坐汽车晕车一样。夜空里，毡子在飞，人们只觉得两耳有风。

站在前沿掌握方向的邓大山觉得肚子“咕噜”一声，那毡子的一角马上耷拉下来，随着掉下一人，毡子忽然倾斜，毡子上的一百零八个邓寨人全都掉下来了。掉落前大家都恍惚觉得身边的星星大如银色的核桃。

补记：

许多年后，有一位叫冯振华的中原作家要写一篇报告文学，据说他亲自实地调查过，统计了“大食堂”年代全村饿死的人数，得出结论：全村共饿死一百二十三人。村长纠正说，没有那么多，也就饿死十来个，这些人里面应该刨去一百零八人，这些人其实不是饿死的，他们是坐邓大山的那一方塌毡子瞎鸡巴逛荡掉下来摔死的，像是发癔症。

姓冯的樱桃

——一位乡村现实里的抒情诗人

我老师说过箴言，“要想让一个人贫穷，就让他去写诗，譬如你。”

我周围大部分诗人出书是协作出版，名称好听，实际是自费，出版社怕出诗集赔钱，我做文学梦时也是自费出书。二十二岁那一年，背着母亲，搭车到兰考印刷厂，私自印了一千本没有书号的非法诗集，卖了三十年还没卖完。

我的一位冯姓同宗，也是诗人，出过几本诗集，属以下类型：一、用暧昧不清的香港书号，自找印刷厂。二、有不知倒转手几次的“远方出版社”。远方在哪里？反正可远。爱情价更高，远方路更远。两种相同的一点是都需要钱。

我刚调到郑州那年，他来找我。他说也姓冯，也写诗，和我一样也是北中原诗人。

他有原名，改名冯筝，好风相送步步升高的意思，他说历史上姓冯的文人多，有冯延巳、冯梦龙，总书记在福建还到过冯梦龙当知县的寿宁。还有冯子材，打败法军。冯玉祥，将军诗人……越说越远。前面文学靠谱，后面历史牵强了。

刚说到艾青，如酒精点燃，他开始给我背自己的诗："当大地的曙色来到人间，我满怀玫瑰色的理想。"历史上两个诗人第一次见面就背诗是相信对方，诗很长，我记得头两句，好不容易听他背完，他说还要背诵第二首，我不好拒绝，他紧着问我："好听吗？"

我说好听。

有一个例子，让我这专业作家也感动，那一年他为了南京大屠杀要写一部长篇叙事诗，名字叫《长夜，长夜》。他一人买票搭车到南京，晚上为了省钱，在车上站了一夜，其他日子则是带一方凉席在立交桥下凑合一夜。

有一年省里研讨作协会员入会的事，我作为评委，犯了一点私心，把他执着文学的奋斗史夸张地说给大家，这样的基层作家不鼓励，我们还能叫联系人民扎根人民吗？有位评委马上驳斥：文学不是救济。我说只当救济我啦。大家齐笑，说："只当听你说相声吧。"

这一年，他光荣地加入省作家协会。

本是善心，哪知害了他。那年去他家，他妻子见我便埋怨："自从你给他操办个啥鸡巴作家证，他一喝罢酒就把那黑皮证放在桌上，看着傻笑，睡觉时放在枕头边，写诗劲头更大啦。你在省城门路广，就不能教你哥一点儿正经的致富门路？眼看大儿要结婚，院墙缺口还没垒，张着大嘴。"

她手一指，院中有一段倒塌的墙。

我有点内疚，为自己开脱："嫂子，我也是个书呆子，儿子也待业，我也不想求人，只会在字里横冲直撞。"我狡辩说："看我哥就这点爱好，他又不外出洗脚按摩，吃喝嫖赌，笔下全是歌颂人民，哪里找这良好习惯？”不说还好，一说她又上火了：“你少打圆场。看看全县，哪个清亮的人在写诗？”

在以后县城的文艺日子里，他每出一本诗集都亲自送给我，题上“杰兄覆瓿”，说：“这还是跟你学的，古称，雅称。”我说寄来就行了，搭车花费大。他说：“我就想和你一同感受一下文学气氛。”我便不敢再深入。我一细算，十年自费出了三本诗集，一本至少一万元，加到一块儿也是个荒唐的数字。

他出第一本诗集时，妻子说，为了满足他个愿望，算是忍了。后来他又要借钱自费出诗集，妻子便恼火了，老婆孩子全家联合反对，议会不曾通过。妻子说：“知道你会写两行诗，出一本过过瘾就算了，哪知你不知好歹，把写诗当正事儿啦，钱都用到抒情上，念出来大家听不懂，日子以后还过不？”

劝架时我没敢说他妻子是一位农村妇女。

又一次来，他拿出两本诗集，问我如何开作品研讨会。我实话说怕伤他心，但还是想打消他的念头。我说开研讨会分大中小三种，想弄大在北京，请相关评论家、媒体出场，到时发红包、车马费，报纸买版面，花销大。中等是在市里，我来组织人马，友情出场，中午大喝一场，让你听些花言巧语。小的就在县里，把亲戚拉上，我作陪。我说要是有人赞助玩一把更好。

他说：“我背着老婆攒了一万块钱，够吧？”

我一阵沉默。这钱在郑州还买不到一平方米房子。我说：“先把你家院墙垒一下吧。”

送他时，穿过大厅一面杜甫青铜浮雕，面带铜色的老人家正行走在唐朝的秋风里，由刚去世的书法家陈天然题款：“月是故乡明”。

一年后，传来消息，诗人死了。

我想起来那一年春天，我第一次到他在县城的院子，院墙张着大口，远远看到院里一棵樱桃树。满树樱桃，两只伯劳在偷吃，诗人一来，便像两个句子一样惊飞了。

反标和敌台

反标

“反标”就是“反动标语”的缩写。与暗夜、地下、阴谋等等这些词汇背景有关。

1970年左右，我在孟岗村西头上小学。一年四季，黄河滩两岸随着季风方向会飘来从台湾岛上散发的宣传单。公社书记张老大有警惕性，说那是“反标”。我问孙老师，孙老师想想，说，反标就是反动派夜里写的标语。

学生之间悄悄周转一张反标，是一个同学随他爹到芦岗滩里割青草时捡到的。同学悄悄说，有时气球上面还带有饼干、罐头、衣服之类。这张标语被他爹装在兜里忘了，就带出了黄河滩，却让他偷出来藏了下来。我看到上面有蒋介石的像。像捧一块烫手的炭，急忙转手。因为平时课本上看到的蒋介石像，额上大都贴张膏药：蒋匪。

后来这张反标转到老师手里。后来下落不明。

那种气氛真是让人紧张。想尿。

一段时间过去，附近开始出现另一类反标。

我处的小镇，在墙上、电线杆上、树上、公社门口、学校墙上到处能看到反标，有时甚至会看到反标在天上飞。它们像暗夜蝙蝠。奇怪，那个时候怎么有如此多的反标？大概那时不同的言论都属于反标。包括门口骂公社张书记搞破鞋的。

每当一个学校门口有反标出现，老师们会急急出来，用一块破布或一张白纸将其紧紧遮盖。大家一脸严肃，像捂住一团要跑的妖怪。

校长讲话，要各班马上交作业本，说要鉴定字迹。班里有三个属于“地主成分”的学生，分别是刘天喜、小蚂蚁、杨再兴。同以往一样都成为被怀疑的对象。课堂上，我看到他们脸红红的，像擦了胭脂。

这年夏天，公社在我家门口立一方高大的宣传栏，几张牛毛毡上面轮换着张贴报纸。早上的露水集刚开始，有人就说在宣传栏上有反标，结果围了一圈人。因为宣传栏在我家门口，“近水楼台”，自然我首先成为怀疑对象。公社秘书带着几个人到我家，把我的几个作业本拿走，吓得我姥姥一天为我担心，饭都没心思做。

童年时代，小镇上所有的反标都没有下文，像那些远逝的飞鸟，划过密密的青瓦。

三十多年后，我第一次到台北，看到蒋介石的像和当年反标上的一样。交流时说起这则话题，说起那些飘荡在黄河滩上五颜六色的语言。

我说，我家后墙上刷的标语就是“我们一定要解放台湾”。台湾一位同龄作家说，他们小时候那个年代，刷的标语则是“我们一定要光复大陆”。

乡村敌台

儿时贪玩，放学竟忘记回家吃饭，凑到邻居家一台收音机前。收音机四周围了一桌子脑袋。

后来父亲咬咬牙，买了一台收音机，它成了我家一个“大件”。在那个年代的乡村，衡量一个家庭是否富裕就看是否有“三转一响”，即自行车、缝纫机、手表和收音机。这也成了人们决定婚配嫁娶的重要参考因素。

我家先有了“一响”。开始是听新闻，国家主席在里面来回走动。后来听评书，程咬金、呼雷豹之类常在里面出没。有一天黄昏，无意拨到一个频道，忽地，像苍蝇板儿粘苍蝇一般，一个女人富有磁性的声音粘住了我，这就是书上说的“靡靡之音”啊。我第一次知道了邓丽君。在被窝里感觉温暖，想入非非。邓丽君的歌声像冬天的棉花。

它缠绵，悦耳，婉转，后面还有一个小钩——像电影里的女特务设美人计前发出的声音。我那时听到的歌有《小城故事》《夜来香》《美酒加咖啡》，等等，都是语言的大麻。老师说这些都是黄歌，常听能使人变坏。不料，这些坏歌后来一一在“中央春晚”上响起，然后蔓延。大麻挡都挡不住。

我算邓当年的一条细“粉丝”，多年后我在北中原南乐县一个青年会计信贷班培训，推敲账表。住在一个荒废的农场，杏树上挂满沙粒。南乐县和河北大名县相邻，我听门口一个准哑巴呜呜啦啦说邓丽君原籍就是大名，心喜，旷课一天，借炊事员一辆破自行车，一口气骑三十里乡村公路到达大名旧县城，仅仅因为我的偶像与这座小城有八竿子打不到的关系。我只看到古槐、教堂。这是后话。接着还说这一台收音机。

父亲告诉我，收音机上的中波段收大陆电台，短波段收海外电台。那时候世界上谁是我们的敌人？我数一下，大概有三家：美帝、苏修、台湾。谁是我们的朋友？阿尔巴尼亚、越南、朝鲜。

收音机里面，双方不时有驾机者飞来飞去，飞越郑成功的蓝海。黄金三百两，黄金五百两。

听敌台的消息隐隐传到老师耳朵里，上课时她就忽然岔题，对我们说，国家安有一个探听器，二十四小时不停地转圈，如果哪个地方有人收听敌台了，探听器的箭头就指到谁家。一抓一个，准得很。

每次我听到敌台的声音，就赶紧调到其他节目，生怕那个箭头指向我家。有时夜半忍不住听一曲靡靡之音，等邓丽君最后那个音好不容易颤完，我就急急出来，看外面夜空里有旋转的箭头没有。

四十多年里，我对收音机只有三次深刻的印象，那是一种声音的记忆。第一次是少年时代听敌台里的邓丽君，第二次是青年时代在 1989 年春夏之交，第三次是海湾战争在一个清晨爆发之后。短波，短波，都是短波段。细细的天线像一枝荷梗，收音机像一个装盛声音的魔方，把我吸进去。

话说 1979 年，一只猫出现了，它不小心碰到敌台，邓丽君的声音被折断，黄金坠落。收音机摔坏了。我只好在盒盖上缠上绳子、橡皮筋，继续听，它像一个战场上裹着绷带的伤兵在一边呻吟。最后，声弱，阵亡。我开始自己修理，结果竟是莫名其妙地多出来一个零件。拿起来端详，不懂，感觉像一方声音的小小平衡木。

我姥爷直说我有本领，在一边惊叹：收音机里也有一个耳骨啊！

咳嗽的颜色

我们逃学后开始作一种历史上的对比。村里谁的咳嗽声响，就说明谁的辈分、年岁大。

王卫东就比王卫彪的咳嗽声大。

马天礼就比马三强咳嗽声大。前者是爹。

我二大爷就比我爸咳嗽声要响亮一些。

村里学问大的人咳嗽声还带着一种“飞白”。譬如胡半仙。

而那几个光棍汉从来就不习惯大声咳嗽。

两个村的孩子在村头相遇，就开始在黑暗里比咳嗽，比到最后就不比声音了，因为咳嗽声音已达到极致。需要动拳头开打，有时在黑暗里咳嗽不几声就达到乡村高潮，在有距离的冲突里，只有动用砖头、土坷垃。“坷垃仗”一般多在白天开打，能看到砖头、土坷垃在天空纵横的弧线。而夜间开“坷垃仗”往往有神来之笔，让你预测不到明天谁会因中弹包脸裹头。后来村里的大孩子分派别，也根据咳嗽声而定。黑暗里能分清咳嗽的颜色。

孙好斗娶了本村孙好缨的表妹。结婚后，有一天心血来潮，孙好斗问媳妇："你相中我啥？"

媳妇说："就是当年你咳嗽声最大。"

说得孙好斗有点泄气。

媳妇补充说："你咳嗽声像李书记。"

李书记除了好吃鹌鹑，就爱好咳嗽，开一场会要咳嗽几十声，没有咳嗽声的会议是不成功的会议。李书记的一天，从早晨第一声咳嗽开始，到入睡前最后一声咳嗽收尾，子夜时分不咳嗽。他的咳嗽声一响起，全村司晨的公鸡不叫了，中午下蛋的母鸡也不敢叫了。

我爸一向爱把最高的东西形容为"红头文件"。

我总结了，李书记的咳嗽声是红色的，因为他习惯了开会前先咳嗽三声，再宣读红头文件。

有一次打牌，我学了一下李书记的咳嗽声，牌莫名显得慌乱。我没有学像，大家都笑。却得到了我爸的赏识："看看，这货，这货。"

我爸一直期待我有朝一日能出人头地，当一个人民公社书记，也在人群里发出红色的咳嗽。

鸦胆子

鸦胆子内部储藏着火苗，一粒粒的，能灼伤时间。平时它静止在乡村药橱里，它睡着了，就是火苗在瞌睡。鸦胆子来自南方炽热的阳光，广西、云贵、越南。

鸦胆子，因为形状大小如鸟胆，味苦涩，故名。但是我敢说，谁也没有见过真正的乌鸦胆。乌鸦胆子小。这名字，一定源于一个专家孩子式的凭空想象。

我五岁那年，左脚底板上长有一个刺瘊儿，走路都硌脚。父亲说，这还会影响以后当兵的。

父亲把我领到村西，绕过公社医院，来到后面的公社兽医站，里面有一位马医生，专治“头夫”（我们北中原对大牲口的总称）。马医生和蔼，脸上有颗瘊子，像一只金龟子。马医生亲切地对我笑笑，说：“多犟的头夫我都能治，小刺瘊子更不在话下。”

兽医站属于人民公社。刚进兽医站门的时候，我就看到院子里开满黄色的向日葵，向天空仰着嘴巴。门口的木桩上，挂着一匹生病的白马，眼睛望着流云，正在痛苦地龇牙咧嘴。

“等我先给苇园来的这匹马灌完药再说。”马医生说。我看到他把一个闪亮的铁器伸到马嘴里。马在痛苦地喘气，眼睛里流云垂落。

马医生的药房里，四壁墙上挂满了马牛肌肉被割开的平面解剖图。就是说，墙上挂满不能吃的生马牛肉。我看到药橱里给牲畜打针的针头粗大得超出我的想象，心里一惊：要是如此一针扎到人屁股上，非扎晕不可。

马医生进来了，脱掉白褂，洗手。马医生没有把我像马那样挂起来，只让我坐在一方他叫“杌桌”的高凳子上。碘水。刀子。心惊的撞击声。平静的鸦胆子，那是卵形的黑色果实。马医生在专心剪一块小胶布。

看到马医生把我的脚端起，用刀子割去小瘊子周围的硬皮，贴上一面有孔的胶布，孔的大小正好和小瘊子大小一样，套着小瘊子，像给脚掌上的一匹小瘊子穿了一件合适的衣服。马医生再把捣烂的鸦胆子粉调好，敷在上面，最后又把一块胶布敷上。

末了，马医生拍了拍手说：“好了，隔日换一次，一星期就好。”

记得父亲也没有给兽医马医生剜刺瘊儿的钱。

临走，马医生送我两颗鸦胆子，用纸包好。回家的路上我觉得脚底板开始发热，像踩着地下的火。一星期之后，两颗鸦胆子都弄丢了，一颗瘊子却消失了。

鸦胆子可治刺瘊儿？这是童年时代的又一种新发现。

是搽，不是擦

——给小孩搽脸的仪式

不是擦脸，是搽脸。一字之差，分别却大，两者的方法、手感、轻重都不同。

这是某一时“乡村的讲究”。

北中原多唱豫剧，因“祥符调”起源于相邻的清河集，腔调便四处弥漫，那些穿梭的戏班子就多以“祥符调”唱法为宗。其他还唱大平调、二夹弦、四平调。

乡村有一个习惯，唱戏的草台班子到一个地方唱戏，会“节外生枝”。有的人家孩子娇贵，村里称这些孩子“娇并”，大人为保孩子平安，就抱到戏班里，让演员给小孩子进行一种“搽脸”的仪式，以求辟邪免灾。

演戏前，大人抱孩子上后台，先向演员施礼，说“都好，都好”。

戏班头明白来意，就会让一名“箱官”上前通话，联系搽脸。

搽脸，一般由唱胡子生的演员来做。完事后会交代大人，搽脸后的颜色回家不能洗去，让它自然褪掉。

一般搽脸得连续搽三年，近似“三年一届”。每年搽的脸谱不同。第一年要搽红脸，多是秦琼的脸谱。第二年搽黑脸，要敬德或包公的脸谱。第三年要热闹一点了，便搽成花脸，成一个丑角脸谱。

每次搽完脸后，大人要将带来的红、黄、蓝、白、黑五色线，还有几包烟或钱，放在化妆台上。五色线用于演员平时缝戏衣，送的礼品供演员分享。

前两次搽脸简单，最后的第三次搽脸就不同了。搽完脸后，大人要抱着孩子绕戏场一圈，让大家看看，还要做一百个被称为“喜馍”的小面团，撒向观众，大家哄抢，图个热闹，凡是抢到的观众就算是“沾福”。

村里对门的赵小宝是独子，我俩同学，他爸妈“娇并”他，开着玩笑就搽了一次脸，胡半仙说，不能只一次啊。第二年是在村头，一家人都在焦急地等着唱戏的锣声又响。

并不是每个女人都有自己的节日

——我眼里的另一种乡村妇女节

世界上有一个专门属于女人的节日，叫三八国际妇女节。这是我上小学时知道的常识，保持到现在。

我不知道的是，早在 1903 年，就是一百零八年前，这个节日就开始发芽、抽枝，在遥远的美国芝加哥兴起了。那可真是一群勇敢的女人，在中国该叫红色娘子军，她们罢工，和万恶的“旧社会”叫板、瞪眼。从此以后，世界上有资格的女人们才年年要过自己的节日。

一个人能有属于自己的节日，是一种情感上的安慰。说到它的价值与意义，应该是精神上大于物质上。在这个世界上，在那些流失的时间里，还会有一段短暂的时间，竟专门涂画上了属于你的颜色，何等抚慰。

一个世纪以来，世界各国多种肤颜的妇女在为争取到这一权利不懈努力，还把这一天弄成了国际性质的。

在我们北中原乡村，女人却没有自己的三八节，我的祖母、外祖母、母亲，她们活一辈子，到死都没有享受过这一"国际通行"的节日。我妻子失业下岗，风里来雨里去，也没有自己的节日。无数在现实生活里为了生计奔波的女人，都没有自己的节日。因为她们都处在"国际之外"，这个美好的节日与她们无关。

对那些乡村女人而言，面对的是锅碗瓢盆，享受节日也许是一种奢侈。

小时候我就知道，在北中原，属于女人的节日应该是七月七日的"乞巧节"。这才是乡村中国的女人节。

这一天，如有明月升起，本村或邻村的姑娘们，往往会七位志趣相投者相邀为伴，神秘兮兮的，开始陈瓜果、设素菜于一方庭院，邀请来干净的月光、干净的星光、干净的风，要供奉传说里的织女。这一刻男孩子被拒绝介入。这一天人间鹊鸟全部退场。

这一天的节日主题还与七枚细针有关。

会有姑娘建议，要包七个素菜水饺，每个里面放一枚针，煮熟后每人发一个，大家必须从一头咬去，先咬住针尖者就为巧，先咬住针门（穿线的地方我们叫针门）则为笨拙。在笑声里，人人都不想当笨姑娘，怕传出来嫁不出去。可是我知道，村里从来都是只留下许多长得英俊的小伙子，却没有一个嫁不出去的丑姑娘。

除了供奉织女，还要在水中丢针，七位姑娘一起，每人在水中投一枚绣花针，若能浮在水面就为巧。

最后，还有对月纫针或闭目刺瓜花。谁能在月光下一次就纫上针、刺准花就被视为巧。谁能连纫、连刺七次，便会被拥推为本年度的"织女"。相当于现在各地评选出来的国际年度名媛。

露水厚重，星子垂落。终于，大家欢笑打闹到夜深人静之时，没耐心的姑娘会早一点回家，有的姑娘则会藏在瓜棚之下，遥望茫茫银河，准备偷看牛郎织女的相会。在那样的夜晚，乡村瓜棚下，充满了迷茫，怅惘，哀伤，神秘。忽然想起心事，就会黯然神伤。

瓜棚下，最后更多的一定是比露水更重的失望。

第二天常会有人问："看到织女了吗？"

姑娘们多会咬着嘴角，笑而不答。

有多少乡村女人享受过这一节日里的游戏？一代一代，那些北中原乡下的女孩子，不知道这个世界上还另有一个本该属于自己的节日。

她们的手被磨粗糙了，生活被磨粗糙了，像蒲公英的小伞，她们一一嫁到远方或近邻，不管满意或不满意，都有不同的原因，由不了自己。

在这个世界上，有时一个人一转身，一生就匆匆地过去了。

她们把属于自己的节日漏掉了，只能在贫瘠的乡村里、在自己掌握不住的命运里起落沉浮，宛如风雨中的小舟，最终在汪洋里淹没。

乡村和城市是两个范畴，两者永远有着有形和无形的距离，何况生活在其中的女人。

我当年在北中原一个多出厨师的小县城当银行小职员，孤寂地当了三十年，经历过三十个这样不属于自己性别的节日。沾过二分之一的光。单位每到三月八号这一天，领导们心血来潮，文化来临，就要为妇女们放上半天清假。我们笑称这是"娘儿们节”。女人则纠正说是国家法定节日。有时，经过几道贪婪之手的克扣后，女人们还会发得一副床单、一对枕套，或一点香皂、洗衣粉之类的福利。但这样的机会不多。

在我们小城里，一束五十元的玫瑰花往往不如一箱方便面更具有现实主义意义。就像我写的诗歌，虽然外表优美，在现实里却通体飘散着贫穷的气息。

我有一个做房地产的朋友，经历丰富，充满文化情怀，他既写诗又挣钱，不像我只会一辈子写诗，被妻子定性为“又穷又酸”。这位儒商经常会有一些别人不理解的创举，像行为艺术。有一年快到三八妇女节了，他说要为坐落在黄河边上的老家做一件事。这一天，他没有给村里送去大米、衣服、礼品，也没有玫瑰花，而是拉来满满一大车卫生巾，说要赠送给全村的女人们，让她们知道世上还有一种生活，里面包含精致。

村里大多数人不理解。

他解释说：“我的目的是改变乡村的生活观念。”

对不少乡村女人来说，这是第一次见到卫生巾。其实生活观念缘于贫富状况，观念有时取决于物质。一包节日里的卫生巾，并不能改变一个女人的一生，却给她们送去了一些憧憬。

也许，那些在中国城市工作的白领女人，每到这一天都能沉浸沐浴在节日里，甚至还会参加“三八节乡村一日游”的活动，号称返回自然，但那些乡村里的女人从未有过“三八节城市一日游”的奢想。

把每一个日子都过成节日，这是每一个女人的梦想。

以我在现实里的所见所闻，可以肯定地说，在三八这一天，大多中国女人与这个美好的节日无关，她们与悠闲擦肩而过。她们依然在这一个节日的边缘上奔波，更多的女人在护理家中的老弱病残，看护嗷嗷待哺的孩子，在料峭的风中独自行走，在望不到尽头的归路上，在苍茫的荒野，在弥漫灰尘的厂房，在城市某一条肮脏暧昧的街道上……

她们是为了现实和生计。对她们而言，这个日子在生活里和平时的每一天一样，都充满艰难，并没有发出异样的亮色。

有的人也许知道世界上存在这样一个节日，却有点遥远，有点模糊，像一只春天脱线的风筝，在自己心里飘摇一下便平静如常地流失了。

朱砂痣

——母亲片段

我三十七岁那一年父亲病逝，终年七十一岁。父亲去世那年母亲六十二岁。母亲无奈地说："你爸一辈子喜欢干脆，走得也干净利索，不拖累人。"

说归说，受打击最大的还是母亲，一段时间里，她突然两耳失聪，全听不见。过黄河到开封医院耳科治疗了半月才逐渐恢复。

以后和母亲相处，亲戚们都说我母亲是会高寿的，我如得佳音，便有了寄托。可短短四年后，母亲去世了。这让我寄托亲情的最后那一根稻草沉没下去，世界顿时空茫。一段时间里我得了抑郁症，在一片暗灰色的沼泽里徘徊。十二年里，凡有关写母亲的文章一直不愿触及，是不敢提笔，而只是放任那些情感在涉及的文字里琐碎化解，慢慢散掉。

父母的婚姻属于中国传统的媒妁之言。他们都生长在豫北滑县，父亲老家是冯潭村，在东；母亲老家是留香寨，在西，两地相距七八华里。如今每到清明节烧纸，从东向西，先烧给父亲母亲，再烧给姥姥姥爷。依旧像半世纪前童年时走亲戚一样。路边草木依旧，花开花落，只是人事全非。

我小时候跟随姥姥姥爷在留香寨生活，只把母亲老家奉为故乡，一村杏花开在心上。父亲后来在五十里开外的长垣县孟岗小镇营业所供职，当了一辈子会计，靠一方算盘立世养家。他脾气耿介，不会求人，吃了许多亏。我偏偏继承了父亲的耿介脾气，改变不了。十多年里，全家六七口人的生活全指望父亲一人的工资维持。萝卜白菜，柴米油盐，压力如山，日常过日子多亏有母亲的俭朴细算。

母亲没有工作，小镇上有个公社办的被服厂，母亲有裁缝手艺，开始从中接些散活，我们家里叫“砸衣服”。我童年的时光曾在小镇被服车间里穿梭，在缝纫机嘈杂的声音里，弥漫着布匹的气息，靛蓝的气息，油漆的气息。车间加工的产品种类不少，有成服，如劳动服、工作服、学生服；有布料，如毛料、“的确良”；还有各种布艺物件，如印上“为人民服务”的各种旗帜、不同派别红卫兵的红袖章（最后放在固定纸板刷上，红布上刷白漆字，白布上刷红漆字）。

小镇被服厂是计件付酬的，收入不定。小镇车间装满一个革命年代的不同色彩。

有一次，在母亲的车间里，我还偷过一大块打磨布匹的石蜡，回家在做饭的铜勺里熔化掉，铸造了两支蜡烛，夜晚点亮。结果得到邻居们的赞扬，说我小小年纪就会“做蜡”。

小镇被服厂加工的活不稳定，时多时少。有时活紧，需要准时干完，母亲只好白天在被服厂“砸衣服”，夜晚把公家的一架缝纫机拉到家里，连夜赶制。等天亮时再拉回厂里。次数多了，父亲觉得不合适，不想让别人说闲话，就把家里的几笔储蓄几番斟酌凑合，又借了些钱，与母亲合计一下，准备买一台缝纫机。当时缝纫机最好的是上海蜜蜂牌，价格贵，于是花一百多块钱买了一台另一种，蝴蝶牌的，买这只“铁蝴蝶”成了我家年度史上的大事，近似现在拥有一座房子。家里终于有了一件“国之重器”，它不亚于《历史》课本上描述的安阳出土的司母戊鼎。母亲能在自己的机器上连夜缝制衣服，不用再披星戴月拉来运去，她自己是缝纫机的主人了。

我家住的是父亲供职的营业所的灰瓦房，有一天接上了电，告别了点煤油灯的方式。一盏四十瓦的灯泡像太阳一样照耀，我能凑在灯下看画本、“小人书”（就是连环画）。有时好奇，也趁母亲不在时，急急蹬一下缝纫机踏板，它“嗒嗒”叫唤，直到把轮子上的皮带蹬掉或是绞缠在一起。

我时常夜半醒来，有时是被尿憋醒，有时是被缝纫机“嗒嗒”的声音惊醒，看到灯光下母亲巨大的背影在灯光里摇晃，弥漫。影子能镶嵌到墙上。

因常年奔波，母亲的腿脚不好，年轻时脚趾开始变形，脚底长满厚厚的老茧，走路硌得疼，晚上下工要用剪刀削剪，父亲会在一边举灯照明。父亲还从林场找来木瓜，切片晒干，母亲用木瓜水泡脚，加上花椒，兑入醋，这样可以舒筋活血，第二天能更好地干活。

那一年，我最早认识了木瓜，认可了它的独特香气，让我终生携带。木瓜气味不俗，还被母亲放到衣柜里防虫。

我有一个姐姐两个妹妹，四人一年四季穿的衣服都由母亲一手缝制，或依照顺序大号改中号，中号改小号。小镇上许多人很是羡慕母亲的手艺，说“看冯会计家的孩子，平时衣服穿得都是规规矩矩的”。这外观的一丝体面得益于母亲的裁缝手艺。贫朴的日子里，母亲能讲究就不会将就。

她一直保持这门缝纫手艺。晚年母亲戴着花镜，用我姥姥织就保存的一块土布，为我做了一件上衣，圆领，盘扣，我一直珍藏着不舍得穿，布料有点落伍，妻子问及原因，我一本正经地安慰她："等我有一天获诺贝尔奖，演说时再穿上吧。"

母亲热心待人，经常为别人义务做衣服、裁衣服，赔工赔料。她为小镇上一位理发师多年免费做衣服，照街坊辈，我喊理发师"进全婶"，这位理发婶过意不去，想回报母亲，主动要把我的"头事"包下来，一年四季免费为我剃头，小镇上把懒于理发的行为称为"护头"，偏偏我有这一习惯，进全婶每次看我上下学路过，头发蓬乱如一堆茅草，风吹草动，就放下手中的剃刀出门喊我剃头，我多会说"现在没空"。从小学到初中，都是小镇上的进全婶给我"趁空"剃头。上初中后，我个子长高了，觉得再免费剃头有点不好意思。有次剃完头拿出一毛钱，剃头婶愣住了。后来每次路过小镇剃头铺时我便躲着走。母亲知道后就笑，解释说："我平时给你进全婶做一件衣服足够你剃好多次头的。"母亲看我大了有虚荣心，也不再勉强为难我。

父亲经历艰辛，认为谋生第一，我应该端个"铁饭碗"。高中没毕业时当地农行招工，我考入农行，从基层乡村奔波到县城，从乡村信贷员成为一名小职员，一年四季骑一辆自行车从城东到城西，穿过一座一公里长的县城。

有一年春节前放假，邻居同事们都是大包小包往家带年货，我推着那辆旧自行车从单位回家，后座也驮着一个形状满满的麻袋。我一进院门，就看见母亲和父亲正在院里的寒风中整理白菜萝卜。他们则赞扬我终于也会往家买年货了。我卸下来的却是一大麻袋书，是从大百科出版社邮购的一套精装中文版十卷本《简明大不列颠百科全书》。这书来得也不争气，偏偏春节前寄来，装了满满一麻袋，在节前的气氛里，远远看它，外观真是疑似丰厚的年货。

母亲看到后，理解并宽慰地笑笑。我平时没给家里买过东西，柴米油盐日常用品都是母亲奔波张罗，她和我姥爷会在集上买便宜的菜蔬。我特意买过一次回家展示，母亲却说我买的贵多了。

每想到这一春节的书事，我心里多是内疚。尽管那些书都是精装的好书，打开都是好词汇，好注释。

母亲识字不多，不懂艺术，也不知道毕加索和张大千，只知道给全家带来温暖、吃上可口饭菜才是看得见的充实。旧日年月，中原冬天出奇地寒冷，我曾以敲打屋檐结冰的“琉璃喇叭”为乐。中原房屋一般都是里外一样透凉，我还不能用“大冰箱”来比喻，因为当时没有见过。父亲的耳朵常被冻伤，戴的是母亲用羊皮或兔皮缝制的“耳暖”。

每年一入冬，母亲要做的头件事就是用粗旧的蓝土布缝制一种“草铺地”，就是一面和床大小相仿的布袋。母亲和父亲一起，把从乡下要来的新麦秸一把一把装满“草铺地”铺到床上，这是从我记事起就有的一种供全家御寒的方式。

其次，她要站到板凳上一一糊窗棂。我家借住的房屋是父亲单位多年失修的旧房，夏天漏雨，雨夜要用脸盆接水；冬天漏风，寒风从窗棂处找空钻入，玻璃被吹得“吱吱”作响，像上面贴满一层老鼠透明的叫唤。母亲平时都是用父亲拿来的报纸糊窗棂，这年冬天，母亲找不到更厚的纸，临时翻到我临摹的一张徐悲鸿的《群马图》，八骏生风，她觉得这张大小合适，粘上厚厚的面糨，糊满窗棂，果然恰到好处，挡住了寒风。我爸下班后看到，朝母亲着急一番，忙要揭下，说怕我回家看到。他埋怨我妈不该如此举动。父亲总以为儿子将来会是另一位徐悲鸿，似乎我经手的每一张画都会价值连城。母亲却讲道理说："屋里冬天能不冷才要紧。"

可惜那些水墨纸马在冬天全部冻死了。我以后尽管临池不辍，还是囿于条件和眼界，终是小地方的人，命运也没有让我成为另一位徐悲鸿，任我多年里如何所谓奋斗。想一想，我愧对了父母的期待和小镇那一面面漏风的窗棂。

母亲一向宽容厚道，一辈子没听到她骂过我们。我家院里放有一方大铁砧，二三十斤，家里日常使用，在上面砸铁丝砸铁皮。有一年冬天，两位收废品的农村夫妇把一辆架子车停在门外，来我家找水喝，院里有一架"小压井"，可以随压随喝。尽管刚压出来的井水冒着热气，母亲却觉得水太凉，怕伤胃，热情地返回西屋小厨房给他们端出开水。这空当里，两位收废品者实在敬业，把我家使用的那方铁砧偷偷搬到了车上。一碗开水喝完了，却找不见那方大铁砧，母亲觉得不对，远远地撵上他们的架子车，从车上把那一方铁砧搬回了家。

我埋怨母亲说："你非要让他们喝开水，喝凉水就没这事啦。"母亲说："我是怕人家喝凉水乍出病来。"

那些年黄河两岸年年发水，叫"上水"，经常有两岸黄河滩区过来要饭的，男女们腕底扤着一面大大的柳篮子，递上空空的大瓷碗。母亲为人盛饭从不应付，会勺子搅搅，把饭在锅里热好再端出去。

母亲是我姥姥姥爷唯一的女儿，其实我还有两个舅舅，早早夭折于当年逃荒路上。母亲有我姥姥姥爷那里传下的秉性，人缘好、善良。全家人曾随父亲搬过多次家，像一群不断迁徙的候鸟，我记事起就搬过三次。每到一个新地方，时间不长，左邻右舍就会逐渐聚拢来，或交心或诉苦，一地鸡毛的琐事也让我母亲出来评判，有时我都听得糊涂不耐烦了，母亲仍有耐心。谁家嫁闺女，娶媳妇，按照风俗，都是特邀我母亲提前去做新人的被子，近似一种“坐镇”或“开光”。

2003年春天全国“非典”弥漫，一时间，我居住的小县城人心惶惶，如临瘟疫大敌。街道封路，每条胡同要选出一位“区域领导”来义务负责本区情况。别人都不想干，选了一圈，大家公推我母亲为“长垣县建蒲小区西一巷胡同的‘防非典主任’”，还发了一个红袖章戴上，每天在胡同口扯一条红绳，来了陌生人都要盘查。随着“非典”消失，职务自然失效，这大概是母亲仕途上最大的官衔。

母亲吃过很多苦，由于她和我姥姥当年在故乡以野菜度过荒，多年的乡村生活习惯保留下来，譬如每年春天来临，母亲要采野菜，领着几家的一群孩子，带上竹竿、钩子、竹篮、编织袋，浩浩荡荡，前去田野捋柳絮、槐花、榆钱、楮桃穗，剜地里的茵陈、迷糊菜、面条棵之类，回来洗净拌面蒸熟，然后每家都会分一份。有时野菜采多了，她怕浪费舍不得扔，焯熟晒干装在袋子里，用于冬天包菜馍使用。还自制了柳絮罐头，可以储存到冬天当菜吃。

和无数的中国传统女人一样，母亲情愿自己吃亏，多宽待别人。她一直在小村小镇这类小地方生活，传承有我姥姥那一种低处的世界观，对人事的温暖态度，对艰难的忍耐姿态，对世道的承载和宽容，这些无形中滋润着我们四个孩子。

母亲晚年得的是肝炎，看病吃药没有地方报销，早期开药一直以父亲的名义，因为父亲的退休待遇包括一部分药费的报销，那几年我和姐姐定期往返于郑州长垣之间，无数次车过黄河，母亲看似轻松地说："都把那条路磨明啦。"那恍惚是一条药路，苦香弥漫，母亲常嫌药贵。后来母亲病情加重，每况愈下，深夜里，我和我姐面对着一张张化验单，在灯光下比较那些升高或降低的冰凉数字，看得心中发凉，绝望，失望。想起多少年前我在那一架缝纫机的灯光下面……

陪同母亲从郑州医院转回县城治疗，守在病床前，那是我们一家和母亲度过的最后时光。我在虚幻的希望和不断的失望里沉浮，期待能有奇迹却真的回天乏术。医生安慰说，将来会有一种好药的。

当时手机刚在县城出现，是双向收费，我工资有限，又不做生意，手机对我来说是奢侈品，周围许多人有了我还没有。为了方便联系母亲病情，和母亲商量后买了一个摩托罗拉牌子的手机，一机在手，中间再没有换过，直到多年后机器老化到再不能充电，才不得不换新手机。银灰色的手机像一方铁疙瘩，像一方特殊的记忆板。如今有了更新的手机，功能更多，我却再也叫不通母亲了。

这么多年里，我一直记着小时候母亲给我讲过的两个故事，那时还小，每一件事都让我哭过一回。

我腿内侧长有一枚红痣，传统叫"朱砂痣"，那种赤色终身不变。一天黄昏，母亲对我无意地说："要是有一天你丢了，我还能照你腿上这个记号找到你。"人间还会有这种事？我一直觉得和母亲在一起永远不会有丢掉那天，世上有母子分别的吗？那次好像真丢了，小小的内心忽然发痛，我哭了。

母亲还讲过一个邻村里发生的事。一个女人家庭生变改嫁到别村，留下三个孩子。几年过去，三个孩子想念妈妈了要去找，商量后，凑些旧鞋破布，换钱买回一包糖果做礼品，大孩子领着两个弟妹，步行半天来到母亲新家，母亲新家的人堵在门口，不让三个孩子进门，还把一包糖果扔出门外。那一次我又哭了。世上还有母亲不要孩子的？这怎么会是母亲做的事？

这些都是我很小年纪时听母亲讲过的事情，凝固下来。灯光遥远而恍惚。

现在，是我把母亲丢了，还是母亲把我丢了？天上人间，母子再不能相见，哪怕我有一枚终生携带的朱砂痣，颜色再红终是枉然，无非是一道稍纵即逝的流星，瞬间出现了，马上消失在苍茫夜空。

一个人在世间，家里有母亲在，姊妹兄弟们总是一家亲人，像许多片绿叶簇拥着苍老的树干；母亲没有了，树倒叶散，大家各自忙碌，见面稀疏，也逐渐成了亲戚。

欧阳修曾说：“祭而丰不如养之薄。”一个人在母亲生前不能尽职尽孝，让她吃上一瓜一米，死后写一千斤忏悔的文字也没有重量，愧疚的天平支不起来。

我姥爷姓孙，西留香寨村，姥姥姓胡，东留香寨村。我母亲有个中国女人最大众且容易雷同的名字——孙素梅。姥姥和故乡的人常喊她乳名“小绵”，应是柳绵的“绵”，就是中原春天那种飘飞的绵絮、母亲采过的能果腹的柳絮。

每到故乡初春，中原大地总会柳绵弥漫，杨柳如雪。会想起少年时读到宋词里苏轼那一句“细看来，不是杨花，点点是离人泪”。母亲是上世纪的人了，1939 年农历九月十六生，六十六年之后，故乡紫色的葛花开了，白色的槐花开了，白色柳绵在飘，母亲在绿色的春天去世了。

凡属许愿，皆多落空

引言

一个男人面对树洞许愿爱情，会让人伤感。

现实主义者少许愿，浪漫主义者多许愿。钟馗不许愿，小鬼才许愿。李逵不许愿，林黛玉才许愿。人长大，“许愿率”会逐渐减弱。世界无奈，让人懒得许愿。人一长满皱纹和胡子，多不许愿。

首先想上大学

我在乡村上学时，有一个愿望，考上一所大学，鲤鱼跳龙门，会有工作，有媳妇，有自己的世界，还有远方。在低暗的教室里，乡村校墙外树丛里群雀在闹，乡风吹拂，乡村老师用通俗易懂的家常话讲经布道：“考上大学吃好馍，考不上大学吃窝窝。”

“窝窝”是杂粮蒸的馍，现在看起来杂粮养生，那时“窝窝”是落魄的象征。一句平常话近似高僧言，却比现在央视上的心灵鸡汤到位。

在飘满灰尘的乡村教室里，大学梦是每个学子的一片绿洲。1981年，我在黄河大堤下一个小镇上高中，县城农行面向社会招工，父亲认为是一个就业机会，说考大学的目的是端上“铁饭碗”，现在就有个端“铁饭碗”的机会，不容分说让我报名考试。

我家八九口人，主要靠我父亲一人的工资支撑。那年我十七岁，离开校门时还有点小失落。觉得要和校园生活永别了，从此走向社会，挣钱糊口，娶妻生子。父亲提前和班主任打过招呼，还差一个学期，到时给留一张高中毕业证。

从此我开始在黄河边奔波，在稻田麦田间奔波，在小镇上骑车奔波，在小县城里骑车奔波。没有上一代人的沧桑，只存未上大学的一点小喟叹。父亲说我偏科，考也考不上。

革命作家高尔基曾说，社会和人生是另一所大学。传记《我的大学》，给我一点安慰，成为我的壮胆剂。我说对啊，高尔基都没有上过大学。

人生没有伟大和渺小之分，都是慢慢把时间在指缝间漏掉而已。漏完那一天就是一生。

后在郑州参加一次别人的同学聚会，我被一位成功者捎带去，酒宴开始，酒友互相问候，分享交流成功经验，兼问哪个大学。寒暄中人人都拥有一所属于自己的大学。

轮到别人问我时，一时癔症，我说是“晚稻田大学”。

他听后一顿：“知道，在日本。”

其次想当画家

在拆童年的青砖老屋前，我回了一次老家，四面的泥墙上，还能看到我营造的山水世界，云松交织。少年时代想当一名画家。二十多年后专门去山西永和宫拜谒元代无名者的壁画，如风般涌来的线条里，恍惚如梦，“童壁”上的杰作让我怀念。

在乡村游走的画家一般都好吃懒做，游手好闲，他们在北中原游街串巷，为老人画头像，为孩子画头像，画后收钱，五块十块不等。乡村年轻人很少让他们画。画家会主动给年轻好看的乡村小媳妇画像。乡下有个暗处的传说：照相会吸血。因此许多老人喜欢让画像。

我后来打听得知，这种画家多来自城里，是有远大志向却在现实里落魄的艺术家，凭一技之长为偏远乡村里的老人素描，有的人为不在世的先人画像，供三年祭、五年祭、十年祭使用。画像摆在纪念供桌上，也许一生使用一次。

这些画家里有些青皮后生，有时画完，对方说不像，画家说：“你再看看。”再看看后就像了。

一位乡村老板对我说过，他请画家为他爷画一张纪念像，他爷生前没有照片参考，他一边讲述，画家一边修改。画完后，老板说他记忆里爷就是那个模样。交钱时多给了一百元。

我开始照样本临摹，从村里流传来的一卷毛边《芥子园画谱》开始。后来在小镇上比着邮票上的色彩世界描摹。齐白石，螃蟹钳子沙沙响起。黄宾虹，雨的声音覆盖青山。徐悲鸿，马蹄声声碎。潘天寿，石头如铁，雨后江山铁铸成。一个水墨世界和我正在逐渐交融。二十岁以前我没有见过宣纸。

我姐给我订《美术》《江苏画刊》，到年底装成合订本。多年后到杭州，特意在中国美术学院门前照个相，虚晃一枪。

再次想当武术家

我一直梦想能“文武双全”。

乡村最热闹的“武打文本”是《七侠五义》、岳飞书法拓片《还我河山》。后来父亲买来《陈毅诗选》《朱德诗选》等元帅平仄不论的诗集，自己一直想文武双全。村里有一个演练大洪拳的青年，天不亮就在小胡同里拳打脚踢，搅得鸡犬不宁。望着一团尘土里的影子，向他求教，他说：“你功夫嫩得很。”

1982 年电影《少林寺》风靡全国，开了官方认可的影视武打的先河，刮起一股“少林风”。河南登封少林寺门庭若市。我佩服十三棍僧救唐王，拳打脚踢，开天辟地。出手再出手，竟有这种打法。马步为先，气运丹田，以运使为效，以呼吸为功。后来金庸武侠小说进入大陆，稍微煞了少林风。再后来各种离奇打法都不稀奇了，有的电影里高僧可以在一把伞上打五十个回合，越来越接近扯淡。

那年我十八岁，一位梅花拳教练鼓励说，十几岁是练武好时候，不过，十八岁略嫌大点。演电影的李连杰从十一岁就练武。

那些年中国武打标准上升，中国文学阅读品位下降。专家谈拳可以移花接木。

去年到少林寺，在一家武校转悠，看到一位来自同乡的英俊少年，他说跟随钱师傅学了五年养生拳，强身健体，刀枪不入。他练的是铁蛋功。

我说少年时愿望是当中原第一拳。我看这孩子悟性很高，说：“你趁年轻多学文化，愿望这些东西靠不住，一个人不要指望未来，要靠当下。”

他说：“我师傅也说，防上防下，要靠裆下。”

“吃罢冇”和语言颜色

——一代人的碎事

黄·吃饭

（乡村的神是朴素的）

对北中原饥饿的阐述有多种，归根结底都是“胃空”。胃空永远大于“脑空”。

小时出门，听到走在街上的大人的问候语多是“吃罢冇？”以后我问候人也如此。“吃罢冇？”当某种习惯滋润到骨头缝里，人便会终生携带着那些“小骨头”行走。外省人多会奇怪河南人为何有这种表达方式。见面问“吃罢冇”，像一个人一生的使命就是携带着一副空皮囊满地行走。

记事时，我家堂屋门后永远放着一布袋谷子，布袋比我个子都高，布袋纹丝不动，大智若愚。父亲说过，不到万不得已之时，这一袋谷子不能动。它近似我家的战略储备粮。

那时小镇上正在响应党中央“深挖洞，广积粮，备战备荒为人民”的指示。防空洞都挖到了门口。

我爸说备饥荒的粮食最好用谷子。小米易生虫子，大米易生虫子，玉米易生虫子，黄豆易生虫子，高粱易生虫子，只有谷子带皮不生虫。过去地主家粮仓都存谷子不存馒头也不存面包。

谷子长有一副中国乡村的卑微面庞，对抗饥饿和时间。这些没有脱衣服的谷子最是恰当，谷子一旦脱了衣服，就叫小米。

历史和现实的残酷让父亲信奉他的乡村经验。

父亲还告诉我“饥了不洗澡，饱了不剃头”，都是常识。常识是家常话，但让人受用。吃饱去剃头坐在凳子上会窝憋得慌。我一年累计剃头六次，平均俩月一次，很少吃饱后去剃头。

我最喜欢和姥姥炸油馍，“近油锅台先得饼”。吃油馍后爱把满手残油在头上抹抹，这除了让头发乌黑发亮，还能证明你吃过油馍。出锅第一碗油馍不允许我吃，姥姥要先敬神，端上神龛。

乡村的神面对现实，大都不太讲究，平时没有油馍上供，让神共享一碗熥红薯，神也毫无怨言。

乡村的神是体谅人的，是朴素的，不爱多说话。

白·读书

（诗是我的罂粟）

开始读书，阅读选择有限，许多书是不能出头露面的，只能在暗处游走。我家不是书香世家，能看的书更少。

父亲让我抄《毛主席诗词》，抄书时，我偏偏喜欢正文后面注释的那些部分，可以延伸，我从中学到正题里没有的知识，它们比主题生动，一如精致的瓜蒂。父亲为数不多的书中有一本没封面封底的词典，厚如砖头，在“康有为”“赛珍珠”名字处打着红叉，以示阅读者的立场。我倒对这些人心生好奇。就像老师说乡村教室墙上的红线头不能摸，我偏要摸，终于尝到电击的滋味，颤抖灌顶。

四十年后，在拍卖行我看到林散之这类书家写的作品，内容也是毛主席诗词。他是自觉的，我是父亲强迫的。另外，我写的是钢笔字铅笔字，不能上拍。

父亲还让我抄《汉语成语小词典》，这书的用处不在当时。源远流长，潜移默化，以至我现在骂人最生动的语言都来自“童子功”。骂人字数越少越有力量。

父亲陆陆续续给我买来《陈毅诗选》《朱德诗选》《郭沫若诗选》，我还会背郭沫若的诗词“大快人心事，揪出四人帮，政治流氓文痞，狗头军师张”。

生活里我父亲是一位实用主义者，1980年社会招工，我在上高中，他说先有一个“铁饭碗”才保险，我十七岁时考入当地农业银行，当上一名乡村信贷员，骑一辆破自行车，在黄河滩区收贷款。现在看父亲当年的选择非常英明。

我在长垣县城当了近三十年银行小职员，在账表背后写诗，聆听水声。我安慰自己，虽说没上大学，但大学生们高考时用了我写的一篇文章。尽管我——做题也不及格。

上小学时我最羡慕供销社售货员，红男绿女，他们都是公社干部子弟。生活里除了钱，还需要布票、粮票、肉票、糖票、油票、自行车票。我后来有收藏粮票的习惯，至今收藏有一张长春某区的半两细粮粮票。

乡村教师对学生安慰道：“等台湾解放了，全村都有白糖吃了，到时肯定要甜死你们。”大家都笑，单等着甜死的那一天。我跟随老师提着石灰桶刷标语，乡村的青墙上、房子屋山上，都留有墨宝，写的是“解放台湾岛，活捉蒋介石”。后来蒋介石没被抓住，我老师先病死了，他清瘦如一棵竹子，寿限没有比过蒋介石。

80年代，台湾校园歌曲流行，我还会唱《外婆的澎湖湾》。再后来的流行潮我就落伍了。有次闲聊时谈理想，一位堂侄子的理想是“解放台湾岛，活捉林志玲”。我问：“林志玲是谁？”大家先是吃惊，然后齐笑：“你连林志玲都不知道哇？”

他们的境界和我当年是天壤之别。

小镇书店那个白皮肤卷黄毛的姑娘经常在我梦里出现。我觉得偷听的靡靡之音——邓丽君就是这个模样。后来看到磁带上邓丽君的照片，咋变成了圆脸？我找媳妇有了参照对象。

到了1975年，我十一岁，在这一年，八十八岁的蒋介石没有被活捉却客逝孤岛。1976年大陆也不太平，三位开国元勋相继去世，唐山大地震，震源炙手如烤红薯却离河南的小镇远达近千公里。惶恐像雾霾弥漫小镇。几位大人物最后都在近似的时间段告别世界，一如神约。

小镇的天空顿时变阴了。毛主席竟也会死？全校学生人人都戴黑袖章，老师别着小白花，小镇上空隐隐飘起哀乐，伴着落叶，旋律低沉，有暗处的力量，我们一家人觉得天要塌下来了，没有毛主席的日子可怎么过？

门后那一布袋谷子，记不清在哪一年消失不见了。

父亲让我抄毛主席诗词的最大收获是，懂得了写诗词一定要精简，要押韵，铿锵有力。譬如“一代天骄，成吉思汗，只识弯弓射大雕”。

80年代，我发表诗歌习作，第一首诗要分“内”“外”两种来说：“内”是指县里1980年的《蒲公英》杂志，“外”是指新疆石河子1981年的《绿风》，那时《绿风》还是《绿洲》杂志的刊中刊，艾青题字。

蒲公英，绿风，有联系，是和春天有关的美好的词。

二十年后，我在北京赵堂子胡同见过给毛主席改词的臧克家先生，我佩服地赞叹："您还给主席改词啊！把'原驰腊像'改为'原驰蜡象'。"

红·公章

（运动像一列列暗夜的火车驶来）

许多运动和我无关，譬如胡适参加的"五四"运动。他们起事太早啦。挥斥方遒。

自我出生的1964年以降，我计算和自己年纪同行、波及县城的运动。我属龙，曹操在我姥爷讲过的《三国演义》里大声说过："龙，乘时变化，犹人得志纵横四海。"

这些运动是：1964年开始的"忆苦思甜"运动，1964年开始的"工业学大庆"运动，1964年开始的"农业学大寨"运动，1966年开始的"文化大革命"运动，1966年开始的"红卫兵"运动，1967年开始的"三支两军"运动，1968年开始的"三忠于四无限"运动，1968年开始的"上山下乡"运动，1969年开始的"学红宝书"运动，1969年开始的"全民挖防空洞"运动，1970年开始的"一打三反"运动，1970年开始的"清查五一六"运动，1970年开始的"批陈整风"运动，1971年开始的"批林整风"运动，1974年开始的"批林批孔"运动，1975年开始的"评《水浒》"运动，1975年开始的"反击右倾翻案风"运动，1976年开始的"批判四人帮"运动……它们像一辆一辆自远方而来的尖叫的火车，呼啸而过。有的运动暗影也在我的文章里浮现，它们和我无关，也和我有关。

在中文里，一些名词在特定时间和语境中，会具有特定的所指，譬如“五年级”一词，我在台湾作家叶国居先生为我写的序言里最早看到它的“特指”。按照我们镇上的语系解释，“五年级”是小学毕业；他则解释说，台湾的“五年级”即大陆说的“六〇后”。

中间永远有一个“民国换算公式”。

青年时代我一直在县城理纸写字，蘸墨谋生，以字度日。父亲说：“你写这些没用，不能谋生。”但为时已晚，李白像都贴到砖墙上了，我固执地坚持写诗。巴尔扎克说：“拿破仑用剑征服天下，我用笔征服天下。”但现实的例子却不能让我反驳父亲。“事实胜于雄辩”，这不是我爸说的，是鲁迅说的。鲁迅敢叫阵巴尔扎克，我不敢叫阵我爸。

生活没有秘诀，只有闭着气，耐心呼吸。

2008年，一张公务介绍信上盖满大大小小公章，红色的公章，它们像我姥爷当年在北中原晚秋晾晒的一畦歉收的红萝卜，这些红萝卜唯一的作用是证明身份，证明我在当乡村信贷员、会计员、通信员、办公员、档案员、小职员、小编辑的日子里，一直是一个听党的话、和政府保持一致的本分之人。

四十五岁那一年，我执着如此一张白纸，一人搭三个小时的长途汽车到郑州报到，来当河南省文学院的专业作家。以后可以专门写诗了。后来，2010年秋天，诗人痖弦先生站在河南省文学院门口对我说：“‘专业作家’这种职业其他国家没有，能把作家养起来的，只有苏联和中国。”

还记得上车前，我在车站门口草炉烧饼铺前等待，我买了一个脂油火烧，刚出草炉，热得只能从左手颠到右手。打烧饼的大爷对我说：“吃吧，你年轻，以后还要长个儿。”

疫期里的白描

最后走的一家亲戚

再过一天就进入农历鼠年了。

猪年年三十那天开车去滑县，先到荒芜的故园贴了门对，再开车二十公里去道口镇，看望唯一健在的二姥娘。

舅在滑县城郊租赁的一间二十平的房子，瞬间站满十多人。舅说一周前二姥娘住院，医生说不行了，只有回气无出气，紧着回家准备后事吧，毕竟九十六岁高龄的老人了。舅让医生冒一次险，将三支相关针剂药并作一次，回家听天由命。最后寿衣都穿上了，单等天亮后通知亲戚，哪知二姥娘躺床上五六个小时后，半夜忽然醒来，问我舅是咋回事。这像一出死里逃生的传奇。

我在北中原有许多位姥娘，如今就剩下这一位，说明我年纪也大了，在往前赶。我问二姥娘还记得我吗，她咧嘴笑笑，像一方时间黑洞。

傍晚开车从滑县回到长垣家里，表弟来电说忘给捎道口烧鸡了，还说我们车走后，接到告急消息：“新冠肺炎”来临，有的村庄便开始挖沟堵路，不让外车进村，连医院急诊救护车也得绕道。

紧接着，长垣也有了动静，车站长途车次逐渐取消，有的村在村口用笨重的挖土机挡着，或横着一根树干，像横道劫路。

一时间，从武汉回来者开始像“过街老鼠”。中原人习惯说“挣不挣钱，回家过年”。老家已成空心村，能动的年轻人都去城里打工，村里只剩妇孺老幼，年底眼睛盼着家人和收获。武汉“封城”前离汉的五百万人里，自然也包括我县的。

微信上看到一张长垣人员在鄂返乡表，看后心里一惊，从2019年12月到2020年1月23日，表上竟有两千多人，涵盖全县十三个乡镇，人名、身份证、住址、手机号码一目了然，女方细致得连娘家地址都有，我家附近小区就有几十位。看着那张井然有序的表格，顿觉四周像埋下了若干集束定时炸弹，不知啥时要响。这些人都要一一排查，一个八十万人口的县城盘根错节，尚且如此，千万人口的大武汉更见艰难，关键是出城者皆有腿，有“翅”，有轮，宛若大海游鱼，如何控制得了？

县城里“新冠肺炎”感染者逐渐浮出水面，有家族式感染的，有走亲访友引发感染的……全县感染人数逐渐上升为五例、八例、十二例……小城风声鹤唳，草木皆兵。药店里买退烧药都要实名登记。

我姥爷在世时说过，民国三十一年（1942）河南“传”过人，豫北把瘟疫暴发叫“传人”。现在旧话重提，都说“当心传人”。

卫材之乡也一罩难求

长垣是烹饪之乡、防腐之乡、起重之乡、卫材之乡，近年生态环境好，有大批候鸟在此越冬，前年要打造“大鸨之乡”，官方认为语境不好，最终取消，成为酒桌上一个段子。这座被孔子周游列国时称为“三善之地”的小城，本世纪已暴得两次大名，都与口罩有关，一次是十七年前的“非典”，今年又成全一次。这座医疗耗材之都每天生产口罩以百万只计，长垣业务员说：“俺县一打喷嚏，全国都感冒。”“长垣一停机，全国就断货。”尽管有点吹嘘嫌疑。

春节期间，厂长亲自召回厂里工人，开双倍工资，连夜加工口罩、防护衣，机器二十四小时不停。市面口罩一天一个价，平时五毛左右的医用外科口罩，一块、两块、三块，甚至市场上有的卖七八块，比孙猴子的脸变化都快。一夜之间，山西、山东、陕西牌照的车辆在卫材小镇上出现，在普遍电子结算的今天，却携带百万元人民币用传统方式现金交易，一位业务员对我暧昧地说，这样可减少事后麻烦。

单位小张从郑州打来电话，说整个城市药店都断口罩，药店卖高罚款，低价进不了货，他跑了多家药店买不到一个口罩，嘱咐我一定要想法，单位防疫期要应急用。

费了很大劲搞到一箱口罩，一千只，赶紧马不停蹄，打包发了快递。

紧接着，卫材之乡口罩断货，涨价。县政府管理监督，生产出的口罩全部发往武汉。在口罩之乡有钱也买不到口罩了。

卫材小镇上一时人物穿梭，像电影角色在晃动，急找货源的营销者、稳定物价的工商税务人员、维持治安的警察，心照不宣地汇在一起。过了元宵节，警方抓了八个人，罪名有哄抬物价，有倒卖口罩，有生产假口罩。

不禁想起那年“非典”来临时……同一地点，情景再现。

蝙蝠的缘由

起初有专家说这次肺炎源于一只蝙蝠。

2020 年这只蝙蝠属于超级传播者，“蝠从天降”，力量超强，大地随即慌乱。

我没有画过蝙蝠，猪年岁尾，同事一个孩子非让我画蝙蝠，就画了一幅《福从天降图》，一只朱砂红蝙蝠。在传统文化里，它是画家常画的题材，属于吉祥物，尤其多和钟馗画在一起。蝙蝠一直与人相安无事。可两天后，视觉上开始麻烦了，不断出现和蝙蝠有关的画面，我有点后悔画那一只蝙蝠。

印象里蝙蝠一直悬挂在乡村树洞、荒芜的教室、教堂尖顶、牛棚或马厩里，悬挂在童话和乡村电影滋滋叫唤的胶片里。姥爷说，蝙蝠是老鼠偷吃盐变成的，我还曾捉过一只小老鼠喂盐想看它几时变成。老师说仿生学里回声定位就源于蝙蝠。蝙蝠粪是中药“夜明砂”，清肝明目，散瘀消积。我小时候在小镇粮管所穿梭，掀开过粮仓窗户，每个窗下竟然都隐藏着蝙蝠，翅膀像薄薄的黑色伞翼，眼睛黑亮，抓在手里吱吱叫唤。提着回家时，父亲说赶紧放了，它们是好动物，吃蚊子。

乡村屋檐下垂挂着一排蝙蝠，像一排褐色音符，还曾想蝙蝠倒挂着睡觉不会脑子充血吗？每到黄昏来临，它们一一出来，在夜空画满弧线。我和姥姥躺在苇席上数着蝙蝠，常常没查清就睡着了。蝙蝠和人类上千年相安无事，你吃你的盐，我吃我的粮，各自安好。

因为“新冠肺炎”，才在视频上看到一个美女表演吃蝙蝠。她口唇鲜艳，却下得了嘴。吃蝙蝠算是现代人作死现状之一。长垣位居中国四大厨师之乡的首位，长垣许多厨师对我说过，他们加入了不宰杀野生动物协会。我问过厨师朋友，蝙蝠好吃吗？厨师说吃者多是抢眼球，像演艺界“言必同志”，是一种时尚。他还不忘开玩笑对我说：“下次给你烧个蝙蝠汤吧？”

有科学家说“新冠病毒”在蝙蝠和骆驼中极为常见，极少传染给人。病毒源自蝙蝠，多先传给骆驼，再由骆驼传给人。但是人先吃了，干脆直接赠予。

“蝠从天降”，是又一次“自然报复人类”的应验，但愿人类从中吸取教训，蝙蝠不再白降一次。

亲戚告示

到了正月初三，每年这一天是我家固定的聚会日。父母不在后，与几个姊妹全家每年要相聚，好在都住同一城，年前就预订了两桌宴席，烟酒一应齐备。初二时几家孩子在微信群里商议，结果是取消相聚，几个外甥在群里说，初三亲戚不走了，但舅家红包不能忘发。

如今拜年也 4G，点一下微信算是接受一个磕头。遗憾的是不能用我特制的红包，上面有我画的老鼠，落款“鼠你有钱”，今年我为一设计公司提供画，报酬是返来一百个红包样品，手机上给设计了几个动画表情，一只尾巴会动的老鼠。

附近村里的喇叭开始告诫了：“不准进村，不准走亲戚，把礼物留下，人该走就走。”

住在辉县的大姑来电，也不让去。我姑八十五岁，每年我们全家去走一次亲戚，她在电话里说今年就不要来啦，街道上没人敢走动。辉县也管控得紧，村村不让聚会。

初四我还有一个诗友聚会，叫“诗盟会”，和邻县诗人轮流坐庄，今年轮到长垣，我马上和诗人一树沟通，今年取消，每人写一首同体诗算是纪念，让他出个题目，叫“戴口罩的春天”。

飘下神秘单方

全县饭店的存菜多被拉到街上贱卖，烹饪之乡今年餐饮业赔大本了，仅我家亲戚圈里就退了五六桌。

县城里抢购口罩风过后，紧接着大家抢购了一阵“双黄连口服液”。后来滑县正骨院老郭透出一个秘方，说是他家祖传，到他这辈八十年了，坦诚公布给大家，也算为抗击“新冠肺炎”献策：操作方便，简单易学，每天出门前用一支棉签蘸点芝麻香油，滴进两个鼻窟窿，轻捏几下，可阻断流感和瘟疫。

老郭说，民国三十一年河南饥荒瘟疫，死人无数，那时没戴口罩一说，他爷爷就是这样给人看病的，救人无数。我说调凉菜可以，最好加上醋。我太太说也不费事，宁可信其有，特意微信里收藏下来。

如今网上传播速度快，一天后，微信群里已弥漫小磨香油的味道。

标语的力量

每一次运动来临，中原大地都会像一片标语的海洋，这次也不例外，微信上的标语我一时分不清来自河南还是外省。

有本土原创的，也有快速拿来借鉴的，河南人一向仿制能力强，包括假烟假酒。标语多属以下几种类型：

有劝导型的："现在请吃饭，都是鸿门宴""低眉谢绝您入村，花开春暖您再来""要想活得久，不要到处走"。后来管控不住，火药味愈发猛烈："带病回村，不肖子孙"。有六亲不认轻喜剧型的："老实在家防感染，丈人来了也得撵""一人传染全家倒，财产跟着亲戚跑""今天走亲或访友，明年家里剩条狗。"有诅咒型的："今年上门，明年上坟""口罩还是呼吸机，您老看着二选一""不戴口罩乱集聚，家人含泪过头七""今天到处乱跑，明年坟上长草"。还有警告型的："湖北回来不报告的人，都是人民公敌""返乡人员不隔离，亲人不死扒层皮"。

朋友还发来微信图片，我看到一条河南本土风格的："谁再串门，就是龟孙！"最后特别用了感叹号。河南人对骂多喜欢用"龟孙"。网络上把河南称为接地气的"惜命大省"，地气出自地壳接近到地核。

我舅说，还是人家日本人有水平，他指的是引用古诗的那些举动，"山川异域，风月同天""岂曰无衣，与子同裳"。我说："这你也关心？"我想"雅"与"俗"来自两种不同文化背景，我和小区门卫大爷交流，就不能问他"岂曰无衣"，门卫两口子来自安阳农村，兼收小区废品，为了省钱一直住在顶楼过道。

隔离中，小区住户开始在微信群里苦中寻乐，说这些天小区门卫大爷学问提升，问话都是终极哲学命题，直击灵魂：一、你是谁？二、你从哪里来？三、你到哪里去？

正月初八我从县城出来，回到郑州，传说高速要查封外地车。我向门卫处领了一张出入证，想给孩子也领一张，门卫说一家一张只供买菜。我每次持证出入，孩子总提醒说出入证远处亮一下即可，别人拿也会带病毒。但门卫总是敬业盘查，还笑说："看一下你的'良民证'。"

河南疫情厉害的是豫南临近湖北的信阳、南阳，这些地方牌照的车不让下高速进入郑州。

县城里也在不断公布全县“新冠肺炎”人员轨迹，一个从武汉回长垣的打工者，驾车夺城归乡，回来几天的行程里，频繁出来活动，先是在镇上一家烩面馆吃烩面，又在村里参加婚礼，喝了几场酒，猜了几桌枚，把一村人折腾坏了，涉及的三十人都被拉到医院隔离观察。

有一个村，直接在一患者家门前扯上一幅标语，在一家门口贴上红色告示，有一个胡同口，干脆电焊封门。

那家被患者光顾的“十里香烩面馆”成了网红，人们宁可绕路也不在门前过往。

依然心慌

疫期里每天醒来，第一件事就是看手机，关注新闻公布的那些步步爬高让人发麻的无情数字。心惊心慌。

小县城开始变相封闭，要求各户人员不许出户，只许一人戴口罩出门购物，外来车辆一律不准进来，除了药店超市，其他门店一律关门。若发现结伴相聚者，一律拘留。大概有“六个一律”，细问时又被告知是谣言。从湖北武汉到河南县城，谣言和口罩一样成了硬通货。

当年我姥爷说过“人像磨道里的驴，都是记吃不记打”，这句话翻译得讲究一点，就是没有忧患意识。像钓鱼，这次脱钩下次还咬。这一场“新冠肺炎”简直是十七年前“非典”的翻版，十多年前“非典”让人白挨了一次，如今一出悲剧在不同的时间又上演了。

“非典”那年，母亲还没去世，我们一家人困在院里，一棵金银花陪伴，香飘一院。今年“新冠肺炎”来临，母亲早已不在，我心里有点慌乱。

省会大街一时是难得的安静，不再车水马龙，不再堵车。初春的阳光像金箔摊在地上，无人享受。元宵节前下了一场雪，酒友欲邀着赏雪折梅，然后喝酒，这是“雪胆包天”啊！大街上早已打不到出租车，消息说一辆出租车司机也是患者，行踪涉及二十多人。

我见到一位送外卖的小伙子，因为平时熟悉，便不免有点担心，网上说有个送外卖的也传染上了。他说：“我戴的口罩是N95的，比你一次性的好多了。”他大胆地递我烟，我说还不会，他却说吸烟才防传染。

我问：“咋不在家等待？”

他说：“‘肺炎’死亡率是百分之二，我在家干等着，不挣钱饿死率是百分之百，我还有房款的大窟窿等着呢。”

他还说：“俺县村里有一家养鸭户，如今鸭子没车来收，卖不出去，饲料又进不来，杀了吃不完，干脆五千只鸭子赶到林子里，随便跑吧，只当放生了。”

十万斤大葱的幽默和远方的鸟

开始捐钱捐物了，钱在关键时刻不如物，记得姥姥讲过元宝和烧饼的故事，饥荒年代，烧饼才是硬件。李白有诗曰：“吟诗作赋北窗里，万言不直一杯水。”写诗画画也不如物品。

嵩县群众冒着严寒，三天拔了十万斤大葱，连夜装车支援武汉，中央电视台报道了，嵩县人说俺嵩县好不容易上了一次中央电视台，播音员还把嵩县读成“蒿县”，引得嵩县人纷纷调侃，那村支书幽默，说：“草高为蒿，山高为嵩，都是高大的意思，是蒿是嵩不差屎事儿，只要能把大葱送到武汉就行。”

我倒要为播音员误读之妙点赞，要不世人哪能知道河南嵩县？恐怕只知道中国少林寺。

防疫期间，我缩在家里摆弄手机，每个故事都让人双眼湿润。但让我更为感动的，不是“封城”之下每天悲怆落泪的故事，也不是医务人员舍身的身影，而是和武汉关联不大的另外一景。

在云南，在远离武汉一千多公里、远离河南两千公里的昆明，在滇池边，因疫情，不见人迹，却有来自西伯利亚的一万只红嘴鸥来春城过冬。在这里，那些白羽在翻舞着另一场白雪，一万只红嘴鸥每天需要喂两顿，共一千公斤鸥粮。工作人员按时给它们放粮喂食。有一只红嘴鸥物我两忘，竟然站到人的帽子上，那年轻人不慌不忙地挥手赶走，继续放粮。那是在沉郁的日子里我愿看到的画面，鸟影飞舞把人影都遮掩了，那一瞬间我莫名感动，到这个时期还能有人不忘去喂一只只红嘴鸥。

我觉得这才是人类的希望。

Taste 鼎味录

面酱，必须抹到窝头之上

——五种乡村少年玩具的具体说明

不得其酱，不食。

——《论语》

我改写卡尔维诺的一句话：在乡村，幻想就是我姥姥做的面酱，你得把它抹到一片具体的窝头上，要不然，幻想就跟面酱一样，一直没有形状，无法拿它去创造出任何有价值的东西来。

这成了我的北中原乡村写作的格言。

少年时，我就是把面酱抹到五种“窝头”之上的。我用不同色彩的“面酱”。

链条枪

少年常用兵器之一。其实华而不实。

链条枪是用闲置废弃的自行车车链制造的。枪架用铁条支撑，几道皮筋拉动一顶针，安上引火“砸炮”或火柴头上的火药，就可马上投入使用。便能听到“噗”的一声枪响。

私藏武器一向是官方所不允许的，自然学校里也不例外。但这种枪仅仅担当一个空虚的名声而已，像空放一屁，更多属虚张声势范畴。不过即使如此，你若对着班主任老师虚开一枪，那也是绝对不允许的。会有转虚化实的可能。

对 1976 年的乡村少年来说，拥有一把链条枪是有身份的象征，像 90 年代初民营老板喝胡辣汤时放到一边的“大哥大”(手提移动电话)。我们整天待在自行车铺子里，望眼欲穿，等待的就是那里卸下来的下脚料。

有一天，班上一个要好的同学在校外被扣押，让我去证明保人。原因就是他偷一辆破自行车，偷车的原因就是为了卸去自行车上的车链，用自行车链的原因就是为了造一把打火链条枪，造一把打链条枪就是为和我比试。有时名人犯错误的逻辑就这么简单。世界大战也是这样发生的，起源于一截车链。

乡村老师却说，这可不是短短一截车链的问题，而是思想错误，属于典型的“千里之堤，溃于蚁穴”。这更不是小事。

我不忿，车链归车链，干吗要说蚂蚁。

面包

这里说的“面包”，不是当下能吃的面包。

十七岁以前在乡下，我只见过馒头、锅盔、菜馍、窝头、贴饼子，还没见过面包。只听过列宁在乡村黑白电影里一句台词:“面包会有的，一切都会有的。布尔什维克要解放全人类。”二十年后，我才第一次闻到面包散发的小麦烤香。

我说的这种面包是一种纸叠的方牌，又叫摔洋牌。猜先猜后，一方先放到脚下，另一方以砸翻过来为赢。

还可以施一种技术上的小诡计，费心思去叠成两面一样的纸牌，任你如何去摔，“两面派”的好处永远是正面。（此类型的人是可以历经几个朝代的，像贰臣）。这种纸牌只可在放学后黄昏时使用。毕竟不是光明正大之事。

我是以烟盒、旧报纸为原料的。1976 年最流行的一种豪华牌是用牛皮纸做的，厚实、有力。还有一种更气派的纸牌，原材料说出来有点让人心惊。

一个同桌那时沉迷于玩摔洋牌，将刚发下来新课本带到家，第二天就不见了。再来上课，我只看到他多了一书包“新鲜的面包”。

那需要一种面对学校破釜沉舟的大气概。这类人在社会上以后能干大事业，属置文化而不顾的经营者。

杏核

杏核，先定好单双数与输赢的对应规则，然后脱鞋，双方将杏核放在鞋底上，往下吹，要么赢完，要么赔上一倍。

兴奋、心跳，是这种游戏的反应综合征，它让少年无形中带上一份赌徒色彩。想收获就得赌。

暑假，我在乡村积攒杏核，“哗啦啦”的一袋子。等到开学就带到小镇上去吹，让我把一个宁静的乡村都要付出来，将那些风景赌尽输完，然后再回去。

多少年后，我也算经历风霜，面对那么多左右不了的事，有时我不由自主，无能为力，要么放弃，要么只好听天由命。到了一定年龄，就不敢再去吹杏核了，已缺少了那份鼓气的心思和面庞。

弹弓

除了课本，弹弓是书包里常备的道具。有时，里面还会不小心忽然飞出一只麻雀。

做弹弓以柳木架子为佳，像“V”形（在西方文化中，“V”寓意“胜利”，后来见他们经常伸出毛茸茸的手来，恰似我们小时候弹弓的模样）。然后配两条自行车内胎皮，更有弹力的是乡村医院里的输液带。最后安上石子便可投入使用。

主要打麻雀、斑鸠、乌鸦、鹁鸽，以及你讨厌的某某老师窗上的那块蓝玻璃。

“弹弓”被我们北中原的孩子发音叫作“锻工”。这样的称呼，接近“工人阶级领导一切”的符号概念，似乎还略带点技术含量。

推铁环

将废旧的木桶箍卸下来，去锈，打磨光亮后，用一方铁丝弯成的钩子掌握着，往前推进行走，可以边走边唱，或讨论女生。这种游戏主要玩的是一种平衡的技巧。看你对道具的整体把握，驾驭者要有一种自信的心态。

在乡村街道口发一声喊，一群孩子往往一齐开始，“哗啦啦”地推起铁环来，那乡村“铁环党”也是一景，连对过开来的解放牌汽车也敢不躲，壮观的程度不亚于现在城市里的一场官方马拉松赛。让窗棂后面的老师心惊，鼻子扁平。

一代人有一代人的玩具，既不能剪切又不能复制，敲“回车键”更不行。在时间里，它们一一显得那样泾渭分明，就像一个个时代的胎记，从不重叠。

如今都用上自来水、矿泉水、纯净水了，上哪里去找木桶？何况一只木桶上面仅仅带着三个小小的铁箍。分上、中、下，仿佛一道禁锢流水的咒语，缺一不可。

姜两种，孔子的饭桌

我嗜姜，这是从小受父亲影响。父亲说天下味道，要数姜味最为纯正。

刮去姜皮，父亲经常拿一块生姜佐饭，以后我也如此，坚持到现在。

每年入冬前，父亲都会买些生姜埋在沙土里，供一个漫长的冬天使用。因为到冬天姜价就会高涨。有一次，一个熟人头顶秃了，闲话间问我父亲，父亲就说，刮光，用一块生姜擦。我以为是随口的玩笑，没想到那人真的用生姜擦拭了。

我姥爷说过，世界上只有种姜不会折本，其他作物都靠不住。其来源的谐音就叫“姜够本”，可见姜是大地上一种有诚信度的作物，属于“有负责底线”。为了验证姥爷的理论，我还在院子里种过姜，第二年歉收，但是“原母”还在，老本不至于烂掉。墙角的那几棵姜，细瘦的叶子，开着小花，一副谦虚谨慎的样子。像是为自己的歉收而愧疚。

在我住的小镇上，姜芽一般都被售姜者掰下来扔掉。但是用姜芽作泡菜原料，味道极为鲜美。这在小城里都不习惯，还是那一年我在郑州时，从四川泸州来的一个表舅那里得知的。回来后我就为母亲买了个瓷坛子，我们开始摸索着试腌。几次失手之后大获成功。以后我家的菜坛子就专门泡姜芽。母亲经常到街上找菜贩子买姜芽，这一习惯直延续到我母亲去世。此后，我再没有心情。

母亲说过，卖姜的都是受苦人。记得那些年从安徽过来许多拉着架子车的卖姜者，来到我们小镇里，在大冬天卖姜。他们吃饭时简陋，似乎能果腹即可，我站在边上看过，看到他们用一口自带的小铝锅，白水煮几块厚实面团。他们白天卖姜，晚上为省钱不住旅店，就一个个睡在自己的架子车棚底下。

霜和月光来临，他们缩着，像一只只安徽的刺猬。

我读书时就爱找些歪门邪道之理，看到孔子在《论语·乡党篇》里有“不撤姜食”之句，考证他饭桌上应像我父亲一样，也常放一块生姜。那意思是不多吃，也不少吃，必须有姜。除风邪，祛痰下气，熟以中和，这是姜的功劳。孔子“中庸之道”学说里的三大法宝，肯定也有姜的组成部分。我想他是一边吃着姜，一边讲课。两千年前的教室里，一屋姜气。纯正之气，是姜气给他以启发。

历史有以下惯性：吃辣椒能成政治家，吃姜能成文学家。

后来有人问我，怎样才能写好文章？

我说：要多吃生姜。

又：姜外篇

我小时候还种过另一种姜，叫山洋姜，一人多高，高过我家墙头，开小小黄花，会探首，看小巷尽头的风景。到冬天，哈着气刨出来山洋姜，母亲会白水配盐，腌吃。清脆，不辣。

山洋姜生长的特点是从不择地，像我们北中原的乡下人一样习惯了简陋环境，种上一棵以后就不用管了，年年复发。空虚的洋姜秆常让我姥爷插在萝卜窖上，用于通气。

四十年后，我才知道这些土气的山洋姜有个美丽的名字，叫“菊芋”。听后，真好。

你家月饼加密码了吗？

——论述节日的形式和包装

八月十五，我开始跟随姥姥在北中原乡村走亲戚，亲情辐射圈方圆可达十里。同时涉及草木、碎语、风物、人事。文学是后来之事。

提的月饼，除了私家蒸制的面月饼外，还有官方统一月饼，分大小两种：大月饼两个一斤，小月饼五个一斤。外面一方黄草纸包装，上面贴一红笺，木版墨印图案，表明是道口镇某某老店精心制造，货真价实，童叟无欺。纸绳打两个十字，往上挽个小结，方便挂在车把上，配合一路垂落散乱的铃声。

内容，包装，简洁得像蒲松龄的一个句子。

现在的月饼，种类丰富，讲究排场。广式，苏式，京式，滇式，潮式，台式，港式，徽式……十八般饼式，应有尽有。

月饼穿的衣服就是外面的包装盒，日益炫丽奢华。从材料上说，有塑料的、布面的、金属的，甚至还有红木、黄花梨木收藏版的；从装饰元素来说，有带拉链、流苏、提手的，有外加平绒、绸缎的，甚至带镂花雕刻的……月饼几乎要龙袍加身。不管你的想象有多么华丽俗气，月饼盒子都能满足或者超出你的想象。

我眉批一句——中国要立《月饼法》吗？

去年中秋节后，胡同口收废品的吴明堂大爷如对锦山，对我说："看这收来的一大堆月饼盒子，好看得我都不舍得拆，在脚下踩都觉得可惜。"

假若我姥姥在世，也会舍不得拆。假若我姥爷在世，也会舍不得踩。

今年我收到一个绿皮箱子，青绿色，上面钉一暗扣，食指一点，"啪"的一声立马张开，皮箱外装饰着一对褐色流苏。掀开皮箱，我摸索到是上下两层，一层两个，共装四个月饼。我有点失望，因为谜语得解前我想得浪漫，以为是一淑女从威尼斯水城寄来意大利坤包。

童年月饼路上，有风来了，那一线悬挂的纸绳，在话语里颤动，像童年的发梢。

月饼的包装像这个年代的人类，都在装。文章在装，句子在装，表情在装。

得食者别以为是吃了精装，赚到了便宜，狗毛出在狗身上、狗尾上，商家早把精装成本加到月饼里，月饼馅都糊到了外面，若韩国面膜，若北中原乡村盖房外面贴瓷砖。

中国无聊之人有一共性，包括我，喜欢哄事、小事化大。由此开始号召中秋节男不亲嫦娥、女不近吴刚；吃了月饼后，又同去抵制月饼的精装。有学问可以不要文凭。金夜壶再好，你得把着尿出来。月饼盒子再精美，不如把月饼做好，把馅做好吃。抵制精装月饼盒子，远远比抵制肯德基等美国货更容易管控。花好月圆，东海的比目鱼从来不吃月饼。

小时候跟着姥姥做手工面月饼。自家有月饼木模子、陶模子两种，我拓印旧事和北中原的细霜，清晰可辨。

我姥姥吃月饼，喜欢吃青红丝的月饼。等一家人来齐，明月上来，树影婆娑，一块月饼切成数块，围着大盘子，一人一小块。

苏东坡在宋朝吃月饼，他说“小饼如嚼月，中有酥与饴”，我推测月饼馅是软的，加有枣泥。一个宋朝放在嘴里从不硌牙。

我爱轶事，据说齐白石家有一盘子月饼，是永恒“硌牙”的月饼。黄苗子先生写文章回忆，说当年去拜访齐白石，客人坐妥，老人家方端出来月饼，李可染提前有交代，这月饼只是主人一种礼节谦让，来客断不可真吃。就像焦作人见面打招呼，还是“吃过饭来了？”那一天齐白石端上来月饼，还是四分之一的月饼，像是被上一批客人里一位不懂事者下过嘴，月饼有一横断面，里面隐隐有细小的动物在开展运动……

这里有一绝妙之境：天下凡吃过齐白石的月饼者，回去都可大言不惭地自称齐门弟子。不像现在，有的人没吃过齐白石的月饼也敢号称弟子。我就见过几个人，仅仅听过齐白石讲课，以后都称了正宗传人。好在是齐大爷死了多年，死无对证。闹得齐派弟子越来越多，鼻涕越来越长，月饼越来越少，内在质量下降，攀附炫耀，导致现在外面月饼盒子越来越华丽。

“但愿人长久，千里共月饼。”

这是今年我写得最好的一句暖心诗。改写得比苏东坡的原版都好。

我只是担心，有一天自己把密码忘记了，打不开加密的月饼盒子，里面有一方月饼昏睡，暗无天日，回忆爱情，一一生绿毛，一一长绿醭。近似新时代的一种无名铜器。盒子外面，永远无人敲门。

瓜齑到酒

某一年，在一个形式主义的会上，我偶然看到一则“无边现实主义”风格的宋人笔记。

我考证过，在浩繁的典籍里，除了二十五史，有时在野的一扇门缝里会无意透出一线新鲜的文化细光。俄罗斯诗人沃兹涅先斯基有一句诗：“你可以不去做一个诗人，但是谁能够忍住那被门缝夹着的一缕光的尖叫？”我经常在腐朽里面看到光的尖叫。

野史里不时有如此细光。

韩龙图贽，山东人。乡里食味好以酱渍瓜啖之，谓之瓜齑。韩为河北都漕，廨宇在大名府中，诸军营多鬻此物。韩尝曰：“某营者最佳，某营者次之。”赵阅道笑曰：“欧阳永叔尝撰《花谱》，蔡君谟亦著《荔枝谱》，今须请韩龙图撰《瓜齑谱》矣。”

我居住的长垣县在民国以前属河北大名府管辖，我在台北买过一张海棠形中华民国地图，时间凝固，上面仍标明隶属河北，我便顿生亲切，认可这是一位同域前辈官员的吃法。但吃后他们只是说说而已。我考证《瓜畜谱》，最终也没有撰出文字，付之梨枣，少了一丝趣味。

今日同域官员一改陈年旧习，披上文化外衣，多出版自己的专著、文集，设法借以敛财，饮食上口味早已改变，“与食俱进”，“与诗俱进”，也不再吃大名府的酱黄瓜了。日常里我也多被人民公仆“使用”，陪衬其间，帮闲，帮腔。我看到的多是专喝茅台酒、吃海珍者。连最基层的小吏，都始终保持着一种纯粹的日常生活高度。

一远门表兄是平原区大老虎乡小狐狸头村的支书，这一串地理名词像一串蚂蚱，叫起来有点绕口。他稳固地当了十年支书，他在宴会上的习惯是：其他酒不饮，专喝茅台。除了喝酒，两袖清风。我表哥在酒文化方面最有发言权，他说喝第一口就能品出茅台的真假，中国酒类，自己最懂酱香。

我佩服极了，我和他风格不同，我一直偏爱和坚持二锅头的清香。因为便宜，更适合口味。

一天，他手持一瓶茅台让我写字，我给他写一书法《酱人精神》，他问啥意思。听完解释后，颇喜。

有一年县里要到贵州考察投资项目，小狐狸头村的支书表哥特意绕道茅台镇，以圆夙愿。当地主人知道来了一位大中原的酒场方家，席间上来一瓶真正的十年茅台，表哥举杯，一饮而尽，喝第一盅后即拍案断定：“味道不对，这是假茅台。”

对方一怔，也懂幽默，笑着说：“看来你老人家一辈子在河南喝的茅台都是假的。”

“百里香驴肉”

——记录一种乡村商业策划

进入冬天，全县人民掀起一阵吃驴肉的高潮。

一面街的张世龙以卖烧鸡见长，卖了十年，忽然贸易调整，不卖烧鸡了，开始卖驴肉。亲戚们说，别人都是扬长避短，老张卖驴就是扬短避长。细数一下，张家的七姑八姨都卖烧鸡，名声有“卫河烧鸡第一家”之称。张世龙坚持己见，说自有绝招，大家说他是“羊群里跑出一匹驴驹”。

私下里，他说“鸡群里跑出驴”更准确，他还谦虚地说是媳妇出的主意。

后来我知道，张世龙做生意不故步自封，敢创新，这一绝招不亚于驴腿上的那一枚“夜眼”。他先雇来十个人在全县张贴广告，每人一天开五十元工钱。对比一下便可知这标准不低，在工地搞建筑也顶多这个标准。他要求十个雇工在全县电线杆子、街道两旁张贴广告。

三天后，有人用微信发来广告。我一看乐坏了。后来在县文联写作班上讲文学的新鲜性还用作了范文。我说，这题材写得，会让省文学院里的中国作家协会会员气个半死，包括我这虚张声势的副主席。

多亏了张世龙的职业是卖烧鸡、卖驴肉……他在广告中先不说卖驴肉，他先说离婚。

离婚协议

张世龙，你个小王八蛋，当初你追老娘的时候，你是咋说的？天天说要给我买好车，在道口镇上买套房，在安阳买套房，要吃香的喝辣的，如今老娘我都嫁给你六年了，哪一件你都没有兑现。

我跟你说吧，车子啊房子啊我娘家表哥已经帮我搞定啦，带我吃点我喜欢吃的，你总可以做到吧？夫妻这么多年了，你也知道我平时喜欢吃驴肉，更喜欢吃驴肉火锅，可别说我不给你机会。

娘家表哥说道口镇顺河街西边一百米有一家叫“百里香”的驴肉火锅特别好吃。张世龙，你小王八蛋，这是给你的最后机会，不带我去吃驴肉火锅明天老娘就和你离婚。

百里香驴肉预约电话 0372-5501*** 转隔壁

广告一贴出来，起了化学反应，大家先是当趣闻笑谈，随后有说去试试真假，说不定是赵本山导演的一出戏。

结果，百里香驴肉火锅马上热闹起来，那一匹匹驴子似乎也活了，有人略懂幽默，来店里劈头就问：“谁是张世龙？他来过吗？”

站台的服务员一本正经，答道：“来过。”

孙百文作为一本土文人，把这事情编到一个公众号上面，许多人看后大笑，大家都当成一段相声来听。卫河直通天津，说比天津的马三立都搞笑。本来属于艺术范围，孙百文偏偏求证说，张世龙的媳妇是他家表妹。

那一次县文联组织一个北中原散文家培训班，要我讲写作方法时，我举了此例，说是乡村文字的“欲擒故纵之法”。先说离婚，再说驴，最后做广告。写作也是这样，当他人都卖烧鸡时，你要卖驴肉。当他人都去写某一种司空见惯之对象时，你不要去凑热闹，要出新，要卖驴。

端午元素录

口语转化

端午在北中原乡村口语里不叫“端午节”，嘴一硬，说成了“五月当五”，近似名词后面的节日注释，但其表达的时间所指更强。过端午节叫“过五月当五”。过中秋节也不叫过中秋节，叫“过八月十五”。过春节叫“过年”。细想，人生何尝不是一种过程？

一村里，从东到西，除了我姥爷知道这个节日和一位古代南方诗人有关，广大人民群众只知道这一时间段里：闺女们要回娘家走亲戚，新麦下场，要犒劳一下自己，家家要蒸新麦馒头，炸菜角，炸糖糕，炸油馍，炸焦叶，烙油饼。

门框亦插新艾。艾是姥爷用镰刀在北地河沟里新割的，在箩头里，带着清气。

后来和我在县城住时，他听到街道有卖艾的，竟然一块钱一把，表示不解。

南北端午风俗不统一。在江南安庆，一个女孩子问过我：“你们赛龙舟吗？”

我说村里就一口青砖井，还不够吃水，哪能放下龙舟？

我属龙，这是一个虚张声势的属相，在缺水的北中原，旱地意识里，一辈子也没赛过龙舟。

杏和五毒

乡村的五毒和城市的“五毒俱全”包含的元素不同，“乡村五毒”是指五种动物：蜈蚣、蟾蜍、毒蛇、老虎、蝎子。

端午前，邻居们会拿着自家棉布黄兜肚前来串门。黄兜肚，让小孩子戴的，上面空白，要让我来画“五毒”。戴五毒兜肚很有必要，目的是以毒攻毒，寓意辟邪、呵护、保佑、吉祥。

每次为了表达对全村唯一大画家之尊重，邻居们还会带来两根黄瓜，半筐青杏。我会先不说画兜肚，立马下嘴咬一个杏，酸牙。乡下都知道尊重艺人，有杏为证。后来到城市生活，不相关者见面都随口要我书画，和我们村里人相比，冒昧里同样有点酸牙。

我太太忠告，说我现在早已虎猫分清，画得也准确了，对方不拉一火车杏就不要画。

炸油馍

我印象里天下节日都和吃密切联系，中秋节吃月饼，春节煮肉啃骨头。端午节在乡村同样是一个可饱口福的节日。我出的《说食画》一书里有一句简介：“我七岁就会炸油馍”，从档案考证，这绝对不是夸张，属非虚构。

不同于南方，村里很少吃粽子。我们村不产大米，乡村集会上有卖黄米粽的，是在铁锅里，卖者用一把刀子切着来卖。村里还没有包粽子的竹叶。新麦下来，全村家家除了蒸馒头，更多要炸油馍，满满一大瓷盆，除了自家吃，还当走亲戚的重礼。

我姥姥炸的油馍全村第一，也是世界第一。因为民族的也是世界的。

要走亲戚了。姥姥带上我，笆斗里装上新杏，装上油馍，开始上路。

热风里，端午节的阳光如金箔飘浮，多年后都是一片迷幻。

面和冬天的冷

入冬，黄河以北的温度比黄河南要低两三度，麻雀飞到河边，要提前掂量一下自己羽毛的厚度，飞行还是回头。我偏要在严冬最冷的时节去北中原“访面”。

一路果然没见麻雀。来到滑县挂面村，寒气都能从草垛和电线杆上看见。刺猬收刺麻雀收羽，但天比郑州的蓝。跺脚取暖，这是乡村童年保留的习惯。旧习难改，我开始跺脚，再跺脚。马上想到上一碗热汤抵寒。小时候，我姥姥能下一道挂面。出锅前撒一把葱花。挂面的气息立马装满一屋子。再飘满一条胡同。

我吃了一个漫长童年的挂面，今天还是第一次来看如何做挂面。

空心挂面属于北中原乡村面食之上品。有一个充当贡品的传说，无非是皇帝进膳云云，乡村传说往往有点雷同成分。我家墙上高挂的笆斗里，放着姥爷从高平集上买来的挂面，挂面统一有一拃长，捆扎得整整齐齐，系着绵纸绳，有的是细细的红线。

北中原称呼挂面不叫“把”，是叫“撍儿”，一撍儿，两撍儿，像称呼那些游走在日常生活里的棉线和布匹。

在乡村，挂面是亲情往来中的硬通货，像今日结算使用的美元。走亲戚互相馈赠的礼品里常会放撍儿挂面，挂面多是双数。我经常从里面捏出几根面来生吃，咸咸的，脆脆的，一嘴面香就是一路面香。也能上瘾。

挂面村是大村，全村万把人口，以前只有四五户做手工挂面，现在扩展为二十多户，过去成品挂面主要在几个村里内销，基本上家家都使用，外地“挂面爱好者”需要提前定制，现在销到安阳、郑州。一年里有两个卖面旺季：八月十五和春节。

张师傅家院子的木架上挂着晾干的挂面，像垂落一院子银丝。故乡的冬天是蓝的，挂面是白的。在寒风里，阳光一晃，挂在空中的面就闪动一下。他说，五十斤挂面摆在地上都有六十里长。能到安阳。

张师傅做面手艺细致，一年做三千斤面。一斤面粉出八两挂面。我问掺多少盐。他说这要“看天下盐”。冬天一斤面三钱半盐，春天一斤面四钱盐。不加盐制不成空心。做面是一件吃苦活，他两口子凌晨四点爬起来和面，然后饧面，掺盐，过绞，上杆。家里年轻人不学，觉得苦，宁可外出打工也不喜欢回乡下做面。

他交到我手里两根分面棍，让我亲自来分木架子上的湿面。

做面的过程大致是盘面，拉面，出杆，上架，下架，最后在木框里刀切。木框要用柳木制，柳木味发甜，还不掉渣。只要天气好，四季都能做面，晾晒挂面的天气里，有四怕，怕雾怕雨怕水怕潮。

制作空心面一般都是两口子一起，张师傅说，吃了空心面，两口子不吵架。我说这比我写的诗句好，更近新乐府。他说做的面叫“夫妻面”，两口子配合好才能出好挂面，平时吵架归吵架，上杆做面时一定要配合好。村口还有一家打“壮馍”的，两口子也要配合，做的馍叫“夫妻馍”。

张师傅让中午在他家吃饭，说今天“炸面头”，用挂面切后余下的面头做。我掌勺，他交代用凉油炸。在垂落满挂面的小院子里，我执勺炸面头，第一次。

吃饭则是在另一家“挂面师”苗师傅家。这样两家都高兴。

苗师傅年轻，他父亲当年在公社做挂面，父亲七十岁，做了五十年挂面。苗师傅跟随父亲做了八年挂面。

同来的张娇专门为郑州收面，一进门，就问：“上次来你家院子里那棵石榴树哪儿去了？”苗师傅说晾挂面时石榴树“嫌碍照”，秋天砍了。主要是石榴树遮阳光，影响院里晒面。那棵石榴树活了二十多年，是院子里唯一的绿色。张娇说当年就是冲着他家有这棵石榴树才定制他家挂面的。苗师傅说不只自家砍树，村里做挂面的都砍树，把街上的榆树都砍了。我后来出门特意看了看，街上的树果然都砍了，两边路面铺上水泥。天地不通，看着都冷。要到夏天，恐怕村里的狗都找不到阴凉。

现实生活需要“退林还面”。苗师傅的院子需要阳光，他一年四季都做面，比张师傅做得快，一年做三万斤面，一斤半面出一斤挂面。苗师傅用的分面杆是从山西打工时特意带来的山木，我拿起来闻闻，一股面味。

挂面村里有许多做面的好手，走访几家，又见到柴师傅，老柴说：“在村里，我的手又叫‘二号机器’。”意思是“机器一样精确”，他当年在生产队就做面，一年四季不停。他老伴拿给我面说："你看这面，光油，有正经味，摆出来齐状。"买面者买面时刷手机"支付宝"，老婆子马上叫闺女来，她问我："这一照难道就算钱啦？让人心里没底，你们还是拿现金吧。"

柴师傅两口子向我介绍挂面的特点：干得慢的面颜色发黄，干得快的面发白，发黄的面下锅才好喝。

柴师傅佩服一个人，他说全村就自已和相连做的面好。他说的"相连"就是张师傅。

我看院地下铺着一块三角石，看不清，像石磬啊。他解释说是过去碾场压麦秸的石头。我想起滑县还有"中国麦都"之称。中国最好的小麦产自中原。中国最好的面在北中原。我家的面世界最好。

郑州的张女士主要是来定制空心挂面的，要打造"中原美食和行走"，特意让我为其包装的挂面题字，我写上"空心挂面"，写时我能分清繁体的"麵"和简体的"面"之不同，还不至于丢书法的面子。

前年，去加拿大的南阳诗人青青和女儿看望诗人痖弦时，带去的就是滑县空心挂面，在远离故乡一万多公里的异乡，诗人把装挂面的竹篮也留下来，痖弦先生感慨地说："我还是第一次看到有诗人专门给挂面来题字的。"他吃后说："挂面有点咸，人老啦。"

在北中原，有时是靠咸来抵抗贫穷的。像诗人痖弦在 1958 年笔下的那一位等待《盐》的二嬷嬷。

最后要看张师傅如何收面切面。一院子挂面像挂满银亮的雨丝，他说要等到下午三点才能卸面收面。

我插个空闲到童年生活过的留香寨看看，那里留有我童年时的面香。十多里路一会儿就到，在寒风里敲门，铁锁不语。半世纪前，我端着饭碗，在这座小村的胡同里穿梭。一同走动的还有那些篮子里系着红绳的挂面。

挂面多是来客了才下。有时出门早行也下挂面。撒一把葱花，一锅清气，浇上几滴明油。

在姥姥碑前，二十五年前我写的碑文早让风雨读过，把字迹读模糊了，我走在留香寨冬天的麦地里，麦地有霜的声音。

绿麦不是旧日麦苗，年年不断。墓地附近一棵杏树属于后来的新生代杏树，前朝那些杏树早已转身消失掉了，物非人非树非，所谓漫天杏花只是开在文字的梦里。在麦地里不需要跺脚。旧日故乡的面和一个今日的冬天，一时分辨不清。

那一棵杏树也想不到五十年后我在最冷的一天穿过黄河，从河之南到河之北来，来访面。

画莱菔记

画莱菔记，说白了就是“画萝卜记”，徒增古意而已。

对大多数中国平民来讲，萝卜白菜，粗茶淡饭。但一棵最小的萝卜都是乡愁里躲不掉的巨大块垒。心有挂碍，这“碍”就是萝卜。

《尔雅》称萝卜为芦菔，《本草》说其有“消谷，去痰癖，肥健人”的作用，一如消食丸。我推测倪瓒这类反对吐痰和咳嗽的“独立美学主义”者，一定倍加推崇萝卜。

植物学家吴其濬在《植物名实考》中说得如此温馨，他写“冬飚撼壁，围炉永夜，煤焰烛窗，口鼻炱黑。忽闻门外有萝卜赛梨者，无论贫富髦雅，奔走购之，唯恐其越街过巷也”。在北京供职时，他对北京萝卜比对北京人有好感，称“心里美”是：“琼瑶一片，嚼如冷雪，齿鸣未已，众热俱平”。像是形容一位美人。

吴其濬是河南固始人，固始萝卜在中原食材里最有名的叫“露头青”，每次进饭店我见到会主动索要一块生吃。吃萝卜不要切片，刀背别出来的块状吃起来口感才好。我如是嘱咐厨师。

到洛阳吃水席，二十四道菜的首菜叫“牡丹燕菜”，原料竟是白萝卜。

齐白石得以高寿，在于他和同乡曾国藩一样常吃老鸭炖萝卜，吃后又画萝卜，红白相间，增加了长寿基因。张大千能长寿，在于晚年画一种顶缨长的小红萝卜，水灵灵的，看着颜色人高兴，笔下就好，心情就好。这和写反腐题材的作家不会长寿一个道理，杀青时会怒发冲冠。有人问徐邦达百岁的秘诀，他说，主要是自己有条件，能在故宫欣赏到好画，叫悦目赏心。

从美术角度而论，萝卜在不断推动中国画的美学理论。

中国南北无数村落都产自己的好萝卜。烹饪界伊大师问我，走过许多地方哪里萝卜最好。我想想，说留香寨姥爷那块地里的最好。大冬天一场雪后，一位亲戚从滑县乡下骑车看望我母亲，卸下一袋萝卜，带着泥浆和绿缨，歉意地说：“啥也没带，算走亲戚吗！”我说：“别这么说，世上就姥姥家的萝卜最甜。”一个人要走百十里路，有的人一生也没有穿过那一块萝卜田。

我家有一则四十多年前萝卜旧事。那年初冬，父亲回家看望我们，骑自行车从五十里外的长垣县蹬到留香寨，曲曲弯弯都是土路。顶着夜色，又饥又渴。父亲路过葛村生产队萝卜地，萝卜田经霜未收，他顾不上泥土，拔出一个吃下，夜里有月光……他想让我们也能吃上，扒了一兜红萝卜，连夜带到姥姥家。

以后每在餐桌上挑食时，姥姥总会说起这一段萝卜往事。

对于大地，这是萝卜缨一样的琐事。饥饿年代，生命荡然无存，何况人生细节，人们多已顾不上规矩和尊严了，礼节缺席。

在外求学日子里，家里冬天寄来两罐腌制的萝卜干，我舍不得吃。到夏天拿出，竟是一玻璃瓶毛茸茸的绿醭。萝卜干如往事，再不能复原，我唏嘘不已。

在北中原，说一个人不成熟，人们会称其为“愣头青”，像称呼一个固始萝卜的名字。

丙申年属猴，岁尾时节曾女士从台湾来函，她写信的方式令人少有。她说：“母亲已近九十，走不动路，说话不清，竟念叨相州府庙会上的萝卜，你给我画张萝卜图吧，最好画大画满。”

我们那里属于邶风，《诗经》里“采葑采菲”的“菲”不是指菲律宾，而是指萝卜。

我只画了一个萝卜，落款写“一纸虽短，乡味最长”。作为一位画家，我觉得这样表达更恰当。

如是落款

——注释北中原“茶”的意思

两年前写此五字——“豆腐瓜姜菜”，想做纸上风雅，可一时又想不起有趣的下款，干脆弃之作罢。

两年后，秋日闲时清理废品，家中那只狗也有文化地在一边用爪子帮忙，捡得此纸，摊在案头，傍晚阳光一照，残山剩水，觉得才有了一点意思。

随记上一些文字。

“豆腐瓜姜菜”五字，平民拥有此境不易，世间最平常的文字，如果想加以延伸，挖空文思，都可做一部可圈可点的大书。厚比一道青墙。

遂想起家中的另一件“茶”事，或可作乡村学术之纠正。

北中原乡村日常所称：“开门七件事，柴米油盐酱醋茶”，其中之“茶”，并非实际之茶，这一点不比南方。江南说茶属于实茶，绝不缺斤短两；在北中原则属于虚茶，“茶”乃喝白开水的代称。水中不见色，乡村人把喝水叫作喝茶。村里来了客人，多说“来家喝茶吧”，于是，主人提茶壶倒白开水待客。这就是所谓的“喝茶”。

多年后，听到纪委有另一种相约“喝茶”，超出范围，此处不表。

我少年时代没有喝过真实的茶，有一天，看到我爸拿来半包北京茉莉花茶放在抽屉里，发霉了，还舍不得扔。我坚持泡开，喝下一杯浓郁的花香。

三十年后我知道世上有龙井、普洱、乌龙、毛峰、猴魁、铁观音，以及白茶、绿茶、黑茶诸茶。知道日本还有“茶道”，在传承着中国唐风。后来所处的县城逐渐开设了几家茶馆，除了实茶，又设有牌九。一次，大家说要喝茶醒酒，有茶姑娘高低起伏，不断表演“凤凰三点头”。茶老板说：“看，这就是博大精深的茶文化。”

再回到两年前写的那五字“豆腐瓜姜菜”，如果一幅书法正文后能落下此等长款，竟又说到喝茶，显得不易，断定入不了书展。身后许多书法家看后，会悄然退堂的。

胡辣汤外传

玉米粥我们称作“糊涂”，喝粥就是“喝糊涂”。有一种汤近似“糊涂”的表亲，叫“胡辣汤”。

中原胡辣汤荤素相交。风格上接近红尘雾霾，此汤泥沙俱下，翻江倒海，我请苏州淑女和扬州绅士们品尝胡辣汤，乾们坤们观望后，犹豫一下，往往会被吓住。烹饪协会伊会长对我说，据食物专家分析，从营养角度说，这汤辛、辣、咸、狠，不符合养生标准。

胡辣汤是平民之汤，大清早百鸟朝凤，万民朝市，万象更新，平民不喝胡辣汤能去喝何汤？去“梨园春”戏楼听单口相声，说一个人有钱成功后要显摆，标准就是买两碗胡辣汤，喝一碗倒一碗。

印象深的是早年我请二大爷喝胡辣汤，年轻有底气。我说只管加饼，加汤，再加饼，我兜里有十多块钱，不怕吃超。

马老板不识趣，讲了喝胡辣汤的五大好处。我二大爷说：

"说啥呀，喝汤为了挡饥暖和，没那么玄虚，不过是乱配汤。"

最长知识的一次是丑牛寒冬半夜和三位有文化的书友醒酒，他们都懂大篆、金文、籀文，同去马家老店喝胡辣汤，马老板时一高兴，说胡辣汤始于三国时期，刘备曹操都喝过，袁绍也喝过，喝胡辣汤有利于农民起义。我只管埋头喝一直不吭声后来放下碗，我对朋友说我和马老板是亲戚，别听他胡呲，卖胡辣汤者高尚处只有一条，把汤精心做好喝即可，其他谈文化谈历史捎带某某名人光临都是闲扯。我说胡椒唐代才传到中国，杨贵妃时开喝，主要行气祛寒，调经暖胃。曹操当时喝的断不是胡辣汤。

张角带领黄巾军没喝胡辣汤照样干大事。

从美食地理上讲，河南到处都是胡辣汤，遍地开汤，各地胡辣汤都有自己的特色，舞阳北舞镇胡辣汤、南阳胡辣汤、汝州胡辣汤、鲁山胡辣汤、淮阳胡辣汤、驻马店胡辣汤。我到一个地方多是先喝汤，再说正事。人生正事就是喝汤，便于滋润，好开口讲话。河南一亿人都泡在一锅会唱豫剧的胡辣汤里。

汤友们说最热闹的胡辣汤是西华逍遥镇的。里面有胡辣汤料、胡椒、辣椒、牛肉、面筋、面粉、粉条、黄花菜、木耳等。一碗胡辣汤往桌子上一放，是一碗皱纹，一碗皱眉，包含沧桑。

改革开放四十周年，胡辣汤价格上也与时俱进。我喝过的胡辣汤，以价格排序，依次是一碗五毛、一元、两元、五元、十元，水涨船高汤也高，再高怕要属于生命和爱情了。据说东区一家胡辣汤店，开发百元一碗的"精品胡辣汤"，包含鱿鱼、海参。小吃若攀比精装，和喝起喝不起有关，更多属方针不对，原味皆失。现在开发的旅游点长得都是如此五官，如村长带领企业家把一部村志弄成金属封面。

记者马波罗给我说，媒体请某一善讲动物的著名主持人来喝胡辣汤，客人兴致勃勃地光临，坐定，上桌，端碗，加醋，周围潜伏一圈同行狐狸，搭窝筑巢，把相机、录像机支好，单等主持人喝第一口汤，还要让主持人对胡辣汤评论。

天下凡食色不可旁者观瞻，喝汤和开研讨会不一样。主持人起身，绝汤而去，马记者说，策划这期算是“喝搭啦”。“喝搭”不是“喝大”，是北中原话。

还是小镇平民喝汤好，风平浪静，不用担心镜头像恐龙忽降，还可以把哨棒放在桌腿边不必考虑老虎。世上的好感觉是你万里归来和汤汤水水融合的那一刻。饭桌周围可以人欢马叫，休管其是《新闻联播》《国际歌》，还是《圣经》。

又想起另外一种汤，异化的白胡辣汤。蒲城西街路小巷胡辣汤竟是白胡椒汤，风格素简，配方独到，汤底没有牛羊肉汤，只加海带丝、洗过的面筋，起勺撒入一把小麻花握碎，最后淋醋和小磨香油。白胡辣汤波及开封、濮阳，在其他地方我没喝过。主题为白，卖白胡辣汤那老头懂膳时，把时间选在下午“申时”，十字口摆卦的智者说，申时津液最足，利吵架。

白胡辣汤一天只卖一缸。

彼时我在县城农行当一名不称职的信贷员，酒后填完报表，骑一辆旧自行车来喝汤，把车支起来，坐在小木墩上喝一碗，再把车支架一踢，一抹嘴，便走了。

老远，白胡辣汤老头在后面高喊：“你还没交钱。”

Artifacts 器物传

又一条牛皮腰带

每人都系有一条看不见的腰带。

——题记

"为了得到自己的鞋带，他在牛群上做投资生意。"梭罗的《瓦尔登湖》中有这么一句。那一年流行自然主义，喝羊肉汤时不说点"梭罗"就显得没文化，他的这句话速度最慢，含量最高。记得我看后马上说给小康，小康一听笑了："不足奇也，我早就写过啦——为了得到一座青楼，她要去当一名妓女。这比梭罗的还延伸吧？"

那一年我还在小县城当信贷员，朝九晚五。一天下午，我骑着一辆永久牌自行车下班，看到县城工会大门口广场上，一个南方人在吆喝"水牛皮，水牛皮"。地上摆放着一张大牛皮，像摊开一张不规范的河南地图，边上围了一群人。在北中原，卖腰带都在商店，我第一次见人用这种新鲜方法卖腰带。蛊惑人心。买者可以根据款项多少来割牛皮，可长可短，最标准是十块钱一条。

这情景近似我姥爷书上讲的红毛人和一张牛皮的故事。

我把自行车支架支上，要看情节发展。一边有人问："能割两块钱的牛皮吗？"马上有人笑了："你是系老鼠腰吗？"

卖牛皮者耐心，从边上割了一条细细的两块钱腰带。

我口袋里钱少，还想买一本盯了好多日的书法字典，不敢大动，同时也想对得起自己的腰。咬咬牙，说要割一条五块钱的。五块钱的牛皮比两元的要宽出三元。

南方卖牛皮者看我虔诚不饶舌，弯腰耐心破刀，割了一条。他说："看你像个读书人，我免费给钉腰带眼。"

南方水牛皮比南阳黄牛皮厚实。那一条牛皮腰带也割得恰到好处。用起来简明，快索（就是快速和利索的简称），譬如拉肚子时刻，可马上解开。

五年后的一天，崔天财请我到南关"贵妃池"洗澡，洗完在休息室喊了两杯茶，他喜欢喝茉莉花茶，问我："高行长市里开会回来冇？"

他衣服在架子上高挂，腰带恰好拖下来，他说这腰带是名牌金利来的，人民币两万多元，他说如果我喜欢，下次到香港考察也捎来一条。

我还从没有见过这么贵的腰带，我见的最贵腰带也就是五年前那天在县工会门口，有人割的那条二十元的腰带，只是不知那一位南方人游走消失哪里了。我喜欢闻绿茶的味道，譬如龙井、猴魁、毛峰，我想起了小康的笑声。

我说："崔总，两万啊，照我姥爷的换算规矩，你这可是在腰上系着三头牛啊。"

崔总喝了一口浓郁的茉莉花茶，很是谦虚地说："我这倒是两万块的腰带，可系了一肚子青菜屎。"

这时，我才喝了一口茶。

一城无人去扫的板栗·关于算盘

如今的孩子，已经不知道使用算盘了，都用电脑、计算器。时光过得真快。

我印象里，算盘如挤满一城的黑黑板栗，那么密，一颗颗险些挤出来汗珠。我家的小孩子听后，比喻得更生动：什么栗子出汗，样子不就是大街上架的烤羊肉串吗？一块钱一串，还撒胡椒粉。

小时我还曾经猜过一个谜语：

四四方方一座城
里面驻的全是兵
只听兵打仗
不见人出城

这是童年一个关于算盘的北中原乡村歌谣，魔幻幽深，是说一场玄而又玄的与板栗、童话有关的战争游戏。如今栗声已枯，或只响在梦城之外。

许多年前的黄昏，我记得在北中原黄河大堤下，一座小小营业所院内，一排由芦席作顶篷的瓦屋里，上面正散布着冬天的风声。父亲在昏暗的煤油罩灯下进行月末清算，算盘打得“噼噼啪啪”响，声音从夜色里透过来，冷，硬。一时仿佛星星抖动。

父亲是那个小所里一位会计员。位卑。辛苦。敬业。

北中原的夜也如一片大黑瓦，它罩着大地。全家人不知何时都入睡了。夜半惊醒，父亲仍在不倦地拨动着那一颗颗不知疲倦的算珠。我只感觉比星星都密。

三十多年前的旧梦，是对岸冬夜里一枝料峭的梅花，对我而言，永远是迟到的，它伸不过来了。有些事情是不能想的，怀念，追忆，哀伤，恍然月光里还残留有父亲拨动算珠的声音。

有时因为一分钱差额造成账面不平衡，他甚至能将算盘打到天亮，星光退去。我第二天就说：“你自己把一分钱垫出来不就行了？”我觉得只要拿出区区一分钱，就可以美美地睡上个好觉。

父亲说：“不是那回事。”

父亲是位对本职工作敬业一辈子的人。

父亲少年时代，就早早地离开北中原一个叫冯潭村的小村，跟着本家一个后来当了县公安局局长的二大伯出来谋生，据说，那时的报酬是每月发八斤小黄米。父亲因在家乡会打算盘，后来转行当了会计，打算盘成了一种养家糊口的方式。

记得父亲说过：“村里还有算盘打得好的，两只手同时，叫双狮滚绣球。”那情景我只能想象了。

为了把这份手艺传承下去，后来父亲教我打算盘：三下五除二，四下五去一，五去五进一。父亲期望我能打得比他更响，能出人头地。我却心不在焉，一直没有学会。后来他让我合计报表时，我就先用笔算好，然后才去象征性地拨弄一下那“满城栗子”。

有一年，一家专业报社的记者来单位采写业务方面的稿子，无意间知道我会写诗，很惊奇，要采访我，说了“在充满金钱声的银行里竟能出现诗人”之类的冰糖葫芦一般的套话。我说，这有什么奇怪的？史蒂文斯还在保险公司呢，奥地利的银行里还有卡夫卡。最后要拍照，道具就是让我打算盘，摆个花架式，接近“双狮滚绣球”。后来报纸登出，“诗人”装模作样，算珠一定在算盘里面发笑。

我有时曾宿命地想过：一个人最后能干什么或与什么人相遇，是否早已命中注定？

多少年后，我与爱人在一个宁静的春夜，计算一批密密麻麻的数字，用计算器按到天亮也没弄出个名堂。那时就想，要是像父亲那样会打算盘，不早就可以“三下五除二”啦。

在银行供职不会用算盘，也许有南郭先生之嫌，不过我自十七岁进入银行，内心无愧，所付出来的足能对得起所领的微薄的薪资。

算盘如一个象征符号，在画家中，我唯独见过齐白石一幅关于算盘的画，他竟题上了“发财图”的字样。在乡村传统概念里，拥有算盘就是拥有了财富指南。

历史上，那些富可敌国的晋商、徽商，积粒成箩，谁不是用这一颗颗小小算珠去敛得如山家财的？

算盘到了我家，父亲也是用它来养家糊口，像木匠的锯、泥水匠的瓦刀、作家手中的笔一样，没有贵贱之分，都是谋生的工具，通过它，领来微薄的薪水，让我们家低矮的厨台上能飘出一缕缕温馨的米香，让我能听到翻开课本时内心幸福的声音。

这一城池的黑色板栗，无人去扫，一颗一颗地在童年的灯光下跳动。算盘使用的时间越长，算珠显得越乌黑发亮，一张好算盘能让人使用一辈子、两辈子。人不在了，算盘依旧。

沧桑的曹雪芹在《红楼梦》里，出了一道谜语："天运人功理不穷，有功无运也难逢。因何镇日纷纷乱，只为阴阳数不通。"谜底，也是算盘。

他认为人的命运由天定，是"天运"，算盘由人拨动，是"人功"，但在这个世界，更多是有人功而无天运，那叫回天无术，像上下两个算珠一样无缘相逢，一如生死离别的相隔，一如人间天上的期待，一如咫尺天涯的隔离。让我一时黯然无语。

父亲使用过的一方算盘至今仍在那里，闪着手润与光泽，却因为再没有相知的手指去拨动，它已经不响了。无桨无楫，一方孤舟般静静泊着。

我会见过三次麒麟

见麒麟，第一次在童年的一枚小银器上。是一顶黑平绒帽的帽花。

见麒麟，第二次在少年游戏的纸上。麒麟如一团篝火，拥有自己的空间。

在黄河大堤下孟岗小镇，我逃学后要填补时间空白，就跟随大人凑数打扑克牌，小镇上流行一种叫“打升级”的游戏。扑克牌大王的图案是一匹红麒麟，小王的图案是一匹黑麒麟。在镇上通称为“大鬼”“小鬼”。

日落日升。打得月光发白慌乱。点上罩灯，月光里便有了麒麟走动之声。

没有桌布，平时牌桌上永远习惯性地垫一张《参考消息》，那是乡村里唯一能透来不同气息的平台。一方政治的桌布。小镇上声音和色彩单一，外面不同的声音只能从报纸上涌来。美帝国主义的声音，苏修、帝修反的声音，琉球人民反美的声音，台湾蒋匪帮反攻大陆的声音，刘少奇和毛主席的声音。紧跟着，麒麟也就传来打升级里上台下台的蹄声。

孟岗人民公社李书记说，打牌能反映一个人的工作能力。果真是无知无畏，我打牌喜欢剑走偏锋，不按常规出手，太阳升至高空时节也可以忽然下阵骤雨，十岁时敢于满堂红。

有了合作过几次的牌史，李书记每次上座都想和我做伴。他饱饱吸一口香烟，烟头一按，击一下桌帮，赞叹道：“别看这一小鸡巴孩儿！打牌倒有两手儿，将来必能见大世面。”

果然，我后来见过了大世面。开眼界，便与麒麟有关。参加工作后，一位在银行工作的同学大赌，推牌九犯事了，我去探监送过牛肉烧饼。听那铁门“咣当”一响，知道前因后果，此为打牌埋伏下来的意义之一。奇怪的是，那一刻我想到当年纸牌上的一匹红麒麟。这位同学打牌很气派，赌资论尺量：十元的票子半尺一万，百元的票子半尺十万。

麒麟，只是一个虚幻的对象，是一种飘浮在天空之上的瑞兽。据说麒麟的行走一向出乎常人的意料。我推断，和它出现时周围的云彩形状不详、时间地点不详有关。未知的岁月里，我一定能第三次见到麒麟。有一诗曰：“浮世不知处，白云相待归。”就是一种语言的烘托。

罩灯·小的器皿

父亲一直在那里擦着灯罩。

——题记

罩灯台座质地是玻璃的，分绿色、白色两种；座上面安置的一方灯罩永远是透明玻璃。

罩灯使用的燃料一般是柴油，我们叫煤油。煤油浑浊，成色稳重。煤油制造出的黑烟浓郁，灯捻子稍稍一拧，黑烟就气冲霄汉。如果使用一晚上罩灯，第二天，不光灯罩变黑，我两个鼻孔也黑得要冒出油烟，深不可测。乡村学校的早课里，有许多这样的黑鼻孔闪现。

点蜡烛显然干净利索，但太贵，一般人家不用。在我家，点蜡烛是一种灯光上的奢侈，只有不凑手时才使用蜡烛。那些蜡烛多是在抽屉里存放着，有的蜡烛多年舍不得使用，跨过一个夏天，身子在时间里都弯曲了。有的甚至熔化摊成一片白蜡。

我父亲不结账时，一有空闲就用一团棉纱耐心地擦灯罩，从里到外打磨，最后还在一堆细沙里擦拭一下，近似“镀光”。经他擦拭的那一盏罩灯，再点亮时，灯光仿佛换了一副面孔，灌满一屋子明亮，昏暗的四壁亮堂起来，恍如是黑夜进来冒充一个白昼，墙壁上身影不断重叠摇晃。

小镇在没有全部使用电灯的状况下，炼油灯算是全镇日常生活里最亮的一种灯具。那些发黄的书页在罩灯下面河流一般流动，我的阅读最早就是在罩灯下启程的。童年、少年时代都在灯光下流动。

黑夜有时不耐烦了，我想来一些花样，为了测试玻璃能承受的热度，在灯罩口上面盖一页报纸，几乎要闷死灯光。不一会儿，套红的国内外大好形势就被烤焦。有时为了试验一下自己的胆量，孩子们会用手抚摸玻璃灯罩，两人比赛时间长短。有一次我还捉了一只飞蛾放到灯罩里，看它在里面扇乱了灯光。还在上面画过一次张飞的胡子，只听“砰”的一声脆响，薄薄的灯罩自己碎裂，像一个人在黑夜忽然叫喊一声。

许多人把灯光折叠，兑换成了后来的记忆。属于我和乡村小镇上的那一盏罩灯如今消失在浩渺星空中，混淆在银河里，谁也找不到它了。

有许多人在灯前不得不离别，人和人之间总有着一种无法补救的分手，在想不到的时间出现，没有道理可言，是躲不开的宿命。就像正在画张飞的胡子，突然胡子就碎了。在某一个深夜，灯成了最后告别的一种见证。它像童年时一枚小镇的镇徽。

后来，父亲所在的小镇安装了电灯，开关绳一拉，顿时，我眼前的世界一片通透敞亮。

枕头志

器皿稳定人心。

二十岁时回首，小时候的玩具大都摔碎了。三十岁时再回首，隐约可见。五十岁时三回首，玩具苍茫。有一个皮玩具伴随我很长时间，是我母亲给买的，一直陪伴着我的童年。玩具是一个光屁股孩子的造型，戴着兜肚，光着脚丫，枕着一个圆圆的大西瓜，那小孩子在上面睡着了，每次我轻轻一挤，小皮玩具就“吱”的一下，从屁股眼处发出嘹亮的声音。那孩子把西瓜当枕头使用了。一方童话西瓜枕头。似乎我全部的童年都在那里瞌睡。

不知何时何地，那个玩具丢掉了。

从那时刻计算，童年也就丢掉了。

我一生再没有见到这样的玩具了。

枕头是梦的一方平衡木。上面能载浪子。

庄子和东坡都说过“不系之舟”，我画画有一枚闲章，就使用了这四个字。

我对画讲究，对枕头不讲究，过日子迁就惯了，只要肚吃饱腿不抽筋，即使在狗窝里也能睡着，枕一头猪也能睡。我姥姥说得有道理：“金窝银窝都不如自家的狗窝。”北中原那地方贫穷，我记得村里有许多人家都没有正规的枕头，有的人家睡觉干脆是枕一块青砖或一块土坯，顶多用一块粗布包裹着。直到上高中，我枕的枕头里装的都是麦秸，一年倒换一次。时间都枕碎了。新鲜的麦秸枕头裹着干草香。

我觉得一方枕头质量的好坏不取决于枕头里外材料的质地，而取决于做好梦还是噩梦。

许多年前，在黄山脚下屯溪访茶，我认识了一个懂茶知茶的妙人。她如此讲究，人生精致如一枚江南绿茶。说起枕头演义，她说最好是枕晒干的茶叶，她幻想说一周七天都枕茶，周一枕铁观音，周二枕黄山毛峰，周三枕大红袍，周四枕太平猴魁，周五枕正山小种，周末枕乌龙。若归依平静，一辈子就枕一种龙井茶。

我问为啥要枕龙井，她说她父亲属龙。

我没敢说我也属龙。

许多年后，茶和人天各一方，彼此忽如远行客。

有一年，她给我装寄了一方枕头，乡村碎花土布，没有装龙井茶，也无江南山水，里面装的是女贞树上的女贞子，是花钱请清洁工在门口街道上清扫整理来的。鸟吃下女贞子消化不了再屙出。想到她在江南的雨天宁心淘洗，静静等待晴天，这得晾晒多少鸟声？

虎子之大义和它的叹息

——《器皿记》部分特写

虎子在民间俗称“夜壶”，虎子是夜壶的学名，是艺名，是笔名。民间里一把游走的尿壶，放到学术桌上叫虎子。虎视眈眈，看着你的鸡巴。

此物近似稀客，如今人多不识。某年某月某城，我参加某电台鉴宝会节目，台上一排皆京城请来的真假难辨的学术评委，他们看物分类定价。只见台下一藏者捧一晋代白瓷虎子上场，里面插一束鲜艳的红玫瑰，迈步上台，说是献给主持人。我暗笑。好在主持人见多识广，怎能被区区虎子难倒，她落落大方，一番话语，从容利索，顿时化解尴尬。

为何不叫狗子猫子？便壶因形作伏虎状，故名。一只尿老虎的功能在于镇邪压怪，排尿养颜。先人多以陶、瓷、漆、锡或铜制作，汉代王室贵族有以玉为之的玉虎子。孟昶使用的是镶满金银的七彩八宝夜壶。在村里，我二大爷的虎子稍微谦逊一些，是陶瓷制品，滑州河门头村烧制。他们村的泥质成色上佳。我们村的杏花开得成色上好。

“夜壶”一词说起来不好听，但世间不好听的东西往往适用，夜壶不花言巧语，不谈理想，它不同于我见到的某些当代官员，其品质不如一把夜壶。

天底下的笨拙之物多不善言，譬如石磙，譬如石磨，譬如树桩。在北中原乡村的寒夜，北风呼啸，一个老人手中掌有一把夜壶，近似古代将军拥有一把宝剑，今日将军拥有一把手枪，当下官员有一方印章，顿时有些安慰。

现代化社会，生活模式千篇一律，卫生间都设在室内，日常生活舒适起来。除了个别穷困的偏僻乡村和特殊情况，夜壶在现代人的生活中已经宣告退场，它倩影一闪，华丽转身。

我记事时起，北中原乡村的夜壶夜间繁忙白天闲置，太阳升起后它多立在墙头，冷眼看世界，乡土世界。

它像支棱起来的耳朵，倾听远方的消息，或者像厚实的嘴唇，迎风呼啸。某次参加一个学术会，我沉浸在风中，乡村往事再现。大家都报学术选题，我说，我以后要编一部《中国夜壶史》的学术专著，人家哄堂大笑。脱鞋，击掌，拍桌子。

想想，它还真有学术价值而不好编纂。譬如，我提问第一个造纸的人，你回答是蔡伦；发明活字印刷的人，你回答是毕昇。但是若问第一个造夜壶的人是谁，你绝对不知道。再问，英国女王用夜壶吗？打住。

见不得人的夜壶不是显学。我不编，肯定会有后人填补空白。

梳理中国夜壶史是一种使命。在北中原，墙上早已听不到虎子的唿哨和它的叹息。新农村建设的标语口号覆盖住了它们。

它们都是木质的

柴木家具的事

——说椅

我父亲把好木质家具称为细木家具，一般木质的称为柴木家具。

照以上性质归类，我家使用的家具都属柴木家具，质地多为杨木、槐木、桐木、榆木、楝木、椿木。我记得父亲曾两次请来乡村木匠打家具，吃住都在家里。我和师傅同一个桌上吃饭，四个菜，每顿给师傅上一瓶酒。不管他喝不喝。

第一次是我姐要出嫁，第二次是我要结婚。父亲说自家打的家具用料大，显得“实落”。

大件家具打完了，再做大椅子。剩下碎木料扔了可惜，父亲让木匠师傅拼凑一下做了几十个小椅小凳，我负责刷漆，上桐油，最后清漆照面。柴木小件排了一院子，晾干后分成四份，我们四家各自带走。

夜里忘带回屋里的凳子落满一层露水。

姥爷去世几年后，我回到滑县留香寨旧屋，姥爷平时坐的那一把圈椅还在，为了纪念，我把圈椅带回长垣书房，摆在听荷草堂里。闲时在圈椅上面坐坐，时光恍惚。听一院子的空风。

这是姥爷留下的唯一一把单椅，当年椅子旁边是一张八仙桌，桌后挂一对紫红色的楹联："诗歌杜甫其三句，乐奏周南第一章"。夏天地下的蝉幼虫钻出来，有的都爬到桌子腿上，成虫飞走了，只留下一方空空的蝉蜕。

村里的坐具不讲究，以敦实耐用为主，谁家有红白事多是借用桌椅，在北中原乡村的墙上，常会看到白灰写的广告——"××家里租赁桌椅碗盘"。

椅子在我的视野里出现晚，"椅"字在历史里出现早。我看到《诗经》里有"其桐其椅"一句，就考究，终知道这不是一把椅子，这个"椅"是古人对木材的称法，椅、梓和楸都是一个意思。

一直想写一部有关书法和家具如何发生关联的胡扯书。平时对中国家具多有留心，知道中原人能坐上椅子是《诗经》年代以后的事，汉魏时期的"胡床"和椅子最接近，大概是椅子的前身，唐代以后椅子分离出来，逐渐完善，到宋朝成为可坐可折叠的"交床""交椅"。《水浒》里面宋江们吃酒表彰，多是论"坐第几把交椅"，没有说"坐沙发"。史进坐过一把交床。

那一日，史进无可消遣，捉个交床，坐在打麦场边柳荫树下乘凉。对面松林透过风来，史进喝彩道："好凉风！"正乘凉哩，只见一个人探头探脑，在那里张望。

我崇拜的少年英雄史进是坐在一把交椅上，凉风起来，才看到打兔子的李吉。

明代才是椅子的黄金时期。卯榫交叉。从海瑞到郑成功到万历，成功人士屁股下都有一把黄花梨椅。它们全是细木。

三十岁前，我在遍地柴木的范围里长大，明朝黄花梨家具是后来在王世襄的图文里接触的，我先看到平面的，后看到立体的。到了2005年，在郑州CBD东区，一位昔日的行长当了黄花梨收藏家，喜欢展示成就，请我欣赏一把椅子，让我坐一下试试，他说这一把椅子在拍卖行价值达到一千万。

吓我一跳，本想坐试，他这一说我便不坐了，试想，一瓣屁股就五百万啊！我说我是粗屁股，一坐至少打五折，椅子就不值钱了，改天再坐。

筢子传

——兼说搂草打兔子的方法

筢子是我小时候拾柴火的主要工具，一天能拾到多少柴火，取决于一把筢子质量的好坏。打仗的胜与负全看武器的优劣。乡村的筢子前部分筢齿是竹质的，后面的把柄是木头的，整体以结实轻盈为好，有的孩子则喜欢沉实的筢柄，打架时能利用上。

筢子多是我姥爷在高平集会上买的，北中原不生产竹筢子。新筢子买来还要整理加固一番，用柳条、藤条、铁丝。

闲余之时不用的筢子一般都挂在墙上，筢齿在上筢把在下，筢子紧紧贴着青墙，风吹不动。

在乡村农事里，大人一般不使用筢子，使用筢子都是小孩子的事。搂干草，搂豆叶，搂麦秸，搂花生叶。

“搂草打兔子”一语的出现使筢子有了传奇，是筢子的故事和筢子演义，是孩子的梦想。但现实里很少有这样的好事，祸不单行，好事无双，讲的就是这个辩证哲理。搂草是搂草，打兔是打兔，各司其职。兔子往往比草跑得快。

村里还有一个近似的哲语叫“骑驴下坡”，和“顺势”“捎带”，意思接近。这一头驴在此时约等于一把筢子。

筢子的学问其实很大，有一次，我给孩子们讲消失的农具，讲到筢子，一个孩子忽然问我：“猪八戒的耙子几个齿？”猪八戒的耙子或叫钉耙，铁的，与乡村竹木制筢子不同。说到几个齿倒真一下子难住了我。

这时刻，我还没有讲到那一只后面的兔子。

筷子一支不是一匹马

笔筒是显示假学问和真用功的镜子。

我办公室的笔筒里插一根孤独的筷子，让教条主义者一时无法概括定论。

这是某一次吃快餐时的产物，饭吃完了，留下一根“饭骨头”。回赠外卖者不要，扔掉可惜，便留了下来。这种细节往往会暴露出一个人的习惯。我喜欢暗自收留早已无用的旧情，想留住残云。

一根筷子何用？慧者之言或是去挑藕眼。近似禅宗。

我在一分为二使用：上半部用于搅蜂蜜水，下半部用于后背挠痒。痒就会是甜的。

世间那些无用的东西，譬如器物，态度上绝不能凉了它，也不能醒了它。有时我安慰筷子：多亏它不是黄花梨木，不是定海神针，不是栋梁之材，不是一匹马。一支筷子沉潜在庄子无用之用理论里面。

要简洁比喻东西文化，无非是“刀叉文化”和“筷子文化”。涉及地理知识，我怕露怯，这里不便展开多讲。

李小亢这一天出现了，她是一位研究中西比较文学的学者。她问我：“听你说得如此精辟，你真的懂筷子文化？”

我说，我有时也用手抓。

她便有点失望，认为没有文化知音了。她对我传授中日韩筷子的区别。

她说，中国筷多为竹制，稍长，圆头方尾。中国大桌吃饭筷子长方便。日本筷多为木制，稍短，尖头粗尾。日本人吃饭一人一份，筷子不适合用长。韩国筷多为金属制，中等，形状扁。韩国人烧烤多，有用金属餐具的传统。

我认为她说的这些仍是技不是道。不过这些三长两短之类的知识对我来讲是新知识，我在一星期前到三十年前都是不知道的。她对我讲可以，对新疆的阿凡提大叔讲就没用。

我村里还有一个风俗，说一个姑娘小时候使用筷子的高低决定未来嫁的远近。邻居家的小姑娘筷子使得高，立志要远嫁美国，后来嫁给本村炸油条的。

游走的铁器

——乡村金属的面庞

时间的苔

我对乡村铁器的感觉是：它们怀有重重心事。乡村的铁器沉潜在大地低处，一件一件，在地下游走。

潜伏，出土。从遗失到重逢，再分别。当旧日主人早把消失掉的某一件铁器忘得一干二净，某一天，它会在什么地方忽然冒出，不约而至。铁器出土时刻，往往一身累累斑迹，带着嫌疑或前科，布满铁锈。是时间结痂，长了一层舌苔。铁大多是生病之铁。

在乡村，铁器时常转换，以另一种面目再现。

马嚼铁

勒在马嘴里的小铁链子，姥爷又唤作“马嚼子”。马不听话，想罢工或有不同的政党成见，执政者只管轻轻一勒马嚼子，“吁——！”有点像孙悟空头上那个箍。

当年我在牲口棚子里见过许多副马嚼子，光滑，温润，冰凉。有时觉得那种铁器本身也在紧张得出汗。马嚼子，感觉它接近课文里冒昧出现的某一个生词。

马吃草时要去掉马嚼子，上路前必须戴上。马不会开扩大会议，马在空暇无聊之时会干嚼这种铁器，用于消磨掉乡村寂寞的时光。饮水时却不受影响，水流穿过冰凉的马嚼子，然后流向另一个庞大温暖的地方。

马咀嚼夜草的时候，好像就是在咀嚼一副毫无表情的冰凉马嚼子。“嗑嘣，嗑嘣”，夜里发出巨大的声音，马厩往事会像月光一样传得很远。

三十多年已逝，嚼草声依然让我桌子上的一张稿纸颤动。有草在上面空响。

马蹄铁

村西头一片空地，一共栽有十截高大的木桩，用于集市上拴系牲口。我印象最深的细节是马喷鼻，人抄手。这是集中铲马蹄、钉马掌的公众场所。

钉马掌的师傅是个罗锅，叫徐罗锅，仿佛一辈子都在弯腰，弯曲的背影表示着对世界极大的谦卑。旁边一个徒弟则夸张地挺拔，他在师傅的叫骂声中吃力地扳着一条马腿。

罗锅师傅专注地把一块好铁掌均匀地钉在马蹄上。像一位调表师，专注得不敢错分误秒。日子可以过得尴尬，但时间必须端正。

我来集市主要是捡拾一片片被铲掉的碎马蹄，作肥料或泡水施花草用。有时幸运，还可以捡拾到几片废弃的马蹄铁，一路在手中叮当作响。

夜间，钉好掌的马匹上路，我能梦见马蹄碰撞着乡村突兀的石头，冒着点点火星。

马蹄铁是组成庞大乡村的一个细小符号。后来读到西方有个“马蹄铁”理论，我想大概是用一块马蹄铁在敲打哲学。

一块马蹄铁断
害了一匹马
一匹马摔死一位战士
一位战士死掉输一场战争
一场战争亡了一个国家。

一块不足二两重的马蹄铁引发的“亡国案”有点近似“蝴蝶效应”:热带雨林一只蝴蝶扇动翅膀，会在美国引起一场飓风。这是我后来知道的。从一块马蹄铁开始，万事皆有因果。

中年以后，一位友人公款出国，见过了大世面，回来就对我说，西方国家有一种风俗，都在墙壁上挂马蹄铁，他们信奉马蹄铁有降魔能力，能驱除凶神。

一块马蹄铁的功能倒有点像中国的钟馗老爷，冰凉地挂在墙上，却有道义上的温暖。我说，那最好再写上“泰山石敢当”几个字。

集市的阳光下，乡村钉马掌者徐罗锅只管把手里的一块马掌钉好，均匀细致，又不伤着马的蹄子。钉一个铁掌一块钱。那时，徐罗锅不知道“马与国家”的大道理。只知道一枚马蹄上的道路走向。

铁钥匙忽然就消失了

钥匙是乡村最小单位的铁器。

它是一种符号，代表一个家庭。平时，到地里干活或外出串门，我家的钥匙就由姥爷放在院子里一个明显的标志物下面，如某一块青砖蓝盆之下，或鸡窝里，或扣在一方瓦下。回家摸出来，打开那把富有深沉面孔的铁锁。一拃长的铁钥匙，“哗啦”一声，声音像是在叩问整座老房子。

有一次，那一把铁钥匙竟出奇地找不到了，鸡叼或猫叼？不知。家园紧锁的门却让我用其他铁片胡乱一捅，“咔嘣”一声，照样打开。少年时便有一个秘密：在乡村，一把钥匙可以打开不同把锁。但里面却是一个相同的世界。

作为铁器的一种，那一把原配的钥匙不知遗失何方，恍如夜里一片飞翔的羽毛，轻飘飘地找不到家。成为一件失语的铁器。

马镫考

有一天，我在乡村用铁网翻沙子，意外捡到一只旧马镫，锈得早已失去原有气派模样，只剩下一副铁骨骼。按说，我们的乡村里是不用马镫的。马镫大多与战争有关，它是历史指缝里的某一次遗漏，像一枚在夜空轨道中失败的流星。

以后就开始对一副孤独的乡村马镫产生兴趣。马镫虽小，学问却大。中国铁器史上，马镫出现后，骑手们才得以将双脚平衡在马上，冲刺劈杀，左右逢源。没有马镫，骑手不可能挥矛冲杀，百步穿杨。马镫与骑手是一种完美的结合。元朝的博大历史，可以不夸张地说源于小小的马镫。

我就开始寻找资料。马镫在西晋时代只有单镫，到东晋才有双镫。唐以后开始广泛使用。也就是说，如果影视作品中有晋以前的骑士高呼“乌拉”脚踩马镫、捉对厮杀的场面，即使铺排得再热闹，也是著名导演戴着一副近视镜，搭建一场不负责任的纸上游戏。戏台即将溃塌，赶快躲远点儿。

据我推测，马镫不会是中原人首先发明的，说是与马有关的游牧民族发明更合乎情理，突厥、匈奴、党项，任意一个民族都成立。想一想，只有马背上的民族才会专注地思考如何在马背上坐稳，然后携带一个雨意的草原游动。中原属于农耕文化，我的先民们扶耧，执犁，为生计发愁，只会揣摩一棵麦子在二十四节气里的成长过程，更多期待风调雨顺，五谷丰登。

马背上的外族人在进犯中原进行屠戮掳掠时，往往会先保护手艺人，这里一定包括那些手指粗糙的马镫制造者，士兵除了掠夺女人，还要捡拾瓦砾上那些散落的铁器。

补锅者

我的少年时代，每到春天，村外会漫游来一群补锅匠，我们叫“箍漏锅的”。

他们一个个都是少年，拉一辆胶皮车子，带着风箱、铁器、火炉、煤炭，从黄梅戏的故乡安徽走来。他们在当地吃不饱，凭父母传授的这点小手艺，开始向北方漫游。说是补锅，也仅仅只是为吃一口饭。早熟的少年锅匠们，从队伍编制看，更像一支逃亡的童子军。村里有人却暗自知道底细：白天补锅，夜间偷盗。是一窝小贼。

有一天，我见领头的一个大孩子在拳打另一个小一点的孩子，开饭时还不让吃饭。原因是他吆喝一天竟没有揽到一口破锅。我母亲心软，回家就拿出一个刚蒸的舍不得吃的馒头出来。

有时一夜之间，他们就会和携带的粗糙拙笨的铁器忽然消失。像一群候鸟，迁移至另一方天空。童子军小贼们也会再次出现在村口，远远地带着一股铁腥气，带着饥饿的气息。少年清澈的眼孔里镀上迷茫，像一层铁锈。

一块生铁的定义

口语“生铁蛋”是乡村意识形态里对一个人素质的评价。相当于伟人和革命家悼词里“成熟”“卓越”的反义词。我少年时逃学，经常到公社加工厂捡拾生铁，再卖给集市上的黑市收购者，用于补贴在学校的军火开支。我知道铁器分生铁和熟铁两种，生铁价格贱。老奸巨猾的收购者还压价，敲诈我。

乡村小学校里，一位民办教师滑老师讲授“物理课”。他戴着一副瓶底般厚的眼镜，眼睛在后面聚成一个小点，像两颗黑豆。头上落满虮子一般的粉笔屑。他正在课堂上枯燥地对比几种金属的硬度和性质。铜，铁，金，锡。我对这些一向绝缘。

先生在眼镜后面曰：“如果把一块生铁放在门外面，不几日，就会氧化生锈，可是我们如果把一块金子放在门外面，迟几日会啥样？”

我想想，回答道：“肯定会被人偷走。”

牛铃铛声必须活着

最后说牛铃吧，铃声轻松。

在乡村，一头牛的走失相当于一家全部家当的走失。系铃是为怕牛走失，属一种声音线索，相当于现在的遥控系统。

牛铃铛一般为铜质，以黄铜居多。在乡村集市上，铁铃是一枚一块钱，姥爷出于俭省，就选了一只铁铃，用手和沙土打磨光亮之后，给一个小牛犊挂上了。毕竟是铁的，逊色于熟铜。铁铃声音闷，连声音好像也会生锈，远远没有铜铃清脆。铜铃声三里外可闻。

更重要的是牛一挂铃，一个村子就活了。像草叶上有了露珠。日子里有了亮色。光棍的窗上贴了窗花。

牛是一家的骨干力量。除夕之夜里，姥爷还会用一把铁马勺，给它喂金黄的小米汤。一年一次，在那点着一盏红烛的除夕夜。

为了牛，乡村的铁铃声必须活着，就像寒山寺的那一口钟，一千多年来，它也许仅仅是为了张继那一首短短的四句诗而活着。

结论

集我的铁器经验作结，在北中原的乡村，铁器一共有三种存在形式。

一、铁器在地下游走。

二、铁器在天空飞翔。

三、更多的时候，铁器是在居中的人间行走。它们泪迹斑驳，满脸沧桑。

Geography 地理志

农民组织考·北中原结构

甲　饥民会

《滑县志》翻开到这个年代，就像一叠散乱斑驳的秋叶，风一吹，乱了。

1933年秋天，黄河是一匹脱缰的神兽，吼叫一声，决口于长垣县石头庄村。上游冲刷下来的煤屑随着河水而下，叫“黑炭水”。

小时候在孟岗村上小学，课余时间大家对骂，就变化成“黑蛋水”，说“让你喝黑蛋水”或“让黑蛋水淹死你”。距那一场“黑蛋水”来临四十年之后，我年方九岁，父亲领着我步行十里，去石头庄溢洪堰驻军营地看电影，播放《奇袭》《地雷战》和一些抗洪救灾片子。

一群附近村里来的民众坐在大堤坡上，看银幕上弥漫的硝烟，屁股下面就埋着军营成吨的泄洪炸药。

1933年黄河汹涌澎湃，越过1973年的电影，越过时光，淹没了滑县东部的几十个乡村。浑浊的河水里飘浮着1933年滑县成千上万灾民的哀叹。

等到2008年我翻开《滑县志》，上面的水迹依然未退，上载有“冬，冯营村灾民成立灾民会，分粮吃大户”。那时民心里暗藏火药。这种火药比1973年我们看电影时屁股底下坐的泄洪炸药更厉害。

饥民会长在牟家村头寺院里集合数万饥民，议事。开始是在牟家村附近十多个村抢地主家粮食，后来抢风如河水，蔓延到高平、葛村、官桥营、郭固等村。其中葛村一次就抢走大地主冯嘉璧五万斤粮食。这些村都坐落在我老家附近，不足十里。星星点点，像麦粒发芽。少年时代，记得每个村里多多少少都有亲戚，一家或两家。杏熟时节，我和姥姥到牟家村走亲戚。我们是客，中午自然要留吃捞面，上鸡蛋卤。我出门看到的那些蹲在墙角的老人，其中肯定就有将来的或曾经的抢者和被抢者。

我姥爷说过，“那时的小地主也好不到哪里，多是吃黑馍，舍不得吃白面，起得比长工还早，下地。只会过紧日子，攒钱，买地，抠唆得很。”

即使这样，北中原还有更穷的饥民会，某夜，发一声喊，就拥进那些有铜门环的大门。“噢嗵”一声，大门坍塌了，像遇到另一场洪水。

乙　农会

麦子快熟时，最早的那一茬麦黄杏就要下来了。布谷鸟飞过干燥的1939年5月。

第一个县级抗日群众团体“滑县抗日救国会”在北中原高平集上成立，俩月后，“滑县农民救国会”也在高平集成立。主要任务是减租减息，清查地主，反匪反霸。

我姥爷说，那些年还有"老抬"。

啥是老抬？我好奇地问。

"老抬"就是土匪。"老抬"们夜半会把人绑走，蒙双眼，双耳灌满白蜡，为了使其听不见声音。带到一个东南西北不知的地方。然后，手写，下传票。

我姥爷说，越穷的地方老百姓越容易闹革命，光脚的不怕穿鞋的。那时，我们这里是河南、河北、山东"三不管"的地盘。一棵三尺长的芦苇都要分"冀鲁豫"三段。《县志》上长满一人高的芦草。《县志》上跑满红色的狐狸。《县志》上还有笼罩的尘土。

那些年杂牌也很多。当土匪容易得很。像剔牙。

到20世纪80年代之后，我经常骑一辆旧车在那"一方热土"游走，串亲戚，或运送乡村菜蔬。有时还要采集车前草一般的民谣。如讽刺公检法的"大檐帽，两头翘，吃了原告吃被告"。

这里剃头铺的头发仍是慌乱一些，像不驯的飞蓬草。县公安局搜查，竟在一面青砖墙里搜到两把枪。真枪。

他们本来是搜探全乡治安不严丢失的那一百多辆自行车。

一位堂兄对我说，警察们都用吸铁器，隔皮断瓤。

三米开外那家伙就往这边飞来，像黑色蝴蝶。

丙　贫协会

1965年5月，我一岁，属龙，会在地上走路。贫下中农协会成立筹备委员会。

到1973年年初，贫下中农协会正式成立。选举李蚂蚁为主任，宋金刚、刘子龙、李宗子、张七七、孙十五为副主任。开会时大家就有酩馏酒喝，有花生剥吃、有毛豆煮吃、有炒黄豆佐酒，大家都喜欢开会，背后都叫“吃夜草”。

走，去吃夜草。

大家就暗知开会。

七年之后，1980 年 3 月，大家喝了一顿散席酒，贫下中农协会宣布解散。不再“吃夜草”了。

“噗——！”李蚂蚁吐口痰。多年后，李蚂蚁怀念大家给他敬酒的那些日子。最主要是每天有烟抽，他一天一包烟。

我合上县志，恍恍惚惚，只觉得这些人物都像在孟元老《东京梦华录》里表演过的人物，一时就要收场，卸妆。显得简枯，苍白。一个一个自宋朝混过来了，都是革命牛二。

版画上的节日

腊八，是春节的引子

过春节在我们北中原不叫过春节，而是叫“过年”或者“年歇”。后一个词语显得更有趣味，“一年要歇息了”。“年”也会累吗?

“年”在走动。

腊八，像是春节的引子。这天姥姥煮好黏稠的腊八粥，满满盛在碗里，让我往院子里的枣树上涂抹，喂枣树，姥姥说吃了粥的枣树明年就会多结枣。

大铁锅里冒着热气，熬的腊八粥一共八样原料：枣、小米、绿豆、豇豆、豌豆、黄豆、红薯、红萝卜。像是“彩粥”。是我童年版的八宝饭。

灶王爷坐在龛上，暗笑

腊月二十三是“小年”，姥爷在集市上买来“祭灶糖”，是乡村作坊用麦芽熬成糖稀做成的糖，形状是8，或1。8字形的咬一口，就成了6。

姥爷说：“芝麻糖要让灶王爷先吃，过后你再吃。”

可我从没有在芝麻糖上看到灶王爷的牙印。灶王爷真好。

灶王龛设在厨房北墙或西墙，木版画上的灶王爷、灶王奶夫妇二人端坐，上书字是“灶君司命”，两面小对联是“上天言好事，下界保平安”。灶王爷长个小白脸，八字胡，近似现在的明星，于是有的村里就“男不拜月，女不祭灶”。

这一天灶王爷要升天，去给玉皇大帝汇报全年工作，再领取新精神，等一个礼拜后的大年三十晚上，灶王爷会带领诸神前来，随手将新年应得的命运交付于人间。因此，灶王爷对全村每一家人来说利害重大。

烧纸马时就听到姥爷虔诚祷告：“今年又到二十三，敬送灶君上西天。有壮马，有草料，一路顺风平安到。供麻糖，香又甜，请对玉皇进好言。”

后来，姥姥悄悄告诉我，芝麻糖的功能主要是粘住灶王爷的嘴，让他上天不能胡说，乱讲人间坏话。

四十年后想起来，这有点像我们今天基层对待上级工作检查组的态度。

那时，灶王爷端坐在龛上，暗笑。

春联的旧事

自我记事起，全村的春联似乎都由我姥爷一人来写，我在一边帮忙。裁纸、理纸。我家小院子来一批人，走一批。人们走的时候，会把我姥爷写好的那些门对用破开的秫秸秆夹着，举起来行走，以示对文化的敬重。

忙完别人家的春联，姥姥才恍然想到我家的春联还没有写，就埋怨姥爷。于是我重新理纸。

我姥爷经常写的一副春联是："虎行雪地梅花五，鹤立霜田竹叶三。"还有："春前有雨花开早，秋后无霜叶落迟。"横批是"五谷丰登""满园春光"。有一种窄窄的"春条"，贴在门上的多写"出门见喜"，水瓮上的要写"清水满缸"，马棚里的会写上"槽头兴旺""六畜兴旺"。大树上也要写"根深叶茂"。乡下的春节，故园每一草木动物都有贴春联分享快乐的权利。要一齐来度过生命的又一年轮。

村里一位五大伯是文盲，不识字，这一年贴春联时，把一张"槽头兴旺"贴到门口，成了全村一年的笑柄。五大伯后来说："再穷，也得让孩子上学识字。"

除了写春联，我姥爷最擅长的就是画"福禄寿三星"斗方。一个寿星拄杖，且是一笔下来，组成"福禄寿"三字结合的斗方。这小斗方是春节里许多人家求要的墨宝，年年都由姥爷来画，我以为姥爷会永远画下去。姥爷去世后，小斗方终于失传。全村没有一个人会画，可惜我也没有学会。

四十年后，我在昔日那座童年时的老屋，无意中找到姥爷当年写的一对"门心"，早让虫子阅读了，上面的文字是："丰年三尺雪""春信一枝梅"。

老屋的青砖灰瓦不语。昔人不在，旧物依存。褪色的红纸上一片斑驳，那些字穿越了时间，穿越了风雨，穿越了亲情，来到现在，几乎让我泪流满面。

双眼皮·木版年画

我姥爷在乡村还卖过年画，都是背着年画步行十里八里，在乡村赶会赶集。

北中原的年画，有坐船而来的，自黄河对岸开封朱仙镇；有“走”着来的，自滑县本土年画作坊。

两种版画有个区别：开封朱仙镇版画中灶王爷的双眼皮在上；我们滑县本土作坊版画灶王爷的双眼皮在下。每到年前在乡村集会上，一条街道都是红的，站满张飞、关羽、岳云、牛皋。一个个舞枪弄刀，执锏挥锤。

风一吹，门神摇晃，紧跟着我的鼻涕要流下来。

贴年画有讲究，需要细心。配房厨房多是一扇单门，可贴一位门神，堂屋是两扇对门，就要贴左右两位。门神必须贴成对脸门神，这样它们才能恪尽职守，把守大门。有一年我不小心，弄成了背脸门神，面糨太多，一时又揭不下来。哈哈手，冷。还是揭不下来。秦琼、敬德只好背对背，后脑勺对后脑勺，黑着脸，俩人一年都不说话。

“神之格思”。四字是木版画上常见的横批。

开元通宝·还有副本

除夕晚上要“熬年”，要煮饺子，一锅里还要有一个另类饺子，里面要包一枚铜钱，谁吃到一年都会有福。大人们都希望让小孩子吃到。这是一种很庄重认真的乡村游戏。

北中原乡下包饺子分“花皮”“平皮”两种。我跟姥姥学会包折叠的“花皮”饺子，并一生引以为豪。我后来看到过西安的饺子宴，古长安人更是花样百出。但它们离我的乡村之宴一片遥远。

姥姥把那枚有铜钱的饺子盛到我碗里。第一口就硌住牙，我叫一声“我吃到了！”吐出来，是一枚唐代的“开元通宝”。竟还有“副本”：一枚早该退落掉的大牙。

牌位上的先人

供养祖宗先人才是春节的一件要事。先把牌位供上，摆上两荤两素，点燃两炷香。再摆一蒲团，供亲人来时磕头。

有一年，平时挂的一幅祖宗轴谱上牌位不够用，需要一幅大的。葛村集上张画匠一手好笔墨，但制一幅要四块钱，姥爷舍不得，姥爷就让我来画。那时我是“少年画家”。

许多年之后我也人到中年，有一次回家，从墙上取下那幅祖宗轴谱，徐徐展开，我看到上面有仙鹤、松树、灵芝、烛台，青山中静静立着祖宗牌位。这是我十来岁时在北中原乡村画的。那一天，没有画布，就买了一张厚纸，在灯光下，调色，理纸，一管羊毫恭敬虔诚地探入遥远的青山。

横批“永言孝思”。上联“欲父母似彭祖八百高寿”，下联“愿兄弟如张公九世同居”。都是人间的梦啊！

那个烛光四射的乡村冬夜，结构温馨，内容平常。姥爷在一边看着，指导着花草树木的布局，应该如何与先人对语。现在，我姥爷、姥姥也都走上了牌位，占了两行小楷的位置，由我写上去的。除了墨香，除了思念，还挂着感伤。

“新桃换舅父”

大年初一，开门第一件事就是放鞭炮。有人为了在全村博得第一声炮响，想弄成“武昌起义”第一枪，没等喝完除夕酒，放下酒杯就开始点第一把鞭炮。于是，在一张荷叶般大小的村子里，新年在爆竹声里降临。那一刻，贫朴的小村夜空里没有一丝叹息。

爆竹是一种象征。星星点点，都是散落的幸福之光。

我在乡村学校上学，上初中时语文考试，有一道默写题就是王安石关于春节的《元日》：“爆竹声中一岁除，春风送暖入屠苏。千门万户曈曈日，总把新桃换旧符。”

春节诗当成了政治教材。在那个时代。

同桌一位女生不会写，偷偷问我。后来却埋怨我是故意说错于她。天哪，由灶王爷作证，这真是冤枉我啊。我讨好还来不及呢！她有两颗好看的虎牙。

再后来，看到她试卷上根据我的口传而写的试题，我就笑了，她把最后一句写成了“总把新桃换舅父”。难怪老师也六亲不认。

给大人们磕头

放过鞭炮之后，鸡的生物钟被扰乱了。天还是灰蒙蒙的，我们就开始在村里各家各户串门，给村里的大人们磕头，讨要核桃。

磕头必须给核桃，这是乡村春节的规矩。我们那里不兴“磕空头”。

有的人家穷，买不起太多核桃，但辈分高，又要应付大年初一络绎不绝鲫鱼般穿梭的晚生们，来不及时，就用那些有皮无核的山枣充替，我们那里都叫“山核桃”。山核桃不能吃，更多是应付我们这些贪婪的孩子。这样就留下话柄，大家第二年会绕过这一家，不再去给他们磕头。

主人急忙又换上核桃。

一个小村磕完头，这时天才刚亮。孩子们在小村的街道里跑起来，裤兜里的核桃“哗啦哗啦”响，身影远去，却把那“哗啦哗啦”的声响遗落在青砖道上，像偌大一个节日在乡下高兴地磕牙。

那是一年里难得的悦耳之声。

地窖之深

留香寨村外挖有许多方地窖。

地窖深达一丈。主要用于储存红薯过冬。地窖的使用期一般三五年，时间一长，地窖陈旧，品质不保鲜，需要另挖一个。十年以上的地窖都有点接近沧桑的狐狸洞了，要发霉，连妖怪都挑剔不住。

地窖闲置或废弃时，上面遮盖一层秫秸，阻挡村里闲散漫游的猪羊们，地窖这时表面平静，不动声色，却暗藏杀机。在乡村走路，不熟悉状况的外村人往往会踩空掉下。有时一只兔子不小心跌到里面，地窖主人便不劳而获。而人跌进里面，地下会发出“嗡嗡”的喊叫，地窖主人会觉得有点麻烦，救人没有得兔的喜悦。

地窖主要储存红薯、白萝卜、红萝卜、白菜。这是全家一个冬天的副食。红薯霜后收获，一般都由小孩子来下地窖搬运。储藏的红薯要求不破皮，完肤无缺。思想好的红薯才不至于腐烂。在地窖下面抬头望天，会有种奇异的感觉。上面罩一方蓝天，天是圆的，纸剪一般。就想到井底之蛙的好处和蛙的大胸怀。

地窨的位置一般选在村子附近，往下深挖一丈停止，再向四壁掏洞。地窨一般南北两洞足矣，有时为了多储存，东南西北各掏一洞。红薯一洞，白萝卜一洞，红萝卜一洞，白菜一洞。显得组织结构分明。

我老舅是村里挖地窨的高手，讲究做活整齐。他在四壁还会掏几个小洞，刚好可放下脚，用于上下攀登方便，像飞机座上的小扶手。

地窨还有出奇之处。

有一年北中原暴发鸡瘟，村里的鸡禽接二连三地死去，我家几只母鸡年富力强，正在下蛋。姥姥分外着急，姥爷不知从哪里得来一乡村经验，让我把几只慌张的母鸡装进一方柳筐，一一续到地窨里来躲避鸡瘟。每天往地窨里定时续水，撒粮。等鸡瘟流行过后再把鸡拿出。那些鸡命大，浩劫过去，竟然没有死去，躲过地面上一劫。

有一天，我在凉席下找“大本书”，找到一本破旧卷边的《水浒传》，无意一翻，笑了，看到山东省的强盗们也与地窨有关：“板底下有条索头。将索子头只一拽，铜铃一声响，宋江从地窨子里钻将出来。”可见古人已在埋头挖地窨，挖了不止一千年。在宋代，红薯那时还没有传到中国，地窨里不藏红薯，只管藏人。

我姥爷在村里试探旧窨的方法是：吊一盏油灯下去，检验油灯灭与不灭。

地窨且深，还有凄凉之美。前年回家，听到一则轶事：北中原村里有一对男女相爱，因辈分不同，双方家长不允。他们就躲到地窨里约会。那是一口废弃却依然顽固存在的地窨，青苔脱落，四壁发霉，空间缺氧。一双恋人昏睡，竟闷死在里面。

十天后，一个游走吹糖人的民间艺人探首发现。吓得一声惊叫。一把糖人紧跟着就碎了。

留香寨102号的青砖

——纪念一座青瓦屋

一块青砖是一个组成老房子的最小的建筑单位，就像一部纪录片子的一个底片，那么多青砖排在一起就是一部长长的拷贝，风雨刷洗，演绎出来一个乡村黑白故事。外表是青砖的颜色。

这座青砖房子装过我的童年。我在青墙上画过关公、赤兔马、梅花鹿、山水、松竹、寒江独钓图、灶王爷的胡子，等等。是把梦贴在墙上。

多年后回去，没想到这种房子后来还会有门牌号。一小片蓝色的铁皮，敲打出全村从南到北排下来的字母，镶嵌在门框上。这是姥爷、姥姥去世以后，滑县高平乡里做全县人口普查时，工作人员发放的。那时，姥姥、姥爷都不在了，院子荒芜，草木丛生。未名的青瓦屋忽然多了一方门牌，可他们再不会见到，只有草木在看。

全村有六十座房子，每一座房子都像人一样，到了一定年纪，青砖老了，要悄悄退出到时间的外面。

那一天，我坐在门框上，废墟的院子长满楮桃树、榆树、枣树、蒿草，相邻的厨房已塌，青砖上悄悄爬满青苔。有蜗牛的银色之路。

我怀念他们。

记得昔日的小院门口只有一个栅栏，栅栏用北地沙岗上割下来的荆棘编织而成。结构完整，但形同虚设。我姥爷设栅栏的目的不是防人，全村人都没有这种心思。他是防自家的小猪跑出去走失。我姥爷出门去地里时，就端上来；我跟随姥姥走亲戚时，就端上来。来时，再端开，“吱吱呀呀”的木头声。小猪显得无奈。

即使跑出去过，小猪还会回来。

2007 年初夏的一天，我和我姐最后一次来看这座青瓦房，恍如和一个时代告别。临走，我从倒塌的厨房废墟上带走一块青砖，那种青砖我们叫“小八砖”，方方正正，主要是垒佛龛用的。佛龛扣在墙上，三十年前，半空里蹲坐着灶王爷夫妇。风雨不淋，只要灶房不塌，灶王爷就永在。春节来临，姥姥姥爷在厨房点一炷香，烟火人家，虔诚地供奉着我家的灶王爷。

新年出锅的第一勺汤姥姥会洒到院子地下，头一道汤是热的，让天上的老爷老奶们这些先人来先喝。口感最好。

我看到这一方青砖上面还有一行蜗牛爬过的银色痕迹。痕迹新鲜，像童年时在乡下看蓝天上一架飞机走过的航道，消失在辽远的蓝色里。

北中原民间环保手记

与一条河流的关系

我记录的是北中原一条河流的历史，“现代河流简史”。

它叫“天然文岩渠”，由两条天然渠组成，最后注入黄河。

这条河流与我休戚相关，我上小学、初中几所学校都离这一条河流不远，似乎要围河而转。后来降级复习一年，在一个叫堰南的初级中学读书，校园干脆坐落在黄河大堤下面，对面黄河堤下就是这条河流。

学校临河的好处有二，其中一个是便于逃学，在河里偷偷游泳。另一个是便于捉鱼。

同学间有很多向大人隐瞒游泳的方法和秘诀，上学前，家长在孩子后背用圆珠笔画上符号，近似画押。如果回来笔迹不见，就证明是游泳时洗掉了。挥掌开揍。为解决这一难题，我会帮助重新画上。我模仿能力强，奠定了我以后的局部绘画事业。

有时游完泳肚饿，会情不自禁去偷河岸瓜地的菜瓜、黄瓜、茄子。传说两岸有水鬼出没，一般在午后出场，偏偏这时正是我们游泳的最好时机。有时水鬼们化装成小孩子，和我们混在一块儿游泳。趁机拉走一个，灵魂便可以托生了。

计算一下，游泳的孩子群里，必藏有一个水鬼，可大家都不具有分辨妖怪的能力。

最焦急的是父亲。父亲看我午饭后早早上学，形迹可疑，终于找到了规律。父亲戴一顶草帽，冒酷暑在远处的黄河大堤上远远寻觅，跟随。

父亲看到后来实在管控不住，便采取“开放政策”，主动下河教我们凫水（游泳）。我和同伴后来会游泳，踩水如履平地，都是父亲教的，让我受益终生。这近似“大禹治水”的一种疏导开放之法。

没想到我与这条河有如此缘分，父亲在这条河里教我游泳，如今我又带着小儿子在这条河里游泳。我把河流时间混淆了，我关注着这条河的清与混。

我有一段小众环保者的记录。我记录这些文字，是对一条河流的速写，是对一条河流的纪念，是河两岸小人物的“草根环保”在这几年行走的片段。附带还可衡量两岸的鸟情。款待鸟语。

鸟道

在我家上空，高处有风，风上面有星星，星星周围有一条神秘的天空之路。

地理坐标北纬 35° 24′ 、东经 114° 29′ ，在这个地方，高架有一条低于银河，通往东北亚的“鸟道”。每到冬春之际，这条鸟道开始灌注丰沛的鸟语，漫溢银河。

我自私地称之为“北中原鸟道”。

雁之语

我在黄河大堤下面的孟岗小镇生活，夜半梦中，常被黄河滩上南归的大雁惊醒，仿佛它们在头顶鸣叫。出来撒尿时看，三丈高的月色里，大雁一群接着一群，“之”形或“人”形，连绵不断，它们过了整整一夜。第二天，人们开始扤着篮子去拾大雁粪。在村里，雁粪主要用于喂猪，也有晒干当柴烧的，号称“有焰”。

昔日大雁景象近似梦境，现在看不到如此壮观的雁队了。

雁队过后，小镇集上会有卖雁者。我们悄悄在上面拔雁翎。

过去两岸的村民在黄河滩上主要用火铳长枪射杀，远距离就可打雁，两百米之外就可怀揣心机。如今火铳长枪多被收缴毁掉，猎杀大雁只用另外两种：毒杀和捕杀。

毒杀是用一种叫呋喃丹的剧毒农药，此药毒性强，我老舅说过，在树下埋上少许“呋喃丹”，树上十年都不会生虫。可见毒性之烈。

村民将小麦、玉米拌上农药，撒在大雁栖息路过的黄河沙洲上。他们早上下药，下午便可去捡拾。

比起火铳，毒药更是毁灭性的打击。火铳只是部分击伤，而下药则是大小老幼都可药死。还有一种是将粮食拌上“呋喃丹”和火碱，大雁吃下后喉咙发渴，焦躁地要找水源拼命喝水，最后大多脖子被烧烂，死在河沿。

捕杀用的工具是连环铁夹，十几个夹子连在一起，中间有细绳连着木棍，插在地上，被夹住腿的大雁飞不走，拼命挣扎，雁是有团队意识的鸟类，一只大雁被夹，其他大雁哀鸣不止，围着照应，纷纷营救或喂食，恰恰中了捕雁人的诡计，周围会有更多的大雁踩中铁夹。

2007 年 12 月冬至来临前，在黄河长垣段，有一次毒杀大雁的行为，几天后，黄河里漂满数百只被药死的大雁，浩浩荡荡，随水漂流，为浑浊的黄河增加了厚度。

幸存的大雁在天空发出哀鸣。昔日曾一路同行，如今却不能同归故里。

我去调查时，老马说："你早来一天还能看到，河里早过完了，漂一河面的死雁。"

两只小苇鸦的下场

中国汉字带"鸟"字旁的很多，字典里满是清脆鸟声，能滴落下来。只怕多年后，不仅鸟消失，有关的字也随着鸟羽消失，无法对应。"鸻"，我便在字典里查不到、电脑里打不出。

这一天，我家的两只狗在门口叫。是小儿子冯登的同学在喊门。冯登出来不一会儿，紧跟着来了两个孩子，带来一个纸袋子，放在院里。狗的嗅觉极好，围着纸袋子转来转去，一脸狗笑。狗显得比人都激动。

孩子们从纸袋子里掏出一只鸟，脖子黄褐色，尾短，黑色，两羽颜色深，有明显的浅色翼斑。像水鸟。

问我。

我鸟类知识有限，也叫不出名字。我说可能是灰鹭的一种。

这只鸟落到一个孩子邻居家的鸡窝上，飞不动了，他便养起来。刚开始鸟还吃一条蚯蚓，后来开始绝食。今天这只鸟已飞不起来。站在那里，摇摇晃晃，像个小醉汉。还有只眼睛看不清楚，是一只“独眼龙”（称“独眼鸟”更准）。我看它时，鸟脖子围着我转360度的弯。我一伸手，它的长喙竟本能地忽然往前一伸，要叼人。

冯登回厨房“砰砰啪啪”剁了几块鱼肉，三个孩子掰着嘴喂它。鸟勉强咽下几块。

那两只狗被关在屋里，焦急地在喊叫开门。

门开了。

老石从他老家雨淋头村骑摩托来了。

我电话里喊来民间环保协会的石喜钞。老石有鸟经验，抓起来看了看，说叫“小苇鳽”，属国家二级保护鸟类。我忽然想起了那个汉字。

他说前一段路过村里一片杨树林，也在地上捡了一只这种鸟，交给县里林业局郭局长。第二天，他不放心，去林业局再看，鸟没有了，问局里负责人，局里答复说放生了。

老石说不可能的事，那是一只幼鸟，尚不会飞。去交涉那天上午，他看到林业局院子里有一只猫在窗台上从容散步，声音大于局长，就知道八成叫猫“协助”飞了。

小苇鳽是鹭鸶的一种，属“小型的鹭”，喜与芦苇为伍，才叫小苇鳽。鸣叫时发出“kok——kok”的声音，多出现在四到十月份，相当有规律。我家的这只可能是穿越黄河湿地时，被人误伤或误食了毒药。

大家商量后决定先把它带到县城北面的陈墙村林场养一段，我和陈场长是朋友，林场还有一方大水塘，有鱼有虾，有蒲有荷，自然环境好。

这一只误入城市陷阱的小苇鳽命大，能养活的话，估计到八月十五时我们就能放生。

两天后，陈场长自林场发来一条手机短信：

"对不起，老冯哥，那只鸟一时没看好，飞走了。"

鸟眼看不见的天网

在北中原，有一种捕鸟的工具，当地叫"天网"。

鸟网用柔韧的尼龙丝织成，是埋伏在空中的白色陷阱，鸟眼根本看不到。一般是捕鸟人张网，两天后去收网（北中原方言叫"起网"）。这种网对鸟极有杀伤力，有时一张网下来，上面会密密麻麻，粘住的鸟像秋天的树叶子。古人说的"天网恢恢，疏而不漏"，大概说的就是这种天网。

2006年4月的一天，省和县电台的人要到黄河湿地录些民间环保活动的镜头，我们几个人带着他们去湿地。竟发生一件巧合之事。

林子那边有人喊"有下网的"，到跟前一看，路边的杨树林里布有一张大鸟网。刚开始我还以为是同来的小周在"作秀"，怀疑是他提前布置的。没想到这是真的，想演都演不到位。

刚扯下一张鸟网，那边又有人喊："这里还有一张。"

真是露脸了。更大的收获是抓住了一个下网者，是附近赵堤乡人。

捕鸟人黑瘦，一条腿瘸，六十多岁，推一辆旧自行车，后座上挂两个欲装死鸟的空塑料袋子。

大家质问他，不好好在家，为啥捕鸟。

他说卖给饭店，换钱。

"那你不会找个其他营生，非得捕鸟？"

他说自己是风湿腿，其他活干不了。

最后大家要把他交给乡派出所。至少能罚他几百块。看那可怜样子，也榨不出二两油，只会造成恶性循环。

我对老石说，不如把他放了，以后和他勤联系，说不定日后还能成为我们环保协会的护鸟人。

我统计一下，捕鸟人主要捕斑鸠、鸽子、麻雀、鹌鹑。这些鸟饭店收。其他鸟如喜鹊、乌鸦，随手扔掉不要，我问原因，他说喜鹊肉酸。我想起来时在树林里看到被弃掉的几只喜鹊的骸骨，原来是它们肉酸。

那天，一共收缴了大大小小十来张鸟网。都装在车上，带回县城。

一个冬天我们累计收了二十多张鸟网，保守计算，也有近千只鸟免于触网入口。

冬日的一天，冯登告诉我，在我家北地一片空闲的草地，他前几天发现有人偷偷在支天网捕鸟，我俩就骑自行车去了。

在一处不易被人发现的空地，横起一道天网。如果不是两边支撑的竹竿高高立着，在风中，那一道透明的天网根本看不见。

地下还有一张丢弃的残网，上面粘着一只早已死去的喜鹊。

我说拆网。冯登问我，要是支网人来了咋办？我说，就说我们是环保协会的。

我俩把竹竿拔下，把天网用小刀子割断，揉成一团。路沟草丛里有一只早已干枯的小鹰，我看是一只小隼，是被捕鸟人网住后丢弃的。冯登随手带回家做标本。他照着一本《黑龙江鸟类志》上的图案，制了一个鸟标本，因没有专业制作的药物，第二年一过夏天，就生蛆了。

关于收缴的那些张天网，猛一看它们像一团团假发，装在我家一方空花盆里，再来看，觉得暧昧不清。

冯登后来怕家中的狗好奇吃掉天网，卡住喉咙，干脆一一剁碎，一把火烧掉了。

猫头鹰书签

它是午夜的歌手。

近几年，北中原猫头鹰逐渐多了。

在陈墙村林场里，老陈悄悄支一张网，三天后网住一只猫头鹰，它垂挂着，一动不动，料是死了。老陈说猫头鹰烧灰可治头疼，他说自己因贷款的事发愁一直头疼。老陈摘下来那只猫头鹰放在地上，只见它依然躺着，仍一动不动。空当中，突然听到“噗”的一声，那只猫头鹰竟飞向天空。

原来它是装死。“北中原的猫头鹰聪明啊！”老陈说，“他妈的也不头疼了。”大家都笑，让我想起苏东坡写的那只老鼠。

我劝说他还是把天网收了。想尝鲜的话让老石从滑县捎来一只道口正宗的“义兴张烧鸡”。

2006 年春天，老石作为民间环保代表去日本交流时，说要给友人送礼，还要争取资助项目，我们的民间环保协会是一群乌合之众，自己没钱，又买不起大礼，他想起用我的画来出国送礼。

我画了两只猫头鹰。双目炯炯有神，像牛睾丸。老石出发时就带着我画的这两张猫头鹰斗方作礼品。

老石从日本回来说，有一个日本环保人士收到后，感动得直流泪。他说在日本，猫头鹰是吉祥物。

老石在酒桌上趁着酒兴，交给我一张一千面额的日元票子，我在银行干过，知道一千日元的价值，不值钱，只相当于七十元人民币。一千日元是我两只猫头鹰的价钱，和我认可的画价不成比例，我后来夹在一本诗集里当了书签。

国兔

环保会员宋太国，大家喊他小国，最善于打兔，一年四季都在经营“兔事”，他电兔，卡兔，网兔，套兔，会多种捉兔大法。大家说有国歌、国旗，干脆称他“国兔”。

一年四季，隔三差五，他就邀请我们聚会，吃他捉的野兔。他很有成就感。打下新兔，见他用中药配料把野兔肉的青草气息拿了，一院子装满兔肉香。煮肉时，家里的狗都兴奋得转圈。

好长时间没见他邀请去吃兔肉了。

听说他不再捉兔，我问原因，他不说。后来听他邻居说，差点病死，起源于一次打兔。

初春那一次打兔，他追赶一只受伤的大肚子野兔，撵了三里，眼看撵到跟前，那只兔竟突然站住，还立起来了，抬起双爪给他作揖，连作三个。

回家以后，他大病一场，从此把那一杆兔枪毁了，再不打兔。

老马

我们第一次去马寨找老马，不在家，邻居说八成又到黄河边去看鸟了。问手机号码，邻居笑了，说老马根本没有手机。

我们也没事，干脆溜达到黄河边。走过一道堤堰，远远见一个人骑着自行车，东张西望，到跟前，果然是老马。

老马是民间环保协会最老的一员，1949 年生人，属牛，他卖老，说自己按说也算新中国成立前的人，受过旧社会的苦。

2007 年 12 月的一天，老马打电话来，说有人在黄河当中的沙洲上下了拌上毒药的玉米，在药大雁。老马骑车在黄河沿跑了好几趟，手都冻得结痂了，也没有捉住一个下毒者。

几天后，黄河里漂满死去的大雁，有一只在天空哀鸣。西岸边几个村的村民开着三马车去捞死雁，有一天装了满满一车。

老马经调查得知，药雁的是河对过山东东明黑岗村的人，他们和饭店有约，把野味卖给饭店。一只大雁能卖三十元。

老马生长在黄河边上，知道大雁迁徙的规律，他说大雁从北往南飞，路过这里准时九月九，自南北归，路过这里准时三月三。他对我说，自己靠观察和听老一辈人讲，雁有雁语，大雁之间都能听懂，飞行中当有雁受伤，其他雁都会来营救。

老马在黄河滩里有七十多亩地，这数字听起来很大，有时却靠不住，每次汛期黄河发水“漫滩”后，只剩下二十来亩。

老马对我说，他人生有点倒霉，五年里，姑、父、母、叔和三儿子相继去世。三儿子是在县里医疗事故死去的，一直在打官司，至今还背了几万元的债。

老马忽然说，他自己有一套治理黄河的秘诀，最主要一项是风力发电、风力抽水，一台风车能浇十来亩地。但相信他话的人不多，他把自己的发明反映到县委，许多人都认为老马有神经病。

他对我说，有一次给河南省长、书记寄信，最后也没啥结果。他说前年还向中央写信反映，也没啥结果。他怀疑镇上邮递员根本没有把信寄出去。要不，省长早给回信了。

后来民间环保协会得到了三笔申报环保项目的款项，按道理是专款专用，专门用于协会环保使用，我建议先配全设备。老石是会长，认为环保协会是自己创办的，自己要先挪用一下盖房子。晚上，大家开会和他理论，老石说自己在村里住的还是三间破屋，老婆整天埋怨“憋囊”，儿子也马上要娶媳妇了。没有新房，刚在孟岗说的一个新媳妇横竖不进门。

大家说，开一个资金分配会吧。他问老马有啥要求。

老马说：你起码得给我配一个手机，一条棉大衣。

申请“大鸨之乡”

后来，听国兔们说要申报“大鸨之乡”。大鸨是一种有着虎纹背羽和洁白腹羽的大鸟，国内现存数量不足一千只。国兔说大鸨就是“鸟中大熊猫”。

每年冬季，大鸨都会从内蒙古迁徙到北中原黄河湿地，在这过冬的有三百多只大鸨。

湿地的名气越来越大，吸引来郑州摄影家，还要设“自然和艺术基地”。为了获奖，有的摄影家会一直追着它们拍照。大鸨是一种警惕性很高的鸟类，艺术家一出现，整个鸟群开始受惊不安。

老石想得好，如果“大鸨之乡”能申请建成，区域经济知名度会有很大提升，还能引来保护资金项目。担心的是，更多人到此后，大鸨的栖息环境和生活可能都会受到影响。有一天又消失。

后来我听说，申建“大鸨之乡”的工作应由政府部门牵头，民间环保志愿者只是起辅助作用。我出席一个宴会，知道县林业局曾就申建“大鸨之乡”的事咨询过省林业厅，不像国兔一群人想得那么简单，由于硬件条件太差，不符合要求，县林业局一直没有启动具体申建工作。

一位同学是地方官员，先和我碰一杯酒，然后对我说："大鸨就是老鸨，大鸨性淫，和谁都干。操，这活动按说不能过于支持，万一申报成功，成'大鸨之乡'了，岂不有点尴尬？我们以后出门再喝酒，酒桌上别人说，这是来自'大鸨之乡'的，人家还以为我们这儿专出小姐呢！"

大家都为他的智慧笑了，说："喝酒喝酒。"

三句话

多年过去了。

父亲也去世多年。

那一条河还在继续流淌。

两岸要饭记

上水

黄河有“铜头铁尾豆腐腰”一说。

从青藏高原一路撞下来，它软硬兼施，浩荡东流，经过中原桃花峪成为中下游，到兰考东坝头，它不歇气，拐头北上，直奔大海。长垣兰考两岸属这“豆腐腰”里的一段软腰，这是九曲黄河的最后一道弯，一条五千多公里长的大河，数此地两岸河床最宽，容易把控不住而决堤泛滥。多少年里，在这“豆腐腰”上蔓延过苍老的白云和鲜绿的草滩。

我生活在黄河西岸。西岸是封丘、长垣。东岸是兰考、东明。黄河每年要发水，两岸叫做“上水”，含有一丝恭敬之意，上水不同于上酒上茶，“上水”预示着房倒屋塌，是度荒的开始。

黄河滩里的同学田振河说：“上水时，俺家夜里听到房塌声，‘扑通扑通’，响得几十年后还胆战心惊。”

大爷

两岸乡村，经常碰到要饭者，以老人妇女为主，有的女人拖带着小孩子，一路擦着鼻涕。其中不乏有艺术细胞者，会打一段“莲花落”，“噼噼啪啪”，把气氛也打热了，竹板增加了喜剧效果。我母亲每当听到门外竹板声响，不劳那人开唱赶紧把热馍送上。

要饭者都扤着柳条编的长篮，篮子呈小舟的形状，大得似乎要张口吞下一个饥饿的村庄。

在东岸兰考，人们问要饭者：“哪的？”

“长垣的大爷。”

在西岸长垣，人们问要饭者：“哪的？”

“兰考的大爷。”

答话里有停顿和紧凑的妙处。中原人苦时也自找苦乐。两位落魄者都是要饭的“大爷”，苦涩里不乏幽默。

阳光下，许许多多的大爷在黄河滩像蚂蚱一样蹦跶，行走。

我有一个五大爷要过饭，最远跨河到菏泽，积累有宝贵的行乞经验：要饭要选择范围，不要在自己村里要，碰到亲戚熟人会拉到家里，面子上过不去。要行云流水远走他乡，既抹开脸面又自由自在，话也好说“圆番”。

两岸形成了“河西人到河东要，河东人到河西要”的自然规律。接近两岸人才交流。

要饭

要着要着，便要成了一种“自由职业”。五大爷说，要饭让人生懒，能要三年饭，给个县长也不换。

多年后，我才看到苏东坡讲的那个穷汉言志的故事。

我在电影《焦裕禄》里看到一个片段：在中原寒冷的冬夜，焦裕禄来到兰考火车站，站在弥漫的大雪里，他面对着的一个逃亡的兰考：那些人有站着的、蹲着的、依靠拐杖立着的，黑压压一地，来自全县各村，携家带口，一个个要扒火车外出要饭，他们在大雪里静默。

我看时眼睛湿润，如鲠在喉。人生落魄时没有上策下策选择，只有听天由命。

口音

小代是一位八零后，在郑州创业，拥有好几家门店，去年回乡当支书，他母亲为此事至今不愿理他，骂道："好不容易跳出穷坑，咋能又折回？"

年轻的代支书告诉我，他一家也和要饭有关联。他爷要过饭，是当年兰考要饭大军里的一员。还有一位大伯要饭，一路要到豫西，被一户家人看中，当了倒插门女婿，近几年才搭上线来往。

从 1964 年焦裕禄去世到如今，半个世纪里，"兰考"几乎是贫困的代名词，像一片桐叶包裹着苦涩。

我对兰考人的口音熟悉，无论在郑州还是其他地方，听口音就能判断出。有意思的是兰考人在外地从来不说自己是兰考的，都说是开封的，再问顶多说开封东。甚至两个陌生兰考人相见，都不会说自己是兰考的，好像一说出"兰考"二字马上低半截，会被人瞧不起。

小代对我说，连自己说是兰考人都没底气。

要饭的名声像贴身的皮袄，兰考人一直穿着，揭不掉。

村事

小代他当村支书第一件事就是改善街道，在村里修了十一条路，村里道路原先四米宽，办红白喜事根本过不去车，现在八米宽，最宽十四米。他把道理讲透后，家家通情达理，有的人家让出四分地，他给三家补修了小门楼，墙上雕着花。

街道名起得很“形势”：田园路、如意路、文明路、幸福路，放到郑州也能跟上形势。

全县都种蜜瓜，他却有自己的主意，不“随大溜”。产业多样化，种植葡萄、苹果，培植草坪，因地制宜，只种能让老百姓立竿见影放心的。

今年增加水产养殖，在冬天要举办村里“第一届捕捞节”。

他对我说：“到时来捞一把吧，捞住捞不住都让你吃鱼。”

化石

有一天，我在郑州堵车，听到一个挖沟的民工问一个骑摩托车送外卖的：“哪的？这么气势！”小伙子大声回答“兰考的”。语气带着底气。

我不禁想到多年前那个关于两岸大爷的话题。

大河两岸，“要饭”一词以后会成为一个语言化石，需要语言学家和历史学家共同注释，后人才能懂得。

那次我在兰考焦裕禄纪念馆，除了那把符号般的藤椅，还看到了熟悉的农具，箩头、簸箕、笆斗。竟还有一个用柳条编的篮子。熟悉的面孔，上面肯定也粘过饭汤、鼻涕、眼泪和一段“莲花落”。

乡村阅读史

引子

我的阅读史非自主选择的结果，是得到什么看什么，得到刺猬就不能看狐狸。

我的阅读大约分四类：抗战教育、异域之风、心灵的感动、春潮在望。

《西沙儿女》

浩然著，分“奇志篇”“壮志篇”。本来以为能有奇异的东西，翻了底朝天，结果没有。我只记得有一个在岛上挖出来铜钱的细节。有了主权象征。

二十多年之后，我在谋生的县城银行与金钱为伍，有钱就象征有尊严。单位要捐书，每人三本，我妹妹把这书捐出来了，我看到后又赎了回来，不舍得，上面有我阅读的温度，我读到南海的温度。

三十年后，我在旧书摊上淘到另一本越南学者阮雅编著的《黄沙和长沙特考》，是涉及南沙西沙的，我从另一个角度阅读。历史上交趾安南都是中华大帝国的一部分，王勃他爹还曾在交趾任职。不能割断历史来看遗留的话题。

王勃淹死在看他爹的海之路上。

《钢铁是怎样炼成的》

风靡我们青年时期的一本书，那时，每一个有志者都会背诵晚年的保尔坐在椅子上那段著名的独白。“当他回首往事……”我在作文里用过不下十次。开始是保尔的，几年后变成我说的。老师也分辨不清。

我意识里一直是反着看书的。

我喜欢里面打架斗殴、面粉里掺烟丝、逃学的内容，还喜欢监狱里献身的情节。觉得里面那个冬妮娅不错，优雅、讲究、娇气。就暗想，将来娶媳妇就娶这样的媳妇，保尔真傻。

在一个黄河边的芦岗小镇书店，我看到柜台里放着唯一一本，我当时兜里没钱，又怕别人买走，就敲门借了一位熟人三块钱，先买下来。回家立即还人钱。保尔坐在一把轮椅上的独白鼓励了我虚幻的一生。

后来有一天，大雪，我见到了那个“冬妮娅”。真是一个伤感的话题。

《大刀记》

写这部书的人叫郭澄清，山东人。

母亲在孟岗小镇一家小小的被服厂干活，夜里回家还要在一架缝纫机上“砸衣服”，贴补家用。

一盏灯泡吊在头顶。是新鲜的灯光。

我蹲着，或站着，在缝纫机的一边凑光亮读书，母亲的缝纫机声音在耳边响。读到里面小主人公的奶奶临死也不吃孙子偷来的红薯的情节，忽然，某种力量让我站起转身，躲在立柜后面偷偷地哭了，我怕母亲看到问我原因。内心有一种少年的哀伤。

后来继续看。一大部书就记住了这个细节。

许多年后，我和中原诗人王绶青先生喝酒，我们双方喝了四两之后，他说《大刀记》仨字就是他当年题写的书名，我这是第一次知道。

《艳阳天》《金光大道》

我姐十五六岁时，在鹤壁矿上当临时工，除了砸石子之外，还在矿上给工人读报，传达最新党中央的指示。发了工资，我姐把工资大部分交给我妈，余下的就是给我买书。

这两本是那时在豫北小山城买的。它们是那个时代的中国读书者躲不开的书，那个年代无书可读。

六十年代出生的人，没有上一代知识青年上山下乡的丰富历史，转眼就被七十年代淹没。从文化到物质，六零后都是营养不良的一代。

在我的记忆里，马小辫大于肖长春。

《太行志》

一本比砖头都厚的书。在我上学的孟岗小镇书店柜台里摆着，属于为数不多的长篇之一。看看定价，吓一跳，我没有买。

二十多年后，我有幸和它的作者崔复生先生同住一室，在郑州同领河南省第二届优秀文学成果奖，他以另一部长篇新作《血染的芳草地》获奖，我得的是小字辈里的“青年奖”，我说起小时阅读的事。

崔老师就和我说了大半夜的话，是林县话，我一句也没听懂。但意思我明白。

更没想到，又是十年过后，崔先生要出全集了，他要我来写一篇序言。我帮忙出书，《崔复生文集》出来了，他看到很满意，此后不久，他就去世了。

《平原烈火》《敌后武工队》

这类书大致一样。是我接触的抗日教材，许多年以后，我知道抗日战争还有另一种版本的打法。共军打日本人，国军也打日本人。国共同打日本人。

日本人走了，国共再打，国民党被打走了。

《新儿女英雄传》

里面每章开头的民谣、谚语都新鲜生动。

像牵牛的一条小缰绳。

像狗脖子上的铃声。细听铃声无。

《水浒传》《三国演义》

都是我父亲买的书。

前者是在黄河大堤下一个叫孟岗的小镇书店买的，那时作为批投降派的教材。父亲用牛皮纸包上封面，我把“水浒传”三字小心翼翼再描上。

“欲知后事如何，且听下回分解”。说书人有点吊人胃口，竟是舍不得看下回，只担心武松把人杀完。这一句象征人生的无解和不确定。永远都在下回。

常听父亲赞叹《开首》：“话说天下大事，分久必合，合久必分。”一下子就把道理说明白了。是大手笔。

里面的木刻绣像画，是我少年临摹的范本。

后来进入商品时代，听到汾酒广告抄袭罗贯中的话，那广告是“汾酒必喝，喝酒必汾”。我父亲如果还活着，肯定说酒厂借势牵强，会不喜欢的。

《七侠五义》

一个压在苇席下面的残本。在我姥爷的乡间，看到兴处竟没有了。

去田地里面干活了，最后还是惦记，在东京城上空，展昭把那颗人头取下来没有？

《毛主席诗词》

父亲让我从头至尾抄录，抄在一个红皮记录本上。我喜欢后面的注释部分，学到许多意想不到的知识。

这就叫“工夫在诗外”。像一条大路分出来许许多多小路，开满蓬勃的野花。

《唐诗三百首》

竖排的，看里面唐朝的梅花一枝枝在开。横竖交错。

觉得古人除了写诗就是喝酒，学习无限的风景。不学习政治，不参加劳动改造。

《少女之心》《梅花党》等手抄本

没有书号的手抄本。兴致一来，就会不断充实细节，加入集体创作。和《金瓶梅》相比，是小儿科。

正看时，有人忽然抓你裆部，你一定会尴尬。恰巧老师这时又来到讲台上要开课。上的竟是思想政治教育课。

《越南英雄阮文追》《渔岛之子》

连环画册。选两本作为这一个类型的代表。

画册里每一个画面都翻看了无数遍。南方的甘蔗汁液溅到了我的脸上。海生的母亲牺牲时，捂着胸口，那时，我童年的胸口也忽然发疼。几十年过去，我在古玩城，专门又买了一本。什么都没有，风平浪静，甘蔗也不再甜。

"上帝创造了乡村，我们在乡村里创造了什么？"

后面是我的延伸，前半句尽头那里还站着一位古罗马人。

在我景象慌乱的案头，一直放置着两本书，以供随时翻阅，它们是古罗马时代加图的《农业志》和瓦罗的《论农业》。我记得瓦罗写过："要知道，神的本性创造乡村，而人的技巧创造城镇。"一句动人。

在古罗马，农业和乡村被列为优雅之事。

对于乡村而言，"乡村优雅"是一种内在精神，不是风姿，是乡村的风度。一个没有乡村没有乡愁的国度会是什么样子？唐诗里没有交代，宋词里没有交代，白话的胡适没有交代。它肯定是一个没有诗意的国度（即使它有城市之光），与之相配的城市也会黯然失色。你把《清明上河图》里的驴子和柳树们赶走刨走试试看。

再观察当下农村急速猛进的开发建设，可谓"国在山河破"，新建设的乡村千篇一律，新房屋千孔一面，没有精致细节，我考察过新农村，高悬的匾额甚至一百个都是“家和万事兴”，一百个都是“厚德载物”，一百个都是“宁静致远”，让诸葛亮没有了放一把扇子的地方。有的政府为了工程和项目，在人为地改变乡村自然。官员们为私为公，把旧的拆掉，建新的，把真的毁去造假的。有的地方甚至乐此不疲地在建设“万人村”，几个村的人民共聚一楼，如返原始部落。想返旧还原，为时晚矣。

什么才是现代化的乡村？这不是我要回答的，我也无标准，我只负责搭建诗意空间，调和月光的稀稠程度。所谓美丽乡村，应该本真又不失舒适闲适。不一定非要有柴薪炊烟，但要有玉净花明。不一定规划统一，但要各有千秋。不一定排行整齐，但要随形就势。

当下流行一种“伪乡村”，属于商业里的乡村，门口挂几串玉米、挂几串辣椒就是现代乡村样板；吃一顿城市运送来的青菜，用手机发几条消过毒的微信就是乡村一日游。

我走过一些乡村，看到那些开发商把原来的石头房扒掉改成大理石不锈钢的建筑，复制出来的雷同集体在大煞风景。我又想起瓦罗说的那一句话……瓦罗前面还有一句话：“在人类历史中，有两种生活方式，一种是乡村生活方式，一种是城市生活方式。显然这两种生活方式不仅地点不同，而且它们的形成时期也不同。”

两者并不对立。美是不对立的，各美其美。

理想乡村模式是一种干净乡村，朴素乡村，原色，本真，朴实，哪怕一枝梨花，一声狗吠，也逐渐在接近诗性和神性。

设若世界消失，首先也是城市消失，乡村在远处看着。然后在莳花刹那里，转身。

我在种植文学的小农作物

在我们村里，一年四季生长的主粮永远是小麦、玉米。它们长相壮实，丰硕，丰饶，丰收。除了当家做主的人民，它们也是主人，是村子的主要组成部分。

它们也在日夜走动。

我的作品和其他作家的相比，是小农作物，属于小杂粮，譬如文学的豌豆、文学的黑豆、文学的绿豆、文学的豇豆之类。

它们特点是：种植面积小，产量少，是一种在田埂或空隙边缘上的点缀。

小农作物的用处是：可以调节，喂驴喂马喂羊，牲口们喜欢，开始打喷嚏，之后就有了力气；可以造醋，造酒，做风味小吃，搭配一下。小农作物里面有微量元素，但是，它们左右不了中国人的农业走向，顶多是对小麦、玉米这些主粮的注脚补充。

如果比文学的厚重和力量的话，我们还要依靠中原那些主要农作物，主要农作物都在坐标之上标注。

如果吃了主粮之后，想换口味的话，那要看我的文章。它具有片刻的温暖，即失的怅然。

还有这么一回事？这还有点相当于河南人吃荆芥。

2012.8.22 客郑

2014.9.2 又改

2018.7 再改

“乡村优雅”是一种内在的精神，不是风姿，是乡村的风度。

——冯杰

图书在版编目（CIP）数据

乡村的故事 / 冯杰著 . -- 北京：作家出版社，2025. 6. -- ISBN 978-7-5212-3359-9

Ⅰ. I267

中国国家版本馆 CIP 数据核字第 2025QJ2396 号

乡村的故事

作　　者：冯　杰
责任编辑：向　萍
封面设计：李　超
出版发行：作家出版社有限公司
社　　址：北京农展馆南里 10 号　　　**邮　　编：**100125
电话传真：86-10-65067186（发行中心）
86-10-65004079（总编室）
E-mail:zuojia @ zuojia.net.cn
http://www.zuojiachubanshe.com
印　　刷：河北星强印刷有限公司
成品尺寸：145 × 220
字　　数：227 千
印　　张：19.5
版　　次：2025 年 6 月第 1 版
印　　次：2025 年 6 月第 1 次印刷
ISBN 978-7-5212-3359-9
定　　价：79.80 元
